Georg Fink
Mich hungert

atb aufbau taschenbuch

Georg Fink ist das Pseudonym des jüdischstämmigen Schriftstellers Kurt Münzer. 1879 in Gleiwitz geboren und 1944 in Zürich verstorben, hat er zwischen 1905 und 1930 erfolgreich mehr als zwanzig Bücher sowie Theaterstücke veröffentlicht.

Von Thomas Mann zu einem der wichtigsten Bücher des Jahres gekürt, war »Mich hungert« das literarische Ereignis des Jahres 1929. Im Mittelpunkt steht die Lebensgeschichte des Halbjuden Theodor König, der in bitterster Armut in Berlin aufwächst und von seinem Vater zum Betteln gezwungen wird. Beinahe klaglos erträgt Theodor die Demütigungen und Gewaltexzesse seines Vaters, stellt sich schützend vor seine beiden Geschwister, flüchtet sich in die Liebe zu seiner Mutter und wird zum Wanderer zwischen den Welten: hier das Elend und die Rohheit des Lebens in erbärmlichen Mietskasernen und auf den Straßen, dort die Schönheit von Musik, Bildung und Literatur, die er in der Villa des Fabrikanten Falk kennenlernt – weil jener sich des begabten Jungen angenommen hat.

Georg
Fink

MICH HUNGERT

Roman

aufbau taschenbuch

Die Erstausgabe erschien 1929 im Verlag Bruno Cassirer, Berlin.

MIX
Papier aus verantwortungsvollen Quellen
FSC® C083411

ISBN 978-3-7466-3149-3

Aufbau Taschenbuch ist eine Marke der Aufbau Verlag GmbH & Co. KG.

1. Auflage 2015

Umschlaggestaltung www.buerosued.de, München
unter Verwendung von Fotos von Willy Römer/© bpk Kunstbibliothek, SMB, Photothek Willy Römer
Gesetzt in der Bembo durch Greiner & Reichel, Köln
Druck und Binden CPI books GmbH, Leck, Germany
Printed in Germany

www.aufbau-verlag.de

Über Georg Fink

Das Jahr 1929 war für die deutschsprachige Literatur nicht ganz unbedeutend. Weltbestseller wie *Im Westen nichts Neues* von Erich Maria Remarque und Alfred Döblins *Berlin Alexanderplatz* erschienen, und der Berliner Verlag Williams & Co. lieferte mit seinem Herbstprogramm die Erstauflage von *Emil und die Detektive* aus. Im Schatten dieser Großerfolge sorgte ein Roman für Aufsehen, der bei Lesern und Kritik gleichermaßen auf Begeisterung stieß: »Mich hungert« des bis dahin völlig unbekannten Autors Georg Fink. Thomas Mann zeigte sich von dem Buch ebenso beeindruckt wie Ernst Weiß oder der Rezensent der *Literarischen Welt,* der unter anderem schrieb: »Es ist dringend notwendig, dass dieses Buch in die Hände vieler Menschen kommt! Es ist mehr als ein Roman.«

In der Folge entwickelte sich das Buch nicht nur in Deutschland zu einem Bestseller, 40 000 Exemplare verkaufte der Verlag in kurzer Zeit, sondern der Roman wurde auch weltweit zu einem Erfolg und in dreizehn Sprachen übertragen. Umso mehr wuchs das Interesse an dem Autor, von dem zunächst nichts in Erfahrung zu bringen war. Das Geheimnis schien sich ein wenig zu lüften, als im Oktober in der von Ernst Rowohlt mitbegründeten Wochenzeitschrift *Das Tagebuch* folgende Zeilen zu lesen waren:

»Vor über einem halben Jahr erschien bei einem Schriftsteller ein junger Mann. Er nannte sich Georg Fink und brachte das Manuskript eines Romans: seine Lebensgeschichte. Der Schriftsteller sollte damit machen, was er will, am besten, meinte Fink, wäre es, wenn er ihn unter seinem, des Schriftstellers eigenem Namen, veröffentlichen würde. Er selbst wollte nichts mehr von ihm wissen und wollte nach Hollywood gehen, um ein Filmengagement anzunehmen. Seitdem hat man nichts von ihm gehört, doch ist anzunehmen, dass er tatsächlich in Hollywood unter fremdem Namen Kino spielt.«

Jener Schriftsteller, an den Fink sich gewendet hatte, war der renommierte Roman- und Theaterautor Kurt Münzer, der mit seinen zahlreichen Romanen, Novellen und Theaterstücken einer größeren Leserschaft bekannt war. Er nutzte seine guten Kontakte und sprach beim Cheflektor des Bruno Cassirer Verlages, Max Tau, vor und empfahl ihm das Manuskript zur Veröffentlichung. Tau war sehr angetan, überarbeitete den Roman, ersann den Buchtitel »Mich hungert« und setzte diesen im Verlag durch, obwohl Cassirer und der Vertrieb zunächst nicht an den kommerziellen Erfolg des Romans glaubten. Zu sperrig und trostlos erschien ihnen das Thema des Buches, und der Titel, so glaubten sie, unterstrich überdies völlig unnötig und überdeutlich, dass mit Unterhaltung auf diesen Buchseiten nicht zu rechnen war. Und überhaupt: Wen sollte die traurige Wirklichkeit eines proletarischen Milieus interessieren, das zudem aus Sicht des Halbjuden Theodor König geschildert wurde, der dieser Welt nur aus Versehen und als Außenseiter unter Außenseitern beiwohnte. Reichte es nicht, auf die Straße zu treten, um dieses Elend leibhaftig vor Augen zu haben, und war es nicht vielmehr der Wunsch aller, von diesem Leid so weit entfernt wie eben möglich zu sein?

Nein, so war es nicht. Im Gegenteil, die Leser sogen die realistischen Beschreibungen Finks auf, glaubten ebenso wie die meisten Rezensenten einen autobiographischen Lebensbericht zu lesen und lobten den Erzählton unmittelbarer Betroffenheit, der ihnen die Wahrheit und Authentizität des Gelesenen suggerierte. Und sie wollten endlich mehr über diesen Fink wissen, der ihnen diesen bewegenden Roman »geschenkt« hatte. Leserbriefe erreichten den Verlag, und Tau bedrängte Münzer ein ums andere Mal, ihm einen Kontakt zu Fink herzustellen oder zumindest eine Fotografie des Unbekannten zu besorgen, um sie in der nächsten Verlagsvorschau abzudrucken. Das Bild indes erwies sich bald darauf als Fälschung, als eine Täuschung Münzers, der Tau das Porträt eines gefallenen Soldaten untergejubelt hatte, um sich dessen Fragen und Bitten zu entziehen. Nicht nur das nährte die Zweifel Taus, dem Finks Maskerade immer seltsamer erschien, irgendwann war er sich sicher, dass nicht Fink der Autor des Buches war, sondern Münzer selbst. Dieser leugnete, und er verneinte nicht nur die Autorenschaft dieses Romans, er inszenierte sich weiter als Mentor Finks, indem er selbst Rezensionen veröffentlichte. Seine Besprechung für die *Bayerische Israelitische Gemeindezeitung,* die Ludwig Feuchtwanger, der Bruder Lion Feuchtwangers, in München als Schriftleiter verantwortete, fiel besonders lobend aus. Kurt Münzer, Sohn eines jüdischen Kaufmanns, der insbesondere durch seinen Großvater, den Rabbiner Abraham Löwysohn, mit der jüdischen Philosophie und den religiösen Traditionen vertraut war, stellte nicht nur die literarische Qualität des Buches heraus, sondern verwies völlig zu Recht auf die jüdische Erzähltradition, die sich in diesem Roman manifestiere. »Dieses Buch bewegt vielleicht so wunderbar und tief, weil man den Ausbruch eines unsterblichen Menschen-, hier Judentums in einer Hölle der Armut, des Elends, des Schmutzes und Lasters erlebt. Weil man mitten unter Literatur ein Herz findet, sinnlich und urfromm, demütig und stolz, klug und einfältig, unwissend und weise, wie nur ein jüdisches es sein kann.«

Aber nicht Seelenverwandtschaft trieb ihn dazu an, sondern eine inzwischen fehlgeleitete Selbstinszenierung, der er nicht mehr entkam. Denn er war tatsächlich der Autor des Buches, doch er hatte es, warum auch immer, versäumt, den Schleier rechtzeitig zu lüften und seinen größten literarischen Erfolg unter seinem eigentlichen Namen auszukosten.

Vielmehr erschien 1930 noch ein weiterer Roman unter Finks Namen: *Hast du dich verlaufen?,* und erst Jahre später, im Zürcher Exil, gab Münzer schließlich zu, dass er sich dieses Pseudonym seinerzeit zugelegt hatte.

Münzers Werk geriet zunehmend in Vergessenheit. Über ihn ist kaum mehr bekannt als über Fink. Es gibt kein Bild, seine Biographie ist nur unzureichend überliefert, und vielleicht ist das so schlecht nicht, erlaubt es dem heutigen Leser doch, sich unvoreingenommen einem seiner besten Romane zuzuwenden: der Lebensgeschichte Theodor Königs, der nicht nur das eigene Elend beschreibt. Münzers Roman erzählt von der Kriegs-, Nachkriegs- und Inflationszeit, vom Hunger und der Gier nach Leben, der Suche nach Liebe und moralischer Integrität. Dieses Buch ist Familienroman und Epochenroman und gleichzeitig eine Chronik deutscher Geschichte. Und es ist ein Buch, dessen Geheimnis, wenn auch etwas unbeholfen inszeniert, noch heute die Phantasie anregt. Münzer hat das Vabanquespiel zwischen mystischer Verklärung und rationaler Einsicht auf sein Leben übertragen, und es lebt, soweit man dies sagen kann, in dem Protagonisten seines Romans weiter, der nicht nur Wanderer zwischen zwei Welten ist – hier das Elend und die Rohheit der oft entmenschlichten Kreaturen, die ihn in der erbärmlichen Mietskaserne und auf den Straßen umgeben, dort die Schönheit von Musik, Bildung und Literatur, der er in der Villa des Fabrikanten Falk begegnet –, sondern König bewegt sich in einem Spannungsfeld zwischen Religion und Moderne, Klassenkampf, Juden- und Deutschtum und spiegelt damit die Frage nach der eigenen Identität, die die Nation ebenso umtrieb wie den Einzelnen, wider.

»Alles ist in meinem Leben, nur Liebe nicht«, sagt König am Ende des Buches. Sie fehlte allenthalben nicht nur in seinem Leben, zu wenig davon war allerorten. Und so endet sein Lebensbericht verzagt und traurig und nimmt den Lauf der Geschichte sinnbildlich vorweg: »Es ist nicht wahr, dass jedes Ende auch ein Anfang ist. Denn da stehe ich und werde immer stehen bleiben und nichts wird anders werden.«

Peter Graf, Februar 2014

1

Mich hungert …

Damit beginnt mein bewusstes Leben. Meine erste Erinnerung ist dieses: Mich hungert …

Bis dahin lag ich im selig Unbewussten, noch immer wie im warmen Dunkel des Mutterleibes, im heiligen Schutz der einzigen Liebe. Und dann riss mich das lebendige Leben hinaus, ich fühlte: Mich hungert … und erwachte …

Damals wohnten wir noch allein in einer Wohnung der Gartenstraße, am Stettiner Bahnhof, im Armutsviertel, dicht bei der Invalidenstraße, dem großen Geschäftsboulevard des Nordens. Die drei Fenster unserer beiden Vorderstuben, oben im vierten Stock, sahen hinunter auf die Geleise der Stettiner Bahn, auf Schienen, Weichen, Rangierhäuschen, Brücken und Schuppendächer. Immer lärmte es da, Dampf zischte, Pfeifen schrillten, Tag und Nacht. Meine Mutter trug oft ein nasses Tuch um die Stirn, immer schmerzte sie der arme Kopf. Sie schlief in einem der Zimmer vorn. Ich mit der Schwester und dem Bruder in der dritten Stube hinten neben der Küche.

Es ging uns noch gut damals. Unserer Mutter Mutter war gestorben, und ein kleines Erbteil musste der Mutter ausgezahlt werden, es war kein Testament da, das sie enterbte, wie später der Letzte Wille ihres Vaters. Davon lebten wir wohl in dieser bescheidenen Behaglichkeit. Aber der letzte Taler war gewiss verzehrt, als jener Abend einbrach, mit dem meine Erinnerung und also mein Leben einsetzt.

Vater war damals Hausdiener in einem großen Garderobengeschäft der Chausseestraße, einem ungeheuren Laden, in dem sich ebenso die Dandys der Gegend, die Zuhälter, Kommis, die Provinzfremden als auch die Kutscher, Schofföre, Arbeiter entsprechend einkleiden konnten. Vater packte dort ein und trug aus. Er bekam viele Trinkgelder. Die kleinen Leute, die armen Leute sind immer gutmütig und großzügig. Aber damals, im fünften Jahr ihrer Ehe, trank der Vater schon. Ich erinnere mich: An jenem Abend, als es geschah, hatten wir mittags kein Essen gehabt. Die Mutter war zur Nachbarin gegangen und hatte sich eine Tasse Mehl geborgt. In ihr Kleid gedrückt – ein blaues Wollkleid mit grünen Karos … o, ich spüre noch nach zwanzig Jahren den Duft ihres Kleides –, in dieses Kleid aus ihrer schönen glücklichen Mädchenzeit gedrückt, war ich mit ihr zur Nachbarin gegangen, Frau Ladewig hieß sie und hatte immer Erbarmen mit uns. Bei Frau Ladewig war es warm und schien es mir viel heller zu sein als bei uns, obschon sie dasselbe Licht vom Himmel über den Bahngeleisen empfing. Ihr Mann verdiente als Kassenbote, ihre Tochter war Expedientin bei Tietz am Alexanderplatz, und ihr Sohn war drüben am Stettiner Bahnarbeiter. Sie steckte mir ein Stück Zucker in den Mund. Ich war schüchtern, ich war ernst und still, ich sprach nur mit der Mutter. Selbst mit Henriette und Markus, meinen Geschwistern, sprach ich kaum, spielte ich damals noch selten. Ich glaube, ich habe überhaupt nie gespielt. Dabei hatten wir, in dieser Wohnung, noch ein wenig Spielzeug …

Ich saß immer am Fenster und starrte. Neben mir saß die Mutter und nähte. Sie nähte Krawatten für ein Geschäft in der Invalidenstraße. Waschen ging sie erst später, um mehr zu verdienen, als sie für alle sorgen musste, sie allein. Da saß ich und schaute, schaute. Die roten Dächer des Bahnhofs in Sonne oder Regen, die vielen Geleise, die ein- und ausfahrenden Züge, lange Reihen stillstehender Güterwagen, erloschener Lokomotiven, und der Dampf, Säulen, Wolken, Gebilde aller Art, von Licht durchgleißt oder schwer wie zähe Masse. Unten in der Straße Autos und Omnibusse, wimmelnde kleine Menschen. Da saß ich immer, bis Mutter nichts mehr sah und die Arbeit in den Schoß sinken ließ. Sie lächelte, und ich hörte wohl das Lächeln, denn ich sah dann zu ihr hinüber, und da merkte ich erst, wie dunkel es geworden war, ich erkannte sie kaum. Aber ich fühlte ihr Lächeln, es lag warm auf meinem Gesicht.

So war es an diesem Abend auch. Es war Herbst, es hatte geregnet, es war vielleicht sechs Uhr. Noch immer rieselte es sacht. Überall standen Lichter unten. Ich sah einen Feuerschein über Berlin, der Bahnhof dampfte, rote und grüne Laternen standen im trüben Dunst. In der Küche lag Vater, er war betrunken heimgekommen. Ich wusste damals nicht, dass er seine Stellung schon verloren hatte und Tage und Nächte in Budiken und Kneipen zubrachte. Aber Mutter muss alles gewusst haben. Er war in die Stube getaumelt, als wir gerade bei unserer Mehlsuppe saßen. Henriette weinte und wollte Zucker in die Suppe haben. Die Mutter tat, als schüttete sie welchen hinein, aber ich sah, dass die Büchse leer war, und ich lachte nicht, ich blieb ernst. Der zweijährige Markus ließ sich füttern und schmatzte. Und Henny, als sie merkte, dass sie betrogen war, weinte lauter und wollte mit dem Löffel den Teller zerschlagen. Sie war immer heftig, wild, gierig …

Da kam Vater hereingetaumelt. Die Mutter tat einen tiefen Atemzug und beugte sich über das weinende, schreiende Mädchen. Aber Vater tat Henny nie etwas, die liebte er. O, wie habe ich oft gelitten, dass er sie liebkoste, küsste, herumtrug, ihr Märchen erzählte, während er mich nur ansah, um zu schimpfen, nur berührte, um mich zu schlagen, fortzustoßen, aus dem Wege zu treten. Ich erinnere mich: Viel später einmal hörte ich zu, wie er Henny eine Geschichte erzählte. Er hatte nicht gesehen, dass ich in der schon dunklen Stube auf dem Strohsack hinterm Ofen lag. Und er hatte Henny auf den Schoß genommen, ihr mit den Fingern das weiche, lange braune Haar gestrählt und geraunt:

»Ja, mein Mädelchen, so hübsch bist du, und du musst immer hübscher werden, wenn du wächst. Du wirst so schön sein, wenn du groß bist. Und dann wirst du ein feines Kleid von mir bekommen und auf die Straße gehen und ins Eldorado und die Festsäle in der Chausseestraße, und reiche junge Herren werden mit dir sprechen und mit dir tanzen. Wein wirst du bekommen und bunte süße Liköre und Geld. Alle werden lieb zu dir sein und dich küssen und streicheln, und du wirst Papa viel Geld nach Hause bringen und ihm alles schenken. Du liebst doch deinen guten Papa, nicht wahr, mein Schätzchen, und er wird dir auch immer neue Kleider und Ohrringe und Kettchen schenken. Aber du wirst ihm alles Geld geben, was du bekommst, damit er dirs aufhebt und seidene Kleidchen kauft. Ja?«

Und das Kind – es mochte sonst den Vater nicht und

versteckte sich vor ihm – umschlang ihn und jauchzte. Henny ging noch nicht zur Schule damals, sie war noch nicht sechs Jahre. Aber ich war schon sieben, und ich konnte schon schreiben, ich verstand schon so viel, und ich habe dann oft heimlich zu erlauschen versucht, was Vater dem Schwesterchen erzählte. Es war immer das Gleiche. Mutter war damals schon so wenig bei uns, sie wusch in Kundenhäusern oder in der Waschküche unseres Hauses, oben unterm Dach. Und Vater, wenn er nicht in der Kneipe saß, schlief zu Haus, Henny neben sich, und wenn er erwachte, erzählte er ihr, was er von ihr erhoffte, wenn sie erst groß und schön war …

Erst damals begann ich von meinem Vater mich abzuwenden … Hassen konnte ich ihn nie. Es ist mir nicht gegeben, hassen zu können. O, und wie muss es wohltun, einmal sein Herz in Wut und Feindseligkeit zu entladen, sein Gefühl in Hass ausbrechen zu lassen. Ich liebte ihn immer – bis zu meinem letzten Blick auf ihn. Erst dann, als er nicht mehr wiederkam, als er verloren war, Erinnerung geworden, da erst erlosch mein letztes Mitleid, mein letztes Fühlen für ihn. Aber als Kind liebte ich ihn, ich litt nicht unter seinen Schlägen, aber darunter, dass er mich nicht liebte. Ich beneidete Henny auf seinem Schoß. Er roch nach Schnaps. Wenn er mich anschrie, sich bückte, um mich zu treten, weil ich ihm im Wege stand und er nicht die drei Schritte Umweg um mich machen wollte – und ich stand doch da, um den Boden zu kehren, oder lag auf den Dielen, um sie zu scheuern, weil ich Mutter die Arbeit ersparen wollte, oder ich stand am Tisch und fädelte Mutter die Nadeln ein für ihre Krawattennäherei … Wenn er sich da zu mir bückte, seine Bosheit an mir auszulassen, schlug mir der Fusel aus seinem

Munde furchtbar entgegen. Und dann schlug er zu – mit seiner Hand, die so weich aussah und so hart traf. Mit seinem Fuß, der in den billigsten Schuhen klein und fein blieb. Er war so schön, der Vater … Vielleicht war ich in ihn verliebt. Ich war so ganz Mutters Kind, so ganz sie selbst, dass ich ihn mit ihren Augen ansah, diesen großen, schönen, starken blonden Mann mit den kleinen Händen und Füßen, den kleinen anliegenden Ohren, dem ungebändigten glänzenden Haar und den grauen Augen, die ich aber nur schwimmend und gerötet kannte, nicht mehr im feuchten Glanz seiner noch reinen und zärtlichen Jugend.

Wo bin ich? Ach, erst noch bei jenem ersten Abend meines bewussten Lebens. Die Mutter hatte die Arbeit sinken lassen, und ich spähte zu ihr hinüber.

»Bist du hungrig, mein Liebling?«, sagte sie plötzlich leise.

Wir haben nie viel miteinander gesprochen, wir waren eigentlich immer schweigsam zusammen. Ich glaube, ich war oft ganz verwundert, wenn Mutter mich ansprach. Es schien mir so überflüssig, dass wir redeten und uns mit Worten verständigten. Ich kannte sie, ich verstand sie so gut. Sie war wohl der einzige Mensch, den ich genug liebte, um ihn ganz zu verstehen, um ihn in meinem Herzen zu erleben. Aber genügt es nicht auch, einen einzigen Menschen – und noch dazu meine Mutter! – völlig zu erleben, um damit alles zu wissen, alles zu verstehen, das Leben überhaupt empfangen und erkannt zu haben?

»Bist du hungrig, mein Liebling?«, fragte mich ihre süße, tiefe Stimme.

Manchmal, manchmal saß sie auch an meinem Bett, wenn Henriette und Markus schon schliefen, und sang leise ein Wiegenlied, mit dem ihre Mutter sie einmal in den Schlaf gesungen hatte …

»Schlaf in süßer Ruh,
tu die Äugelein zu.
Höre, wie der Regen fällt.
Horch, wie Nachbars Hündchen bellt …«

Ich schüttelte den Kopf. Ach, ich hatte Hunger. In dem Augenblick, als Mutter mich fragte, empfand ich ihn. Aber ich wusste, es war nichts da. Ich hatte in der Tür gestanden und gesehen, wie sie, als Vater in der Küche über dem kalten Herd schlief, in seine Taschen gegriffen und sie nach Geld durchsucht hatte. Sie hatte nichts gefunden, und sie hatte nicht den Mut, noch einmal zur Nachbarin zu gehen. Damals schämte sie sich noch ihrer Armut, ihres Mannes, ihres langsamen Heruntersinkens. Später, als es nicht mehr tiefer ging, trug sie den Kopf höher, nahm mitleidige Blicke gelassen an und schadenfrohe stolz. Sie schlug dann die Augen nicht mehr nieder und trug ihr Schicksal wie alle Frauen jener Straßen und Häuser: gleichmütig, überlegen fast; sie wurde langsam Genossin … Wer dieselbe Kette trägt, schämt sich ihrer nicht länger.

Ich schüttelte den Kopf. Ich wünschte, sie spräche weiter. Ich liebte ihre Stimme so sehr. Ich höre es noch immer:

»Hündchen hat den Mann gebissen,
hat des Bettlers Kleid zerrissen.
Schlaf, mein Kind, in süßer Ruh,
tu die Äugelein zu.«

Henriette und Markus waren längst zu Bett gebracht worden, bald nachdem Vater heimgekommen war. Mutter fürchtete, sie könnten Lärm machen, und dann wurde der Betrunkene wild. An Henny vergriff er sich im wüstesten Rausch nicht, aber den kleinen Markus konnte er, wenn er schrie, aufreißen und zu Boden schmeißen, dass das Kind vor Entsetzen und Schmerz, halb betäubt, verstummte. Sie schliefen schon an diesem frühen, kalten, nassen Abend.

Meine Mutter hatte das kaum gefragt, da hörten wir Vaters Tritt. Er warf die Küchentür zu und stampfte zu uns herein. Ich fürchtete mich nicht, denn hier am Fenster war ich ihm ja nicht im Wege, aber ich spürte, wie Mutter zu zittern begann. Er kam langsam näher, und dann stand er neben mir. Wieviel Glut ging von ihm aus! Es war Bier- und Fuselgeruch darin, aber es umfloss mich doch fast wohlig …

Plötzlich umschlang er mich und hob mich auf … Das erste Mal geschah es, dass Vater mich auf seinen Arm nahm. Er drückte mich so fest an sich, als müsste er mich jemandem entreißen, jedenfalls als wollte jemand mich ihm fortnehmen.

Und da war auch schon die Mutter aufgesprungen und hatte die Arme ausgestreckt und rief etwas, was ich nicht verstand. Denn halb in Furcht, halb in Seligkeit hatte ich meinen Kopf an Vaters Hals gedrückt. Er war ganz weich und sehr heiß, zum ersten Mal war ich ihm so nah, mein Mund lag auf der nackten Haut, ich sog sie ein mit meinem jagenden Atem, ich wagte nicht zu küssen.

Ich war vier Jahre alt …

Ich drückte mich unter Vaters pressendem Arm eng an ihn. In diesem Augenblick verriet ich – zum einzigen Mal –

meine Mutter. Ich glaubte, da liebte ich Vater so, wie meine Mutter ihn einmal geliebt hatte … Er sollte mich mit sich nehmen, forttragen, gleichviel wohin. Wenn er es nur war: Mit ihm ging ich in jedes Elend. Ich war bereit, alle und alles zu verlassen, auch die Mutter. Ich vergaß sie an Vaters breiter Brust.

Und ich hörte über mir seine damals schon heisere Stimme:

»Wo ist seine Mütze? Her damit!«

Wie aus ganz weiter Ferne flüsterte meine Mutter:

»Aber was willst du denn mit dem Jungen? Gehst du fort? Mit ihm? Georg, o, ich bitte dich, wohin nimmst du ihn mit?«

Der Vater ging schon. Er drückte mich so fest, ich keuchte an seinem Halse. Er trug mich …

Wenn Mutter mich trug, ängstigte ich mich immer. Ich fürchtete, ihr zu schwer zu sein, und machte mich so leicht ich konnte. Ich dachte: Sie lässt mich fallen … Sie war stark und gab nie einer Schwäche nach. Aber mir, wenn sie mich noch so innig umschlang, erschien sie schwach und kümmerlich, zerbrechlich und kraftlos. Und jetzt zum ersten Mal trug mich die Kraft selbst. Eine unwiderstehliche, unzerbrechliche Gewalt hatte mich ergriffen, und ich fühlte mich in einer Sicherheit und Verlässlichkeit wie noch nie. Langsam, scheu, zaghaft wagte ich, den linken Arm um Vaters Hals zu legen und ihn zu umklammern.

Seine Glut betäubte mich, wie heiß war er, es gab keinen lebendigeren Menschen.

»Meine Sache!«, hörte ich seine Stimme. »Ist er nicht mein Kind? Wo ich hingeh? Jroßartig. Was geht's dir an!«

Und er fiel in sein Berlinisch. »Platz da! Willste Bimse? Hast woll lange nicht dein eijent Jeschrei jehört?«

Da wich sie. Und er trug mich zur Tür hinaus, griff nach einem Haken, fand irgend einen Hut …

»Teddy«, rief die Mutter hinter uns. »Georg! Teddy!«

Vater brummte.

»Ja, übermorjen«, rief er zurück.

Dann schlug die Flurtür hinter uns zu, und eine Hand am Geländer, taumelte Vater die vier Stiegen hinab.

Ich umklammerte ihn, so fest er mich auch hielt. Ich hörte wohl, wie oben meine Mutter aus der Wohnung stürzte, an das Treppengeländer, hinabflüsterte. Sie wagte nicht mehr zu rufen, uns nachzulaufen. Die Angst vor den Nachbarn! Keiner sollte etwas merken. Sie glaubte vielleicht immer noch, niemand im Hause wüsste davon, wie es bei uns aussah. Aber ich hörte ihr Flüstern, sie hauchte meinen Namen. Es drang mir nicht ins Herz, mein Vater erfüllte es. Ich verriet Mutter zum zweiten Mal an diesem Abend. Ich fürchtete, sie könnte uns nachlaufen, mich ihm entreißen. Und ich umschlang ihn fester, schloss die Augen. Obschon er taumelte, fühlte ich mich doch sicher bei ihm, einer unbeschreiblich furchtbar süßen Gewalt ausgeliefert. Ich wollte nicht zur Mutter zurück. Mit dem Vater, wohin es auch ging …

Er trug mich über die Straße. Es war still bei uns in der Gartenstraße, aber da, wo sie in die Invalidenstraße mündete, war Licht, Lärm, Gewimmel und Gewühl; Hupen und Glocken tönten grell. Ich sah mich um. Von ungewohnter Höhe sah ich die Straße. Nicht mehr war ich eingezwängt zwischen die Beine, Röcke und Mäntel der Erwachsenen. Groß wie mein schöner Vater sah ich in Gesichter, alle mir furchtbar nah, aber sie ängstigten mich nicht. Alle waren fremd, das gefiel mir. Ich blickte von oben in Schaufenster hinein, auf Fleisch und Bäckereien, Schokoladen. Das Wasser lief mir im Munde zusammen, mein Magen tat mir weh. Ich blickte fort. Autos, Omnibusse, Elektrische, unendlich viele Menschen, in der Luft blitzende Drähte von Haus hinüber zu Haus und hinab die brausende Straße. Es rieselte sacht, ich fror nicht, die Glut meines Vaters hüllte mich ein.

Er trug mich dem Stettiner Bahnhof zu. Es wurde immer lärmender. Wir erreichten den weiten Platz, da standen in Reihen Droschken und Autos vor dem roten Portal. Ich erinnerte mich: Drinnen in der Halle hing ein großes Bild: Wasser, Felsen, ein Dampfer.

Dahin führte mich manchmal die Mutter und zeigte es mir, und ich stand da und beschaute es lange, lange. Das war immer eine Art Theater oder Ausflug für mich, dieses riesige Plakat zu betrachten, das Theater der armen Leute.

Also hatte ich doch schon vor diesem Abend gelebt und Bilder aufgenommen und Empfindungen gehabt! Jetzt folgte ich den Blicken meines Vaters, der um sich sah. Und da stand ein Schutzmann neben dem Zeitungskiosk und betrachtete uns. Vielleicht sah mein Vater verdächtig aus. Ein blonder betrunkener Kerl, der einen kleinen mageren schwarzen Jungen auf dem Arm hält. Aber ich hatte ja ein glückliches Gesicht, ich strahlte und lächelte wahrscheinlich …

Vor diesem Schutzmann zog mein Vater sich zurück. »Lange nich jesehn und doch noch jekannt«, brummte er. »Ick bin so nüchtern wie ne Wasserquelle.«

Und er kehrte um. An der Ecke war ein Postamt, gelbe Wagen fuhren hinein, und ein Trupp Briefträger kam heraus.

Mein Vater, gemütlich, hielt einen an:

»Nun, Freund und Jönner«, rief er, »is an mir nischt?«

Einer rief lachend zurück:

»Nee, an Ihnen is janischt!«

Aber Vater blieb gemütlich. Zärtlich sagte er, hinter dem Manne laufend:

»Mensch, dir könnt ick stundenlang in die Fresse haun.«

Alle kannten ihn wohl in der Gegend. Vielleicht mochten ihn alle gern, vielleicht war er immer zu allen freundlich und gutmütig und tobte sich nur zu Haus aus.

Plötzlich setzte er mich ab. Er stellte mich auf die Füße so jäh, dass ich unwillkürlich aufschrie. Und da beherrschte er sich nicht, er war nie besonnen mir gegenüber. Schon hatte ich seine weiche Hand schmerzhaft im Genick. Er schob mich in eine Haustür, drückte mich in die Ecke und sagte, tief über mich gebückt, mich ganz in seinen Bieratem hüllend:

»Da, steh, rühr dich nicht! Nimm den Hut ab, halt ihn hin, so, vor dir. Und dann sagst du fortwährend: O, mich hungert, bitte, bitte, liebe Dame, mich hungert … Und wenn's ein Mann ist, sagst du, Dummkopf: lieber Herr, bitte, bitte. Vastehste woll, Doofkopp? Bist schwer von Vastehste, was? Betteln sollst du, Suse! Geld verdienen. Deinen Vater ernähren. Da steh, rühr dir nich! Kick se an, de Leute, flenn man jetrost 'n bissken. Ich komme wieder. Aber dann will ich Pinke sehn. Mach's jut, Oller.«

Und plötzlich küsste er mich, laut, schmatzend, hart. Ich schwankte. Ich hielt einen Hut meines Vaters in der Hand, seinen steifen Sonntagshut, einen Hut aus guten Tagen mit weißem Atlasfutter, aber es hatte Schnapsflecke. Ich war schon allein. Ich sah ganz verzweifelt um mich. Er war verschwunden. Ich war allein …

Allein in dieser wimmelnden Straße, so klein, schon vom rieselnden Regen durchnäßt, ich hatte keinen Mantel, einen dünnen Kittel, keine Mütze. Ich trug Hausschuhe, hatte keine Strümpfe an. Er hatte mich, wie ich ging und stand, fortgetragen. Eine Angst überfiel mich wie Wasser einen Ertrinkenden. Ich streckte die Arme aus – mit dem offenen Hut, und ich schrie entsetzt:

»Mich hungert …«

So begann mein Leben.

Mich hungert …

Ich stand im Torweg, hielt krampfhaft den Hut fest, an den die Vorüberlaufenden stießen, und nach dem ersten Schrei flüsterte ich nur noch:

»Mich hungert …«

Das war Auftrag, Befehl. Aber mich hungerte wirklich. Und wer hörte mich?

Die Straße war voll, es lärmte schrecklich. Mir war's, als müsste ich jeden Augenblick zertreten werden, selbst in meiner Ecke. Hunde kamen und beschnupperten mich. Ich fürchtete Hunde nicht, aber ich wagte nicht, sie zu streicheln. Mein Arm erlahmte, der Hut in der Hand wurde so schwer, ich hielt ihn nun mit beiden Händen. Ich sah nur schnell in die Augen der schmutzigen Hunde hinein, einer war größer als ich, bückte sich, und seine warme nasse Zunge fuhr mir ins Gesicht. Ich lächelte ihn gewiss an. Für den Augenblick vergaß ich den Hunger, der Hut sank mit meinen Händen hinab …

Da klirrte es sacht in ihm, da erst entdeckte ich, dass Geld in ihm war. Ich kannte Geld noch nicht, ich weiß nicht, ob es Kupfer oder Nickel war. Ich weiß auch nicht, wie lange ich dastand. Einmal beugte sich eine Frau, eine junge Frau, und streichelte mich, sie gab mir einen Apfel, aber ich konnte ihn nicht nehmen, ich musste ja so krampfhaft den Hut festhalten. Da steckte sie ihn in meine Tasche. Ich verstand nicht, was sie sagte. Sie war so schnell wieder weg. Ein Kind zeigte auf mich, blieb stehen, wurde weitergerissen. Ich hatte jetzt keinen Hunger mehr, aber ich flüsterte immer noch:

»Mich hungert …«

Auf einmal stand der Vater vor mir. Ich weiß nicht, vielleicht hatte er drüben irgendwo aufgepasst und mich belauert. Er zog mich ins Haus und griff in den Hut. Er lachte.

»Fein, Junge!«, sagte er. »Bist doch zu was nütze. Bist auch mein lieber Junge, was?«

O, er küsste mich, er schlug mir hart auf die Schulter wie einem großen Freund, und es tat weh, aber es war so süß. Ich half Vater, ich verdiente ihm Geld. Er roch nach Schnaps, er hatte gewiss schnell einen getrunken. Auf Pump. Und jetzt lief er bezahlen. Denn er war schon wieder weg, er hatte gar nichts mehr gesagt, er hatte mich in dem Torweg stehen lassen, wo eine Gasflamme im Zug flackerte. Ich ging wieder vor die Tür und stellte mich hin und hielt den geleerten Hut in die Straße hinein und flüsterte wieder:

»Mich hungert.«

Leute gingen ins Haus. Ein alter Mann, der eintrat, stieß mich mit dem Stock fort und schrie:

»Pack dich! Kein Platz da für Bettelei! Teufelsbrut!«

Aber als er verschwunden war, kroch ich zurück. Ich fror

so, ich zitterte, große Tropfen vom Dach fielen gerade auf meine ausgestreckten Arme, wenn ich mich vorbeugte, auf meinen Kopf. Ich war ganz nass. Der dünne Stoff sog die Nässe überallhin ein. Und ich war so verwirrt, so betäubt. Ich hätte nicht gewusst, wie nach Hause kommen. Drüben öffnete sich auch eine finstere Straße. Überall waren Straßen …

Und allmählich wurde es stiller auf der Straße. Die Geschäfte schlossen, Fenster wurden dunkel, Rollläden rasselten. Es fuhren weniger Droschken und Autos. Ich war so müde. Ich schlief schon im Stehen ein. Es war wieder Geld im Hut, aber Vater kam nicht mehr. Er lag betrunken auf irgendeiner Bank oder unter einem Tisch, oder der Budiker hatte ihn – so habe ich ihn später oft gefunden – bewusstlos wie er war in den Hof hinausschmeißen lassen, neben die Müllkästen, auf den Deckel der Düngergrube vor den Ställen, in eine Remise unter ein Geschäftsauto. Oder man trug ihn an die nächste Ecke und lehnte ihn an eine Mauer und überließ ihn der Nacht …

Es wurde langsam ganz still, fast leer auf den Straßen. Jetzt war es schön. Ich spürte keinen Hunger und keine Nässe. Den Hut hatte ich vor mich auf die Erde gesetzt, und dann glitt ich zu ihm hinab. Ich hörte noch manchmal, wie einer etwas zu mir sagte, welche stehen blieben. Ich erfasste es noch, wie ein junger Kerl sich bückte, den Hut hob, lachte und ihn in seine Hand ausschüttete … Ich flüsterte:

»Mich hungert …«

Da stieß er mich vor die Brust, ich war so schwach und fiel gegen die Mauer. Er ließ den Hut stehen und ging pfeifend weg, ganz langsam. Ich sah ihm nach, durch den Tränenschleier in meinen Augen. Er ging über die Straße, trat in eine Kneipe. Immer, wenn die Tür dort aufging, hörte ich ein Grammophon.

Vielleicht saß da der Vater drin, und der Bursche war sein Freund und spendierte ihm eins – von dem Gelde, das ich für Vatern erbettelt hatte. Vater trank und hatte mich vergessen …

So, im Halbschlaf, begann ich, die anbetende, hilflose, demütige Liebe zu meinem Vater zu verlieren. Ich begann zu leben, indem mein Dasein verarmte.

Ich erwachte noch einmal. Um zehn Uhr. Als die Haustür zugeworfen und kreischend zugeschlossen wurde. Niemand hatte mich entdeckt. Es fiel von den Laternen kein Licht in meinen Winkel.

Wie spät war es? Ich erwachte, die Straße war ganz leer, fast trocken, Wind ging, es regnete nicht mehr, ich sah empor – in eine funkelnde Schwärze, ich wusste nicht, wo ich war. Was hatte mich geweckt? Stand nicht die Mutter über mir?

Mein Herz hatte ihren Ruf vernommen, der mein Ohr noch nicht erreichte. Ich lag im Torweg, ich hielt den Hut an mich gedrückt, in dem es wieder leise klang. Ich sah die Straße hinauf – Mädchen standen da, allein, zu zweien. Eine ging langsam vorbei. Sie entdeckte mich und hockte sich gleich zu mir nieder.

»Aber Kindchen«, sagte sie, »was machst du denn da? Bist du ausgeschlossen? Wohnst du hier?«

Ich flüsterte – das Einzige, was ich wusste und durfte: »Mich hungert …«

Das Mädchen stieß einen Laut aus. Sie griff in ihr Täschchen und drückte mir ein großes Geldstück in die Hand. Sie duftete so schön, wie ich es noch gar nicht kannte, wie eine fremde Blume. Ich kannte damals nur Fliedern und Astern, die gab es so billig auf den Wagen zu kaufen, und Mutter hatte schon zweimal solche Blumen mitgebracht.

Aber wie sie gerade mit mir sprechen wollte, ging drüben ein Herr vorbei. Da sprang sie auf und lief hinüber und sprach mit ihm, und sie gingen zusammen weiter. Sie sah gar nicht mehr nach mir zurück.

Ich wollte gerade wieder einschlafen, da tauchte tief in der Straße ein kleiner Schatten auf. Eine kleine Frau lief da von einer Seite auf die andere. Ich wusste sofort: die Mutter …

Sie suchte mich … Und ich wollte aufstehen, aber ich konnte nicht. Ich drückte den Hut an mich und warf das große Geldstück hinein und wollte schreien:

»Mutter! Mutter!«

Aber ich konnte auch nicht schreien. Ich flüsterte:

»Mutter! Mutter!«

O, wenn sie mich nicht hörte und vorbeilief und mich liegen ließ und weitersuchte – die ganze Nacht …

Auf einmal lag sie neben mir. Sie schrie nicht auf, sie weinte nicht. Sie riss mich an sich.

»Liebling«, stammelte sie, »Liebling, Liebling.«

Sie hatte ihr schönes schwarzes Spitzentuch um den Kopf geschlagen, das ich liebte. Ich streichelte es.

»Du hast ja das schöne Tuch um«, flüsterte ich entzückt.

Es duftete schwach.

»Rosen«, hatte die Mutter einmal gesagt. Und: »Der Duft ist so alt wie du selbst. Wie du geboren warst, hat Vater mir ein Fläschchen Rosenduft gebracht.«

Sie griff nach dem Tuch, sie wusste gewiss gar nicht, dass sie es trug. Ihre Augen waren ganz irr, ich sehe sie noch heut, nach zwanzig Jahren, flackern.

»Da bist du«, stammelte sie, »mein Kind, mein Liebling, mein Einziges, mein Leben. Hat er dich hierhin geschmissen, liegen lassen. O …« Und sie zerbiss einen Fluch, sie würgte eine Verwünschung hinab. »Er – o! – Ich war feige, und es ging um dich … Vergib mir! Vergib mir!«

Sie kniete neben mir. Sie ließ sich ganz niedergleiten, auf der Straße, lehnte sich an das fremde Tor, nahm mich auf ihren Schoß.

»Und der Hut – Geld – Geld? … Du hast gebettelt?«, schrie sie. »Hat mein Kind gebettelt? Hat er mein Kind betteln lassen? Meiner Eltern Enkelkind auf die Straße gesetzt und betteln lassen, Hut hinhalten, liebe Leute gebt mir was … Betteln, betteln? … Das Letzte …«

Da umklammerte ich sie. Ich hatte sie verraten. In diesem Augenblick verwuchsen wir. Seit damals lebte ich von ihrem Herzschlag, wie ich heut noch davon lebe, dass sie dagewesen ist …

Ich bekam Stimme.

»Mich hungert!«, schrie ich.

Aber es war nur das stundenlange Flüstern, das jetzt ausbrach in Schrei. Ich hungerte nicht, ich fror nicht mehr. Ich trank Mutters Duft und war gesättigt und geborgen und gestillt.

Aber ich schrie:

»Mich hungert!«

Und da raffte sie sich auf. Stark wie noch nie umschlang sie mich, hob mich empor. Ich hielt den Hut zwischen ihr und mir, sie entriss ihn mir, schleuderte ihn mit dem, was er barg, auf die Straße, auf die Schienen. Gerade sauste die Straßenbahn vorbei, ging über alles hinweg. Als sie vorüber war, lag der Hut unversehrt da, das Geld blitzte sacht. Drüben standen zwei Mädchen und sahen uns zu …

»Verflucht!«, rief die Mutter. »Verflucht!«

Ich wusste nie, was sie meinte: das Geld, den Vater, sich selbst, das ganze Dasein? …

Sie lief mit mir. Sie umschlang mich gleichsam mit ihrem ganzen Leib, sie schloss sich über mir, ich sank wie in ihren Mutterschoß zurück. Sie stammelte immer noch ihr »Liebling, Liebling«. Sie hatte mich verloren gegeben. Sie erzählte mir:

»Ich habe dich so gesucht, in allen Straßen, in allen Kneipen. In einer lag er und schlief. Ich schüttelte ihn …«

Ich verstand nicht mehr. Von dieser Nacht an sprach sie immer vom Vater mit mir, als wäre er ein Fremder. Sie sagte mir alles. Vielleicht wusste sie gar nicht, dass sie zu mir redete, glaubte, allein zu sich zu sprechen. Niemals hatte ich sie sagen hören »Dein Vater« oder auch nur »Der Vater«. Er hieß einfach »er«. Ich wusste immer, wen sie meinte. Wir sprachen ja auch nie über einen andern sonst.

Jetzt trug sie mich nach Haus. Wieder war ich geborgen und beschirmt – und in schönerer Weise als beim Vater. Ich war nicht in Rausch und Betäubung, in trunkener Verstörtheit und zitternder Freudigkeit; jetzt war ich in Stille und Frieden, in einem wunderbar schwebenden Zustand, der Dauer hieß. Beim Vater wusste und erwartete ich das Ende, herausgerissen zu werden aus dem Traum von seiner Liebe, die sich endlich meiner annahm. Ich bebte um jeden Augenblick dieses Zufallsgeschenks seiner Zärtlichkeiten. Aber die Mutter war die Ewigkeit, war die Unerschöpflichkeit der Güte, es war nicht Gnade der Stunde, sondern die Liebe. Ich ließ mich tragen, ließ mich schwach werden, gab nach. Die finstere Treppe hinauf. Sie keuchte nicht, sie verbiss sich die Bürde. Ich brauchte mich nicht an sie zu pressen, sie nicht zu küssen. Sie gehörte mir ja, sie blieb mir ja, wir waren ein und dasselbe.

Oben schrie der kleine Bruder. Henriette, die er geweckt hatte, weinte. Sie schlug auf ihn ein, der neben ihr lag. Wir drei Kinder schliefen in einem Bett. Die Mutter hatte sich Milch verschafft. Oder die ahnende Nachbarin, Frau Ladewig, hatte sie ihr herübergebracht. Brüderchen bekam zu trinken, und er schlief schon am Tassenrand wieder ein.

Und ich schlief ja auch, am Tisch mich haltend. Da entkleidete mich die Mutter.

»Liebling«, flüsterte sie, »o Liebling, welche Sünde: Ich liebe dich mehr ... Komm, du schläfst heut bei mir. Er kommt nicht nach Haus ... O, dass er käme. Komm, trink etwas. Ja? Da, Teddy, mein Leben, trink. Es ist Milch. Wie gut sie riecht, nicht wahr?«

Ich war so müde, ich konnte nicht trinken. Ein jäher Frost schüttelte mich. Da packte sie mich ins Bett. Sie nahm mich eng an sich und wärmte mich mit ihrem Blut, das heißer wurde für mich.

»Du wirst nicht krank«, betete sie, beschwor sie mich. »Ich zieh dir das Fieber ab. Schlaf, mein Kind. Soll ich dir singen? ... *Schlaf in süßer Ruh, tu ...*« Aber sie konnte nicht, sie zitterte so sehr.

Sie flüsterte es nur.

Wenn im Haus ein Schritt tönte, es irgendwo krachte, schrak sie zusammen. In der Nacht erwachte ich oft, weil sie jäh zusammenzuckte und sich aufrichtete und horchte. Sie glaubte, er könnte kommen; und schon barg sie mich unter sich und betete lautlos mit raunenden Lippen. Oder fluchte sie?

Aber der Vater kam nicht nach Haus in dieser ersten Nacht meines Lebens.

Ich war vier Jahre alt.

Vom nächsten Tage an begann ich zu wissen; die Augen gingen mir auf und die Ohren. Mein Herz hatte sich entschieden, und ich lieferte mich meiner Mutter aus. Ihr Sohn sein: Das wurde mein Leben …

* * *

Sie hat es mir erzählt in langen Pausen, wenn ich ihr bei der Arbeit half, wenn sie abends an meinem Bett saß, sonntags, wenn wir allein zu Haus geblieben waren. Ich vermochte nie, sie allein zu lassen. Opfer wäre gewesen, sie zu verlassen. Glück war es, für sie Rummelplatz, Spielen auf dem Hof, Zaungast sein beim Fußballkampf aufzugeben.

So fand sich langsam ihr Roman zusammen. Erst als sie tot war, übersah ich ihn ganz. In ihrem letzten Gesicht fand ich ihn völlig geschrieben – vom ersten glücklichen Atemzug des Kindes bis zum letzten schweren Seufzer auf ihrer strohenen Matratze.

Sie wuchs in einer Mühle auf. Ihr Vater hatte die Dampfmühle in Schlesien unten, in einer kleinen, dunklen Stadt an der Oder, nahe der Grenze. Er war ein wohlhabender Mann und hatte nur zwei Kinder, sie, die eine romantische Mutter Perdita genannt hatte, und einen älteren Bruder.

Es war ein frommes jüdisches Haus, und ihre Mutter Henriette trug noch einen Scheitel. Sabbatlichter und die hochheiligen Feste der Versöhnung, des Neujahrs brachten die schönste Poesie in ihr Kleinstadtdasein. Oft hat sie mir von den Hörnern erzählt, die am Festabend in Schul tönen. Sie hat diesen Gotteston nie vergessen. Sie hat nichts mehr gehalten, nie mehr ein jüdisches Buch aufgeschlagen, immer nur deutsch über mir und mit mir gebetet. Aber sie war Jüdin geblieben.

Mir war sie die Schönheit selbst, aber sie war nicht schön, ich sehe aus wie sie. Blasse Haut und weicher Mund, ungefüge Nase, schwächliches Kinn, niedere Stirn, nur die Augen schwarzbraun, schwermütig und groß. Vielleicht war sie unschön als Mädchen, denn es liebte sie keiner …

Es kamen viele junge Herren ins Haus mit der Absicht, sie zu heiraten. Wie es alte jüdische Sitte ist, stellten sich Männer ein, die die Eltern gewählt hatten, die den Eltern gefielen. Jeder war auch bereit, Perdita sich zu erklären, denn sie war ein reiches Mädchen, und die Mühle sollte ihr einmal zufallen. Der Bruder studierte auf den Rechtsanwalt in Breslau und wollte keineswegs Beruf und Großstadt aufgeben, um das väterliche Geschäft weiterzuführen.

Aber Perdita schlug alle aus. Sie wollte geliebt sein, o, und sie wollte selber lieben …

Sie widerstand den Eltern, der Sitte, auch der Angst vor dem einsamen Altern. Sie war ein tüchtiges Mädchen, kümmerte sich um das Geschäft, versah die Buchführung, überwachte Eingänge und Ausgänge. Und Tag für Tag stand sie draußen in der schon offenen Straße des Städtchens, am Hoftor, und zählte die Säcke, die die Müllerburschen aufluden. Hinten stampfte die Mühle, es roch so gut nach Weizen und Roggen. Im Sommer duftete der große Garten von den hundert Rosenstöcken, die er nährte. Und der Geruch der Oder, der herrliche frische, kühle Wasserduft mischte sich hinein. Da stand die häßliche schwarze Müllerstochter und kontrollierte die Fuhren. Sie war streng und kurz, sie konnte nicht freundlich schelten und den Geplagten einen Scherz zurufen. Sie war ein kleines einsames Mädchen, im Grunde ratlos und ängstlich vielleicht im Uneingestandenen. Sie war voll Liebe – ja! Aber schamvoll vergrub sie sie unter Barschheit und Kälte. Sie wagte nicht, sie anzubieten. Sie wusste sich so unscheinbar und hässlich und dachte: Man lacht dich aus, wenn du wen anlächelst.

So wurde sie vierundzwanzig Jahre. Die Eltern gaben es fürs Erste auf, sie zu verheiraten. Sie gönnten sich und ihr Ruhe. Sie wird schon zur Vernunft kommen, besprachen sie sich, wenn sie Zeit zum Nachdenken hat. Soll ein jüdisches Mädchen, mit Geld, aus gutem Haus, alte Jungfer werden? Das gab es nicht in beiden Familien der Eltern.

»Lassen wir sie, Jettchen«, sagte der Vater, noch jung, noch nicht sechzig. »Sie ist doch ein verständiges Kind. Wenn kein Freier mehr kommt, wird sie sich besinnen und schließlich den Nächsten nehmen, den wir ihr aussuchen.«

»Dein Wort in Gottes Ohr«, sagte die Mutter.

Sie war erst zweiundvierzig, sie hatte mit siebzehn geheiratet, eine schöne üppige blonde Frau, die der schwarze Scheitel nicht zu entstellen vermochte. Nur gab er ihrer weichen zarten Schönheit Strenge und Kargheit.

Perdita liebte ihre Eltern wie nur ein frommes jüdisches Kind, aber doch nicht fromm genug, da sie sich nicht fügte, von ihnen keinen Mann empfangen wollte. Und später empfand sie als Gottes, als des Judengottes, der hart und vergeltend ist, Strafe, was nun geschah.

Als sie an einem süßen Maitage mit Flieder, Rotdorn, Schneeballen und Goldlack im Hoftor stand und die Säcke zählte, die zwei Müllerburschen aufluden, sah sie Georg König zum ersten Mal …

Er war am selben Morgen, am fünfzehnten, eingetreten, bisher Hausdiener im lewyschen Schuhgeschäft am Ring, da gefiel es ihm nicht mehr, er wollte mehr Luft, mehr Bewegung, Tätigkeit, Freiheit. Und er sah im ANZEIGER des Dampfmüllers Gesuch nach einem kräftigen Burschen. Nun, er trug auch Dreizentnersäcke pfeifend und mit nur kleinen Schweißbächlein über die breite gold-flaumige Brust. Eine Mühle am Fluß, Arbeit im Hof, an offenen Luken und Seilzügen, Wagen kutschieren, das war für ihn! Er ging abends hinaus, schlug fünf stämmige Konkurrenten aus dem Feld und gab den Handschlag und empfing den Mietstaler.

Das hatte Perdita am Mittagstisch gehört. Aber sie hatte den Leuten nie einen schauenden Blick geschenkt, sie hatte nie einen dieser Burschen bewusst gesehen. Damals gab es sozusagen kein Proletariat für die besitzende Klasse, man übersah es. Arbeiter waren Werkzeuge. Wer kennt den Hammer, mit dem er den Nagel einschlägt? Man kannte seinen Schuh, aber kaum noch den Schuster, den man ihm verdankte.

Schon die Mädchen in der Küche waren nur Halbmenschen. Und die Burschen, die Säcke aufluden? … Waren sie mehr als ein Kran? …

Aber jetzt sah Perdita den schönen Blonden, dem das Haar wehte, weiß bepudert, mit offener Brust, in deren Goldfließ Schweiß wie Silberperlen stand. Er warf den Sack auf den Wagen und reckte sich. Er ging ihr wie ein Gott auf …

Er lief zurück, an ihr vorbei, er lachte.

»Guten Tag, Fräulein«, rief er, und seine Zähne blitzten.

Er drehte sich im Hof noch einmal um – und sie hatte ihm nachgesehen. Er lachte ihr wieder zu. Eben hatte sein Kollege ihm zugeraunt:

»Du, die is noch zu haben. Hunderttausend, sagt man, und die Mühle. Mach dir ran, Junge.«

Das war aber ein großartiger Witz! Georg erzählte ihn überall, und alle wieherten los.

Die Müllerstochter – mit hunderttausend bar. Und die Mühle …

Aber wenn er nun an ihr vorüberging, zog er respektvoll die Mütze und blitzte sie mit seinen Zähnen an. Er war ein Jahr jünger als sie, hatte in Breslau bei den Kürassieren gedient und war ein flotter Bursch. Er hatte nicht so viel Glück bei den Mädchen, wie man glauben konnte. Er war gar zu schön. Sie hatten irgendeine Angst vor ihm. Auch sah er so gewalttätig aus. Wenn er erst wollte, durfte man dann Nein sagen? Der schmiss einen wohl einfach hin und fragte nicht zum zweiten Mal. Lieber nicht erst darauf ankommen lassen, ihm aus dem Wege gehen. Sonntags, beim Tanz, bei der Damenwahl, konnte es geschehen, dass er sitzen blieb. Nur die ganz Kessen oder die Blöden und Ahnungslosen trauten sich an ihn …

Perdita stand sonntags am Fenster, hinter der Tüllgardine, und lauerte. Er ging vor dem Kaffee fort, in einem dunkelblauen Anzug aus Breslau, der so knapp war. Seine Schultern und Schenkel sprengten ihn fast. Sie starrte ihm nach, bedeckt mit kaltem Schweiß, von Glut durchjagt.

Was war ihr geschehen? ... Die Schönheit war ihr begegnet ... Sie hatte nicht gewusst, was sie ist, dass es sie gibt. Sie hatte nicht geahnt, dass in ihrer Seele die eine unendliche Sehnsucht war, die Sehnsucht aller Hässlichen: Schönheit ...

Und nun begegnete sie ihr in einem Müllerburschen, der sechs Tage in weißem Drillich, mehlbepudert umherstieg und am siebenten als Kürassier in Dunkelblau, wie nackt, mit federnden Gliedern tanzen ging.

Zwei Jahre hatte Georg bei der Kavallerie gedient, und noch zwei Jahre war er in Breslau geblieben, erst Diener bei seinem Rittmeister, dann in einer Kanzlei, bald schreibend, bald Kassengänge erledigend. Dann starben die Eltern in der Oderstadt, er kam heim, um zu erben. Aber es war nichts da. Und weil er träge und eigentlich sesshaft war, blieb er in der erstbesten Stellung. Er war leichtsinnig, in der bösesten Art: mit seinem Leben, mit der Zukunft. Er baute nichts von dem aus, was er hatte und konnte. Er tat, was sich gerade bot. Dieser große starke Kerl war, abgesehen vom körperlichen Verlangen nach Tat und Arbeit, ganz passiv. Er jonglierte lachend mit Säcken, aber für sein Menschliches rührte er keinen Finger. Er blieb vor dem eigentlichen Leben ahnungslos wie ein Kind. Schuldloser hat nie ein Mensch Leid und Jammer verschuldet ...

Er traf Perdita. O, nun war sie wirklich eine Verlorene ...

Nichts von ihren Kämpfen ...

Sie litt, dass er mit dem Hausmädchen sprach, und sie warnte sie vor ihm. Sie verging vor Neid, wenn er sonntags das Haus verließ. Er schlief oben über den Ställen. Sie stand im Treppenhaus ihrer Villa, die das Grundstück nach der Straße abschloss, und sah über den Hof nach seinem Fenster. Manchmal erblickte sie ihn, wie er sich den Mehlstaub abwusch, vom Kerzenlicht phantastisch beleuchtet, bald Silhouette, bald ein weißer Gott. Wenn er nackt war, bewegte er sich noch freier, wie in seinem Urelement, aus Verzauberung erlöst …

Sie weinte Nächte hindurch. Es wurde Sommer, und die hundert Rosenstöcke blühten. Es war der Rosensommer des Jahres neunzehnhundertundzwei. In den warmen Nächten stand die Luft unbeweglich und dick von Duft. Reseden hauchten Grabatem dazwischen, und Nelken pfefferten den berauschenden Trank. Jeder Schluck Luft machte trunkener.

In einer Sonntagnacht, als die Mädchen in den Dachstuben längst schliefen und das Licht bei den Eltern seit Stunden erloschen war, war Georg König noch immer nicht heimgekommen.

Perdita stand am Treppenfenster und verlor sich an die finsteren Scheiben drüben. Der andere Bursche war schon da, schlief schon. Wo blieb Georg? … In ihren Träumen, über die sie nicht Macht hatte, nannte sie ihn so leise und klagend und hatte ihren Namen zaghaft und gestammelt von seinem jungen Munde gehört …

Jetzt stieg sie die Treppe hinab, schloss die Tür nach dem Hof auf und trat hinaus. Wie überfielen sie da die Rosen. Zwischen den Gitterstäben des Gartenzauns leuchteten die weißen an den übervollen Büschen, als gäben sie Licht. Aber die roten waren es, die den berauschenden Duft verströmten.

Perdita sank auf den steinernen Sockel des Gartengitters und presste ihren Kopf an die Stäbe, aber sie wollten nicht schmerzen. In dieser Nacht gab es den Schmerz nicht, nur Wollust und süßes Weh und zärtliche Bitternis.

Und dann kam er. Er schloss klirrend das Hoftor auf, sie hatte seinen Schritt schon die ganze totenstille Allee heraufklingen hören, es ging in ihrem Herzen, dort trat er auf, es war großer, aber lustvoller Schmerz.

Er sah sie gar nicht, er ging vorsichtig über den knirschenden Kies.

»Still, Cäsar«, rief er dem Hunde zu, der aber zu bellen nicht gedacht hatte. Er kannte den Schritt. Nun kam er, der das Mädchen gar nicht beachtet hatte, zu dem Müllerburschen herübergetrottet, ein großer Mischling von Bernhardiner und Dogge, eine seltsame Hundeausgeburt, mächtig und ungestalt, immer zerrissen vom Kampf zwischen Doggenwut und Bernhardinernachsicht.

Georg streichelte den ungefügen braunen Kopf, die Tieraugen glänzten. Dann knurrte Cäsar und drehte sein schweres Gehänge dem Mädchen zu. So erst erblickte Georg Perdita.

Er hatte eine Zigarette geraucht, er nahm sie aus dem Munde, zog langsam den Hut und sagte nach einer Weile fragend:

»Guten Abend?«

Er erkannte sie nicht, er wollte weitergehen.

Da rief sie leise:

»Georg?«

Und als er stehen blieb und »Fräulein« flüsterte, vermochte sie zu lachen.

»Bis jetzt getanzt«, sagte sie und konnte kaum die Lippen voneinander lösen. »Wie spät ist es?«

In diesem Augenblick schlug es zwei von der Katharinenkirche. Langsam tropften die Glockenklänge durch die zähe Luft.

»Da«, sagte er nur.

Der Hund trabte in seine Hütte zurück. Dann wurde es still.

Georg rührte sich nicht.

Plötzlich plätscherte es im Fluß hinter dem Garten. Die Oder bespülte ihn, ein kleiner Steg mit einem verfaulten Boot führte in das Wasser hinaus. Eine Ratte mochte hineingesprungen sein oder unreifes Obst sich vom Baum gelöst und hinuntergefallen.

Perdita sah in den Himmel. Es war kein Stern da, es war undurchdringliche Finsternis. Und da flüsterte sie, sich selbst ein Rätsel, wie verzweifelt über die ungeheure Einsamkeit, in der sie zu fallen hing – sie flüsterte:

»Komm her, Georg.«

Er hatte getrunken, aber er war nüchtern. Und er war erfahren, und er hatte dazu den Instinkt des unverbildeten Mannes. Aber eben, weil er nüchtern war, zögerte er. Doch dann sagte es schonungslos in ihm:

»Die ist so weit.«

Und unter dieser kalten Einsicht ging er zu ihr hinüber.

Sie küsste ihn zuerst, er war, als er »das Fräulein« schließlich im Arm hielt, schüchtern. Sie zitterte nicht; im Augenblick, da sie an seine Brust sank, war sie ebenso klar, wie sie zugleich trunken war, ebenso stark wie zugleich verloren an seine Männlichkeit und Schönheit.

»Willst du mich?«, sagte sie. »Soll ich deine Frau werden?«

Er schwieg. Er war es, der so schwach wie plötzlich trunken war. Er konnte auf dieses Ungeheuerliche nicht antworten, seine Welt stürzte ein, er schwankte.

»Ich will«, fuhr sie fort. »Und wenn du willst, ist alles gut. Nur eins musst du mir sagen: Georg, hast du mich lieb?«

Aber er war noch nicht klar geworden, seine Welt drehte sich um ihn, er begriff nichts.

»Georg«, flüsterte sie.

Da erst ergriff er sie richtig, hob sie auf, presste sie an sich, küsste sie.

Sie schrie unter diesem Kuss, den sie nicht kannte, nicht geahnt, nie erwartet hatte. War das das große Geheimnis?

»Was tust du?«, stöhnte sie und bog sich fort wie vor der letzten Vergewaltigung.

Da fand er sich zurück. Er holte sich ihren Kopf zurück und küsste sie wieder. Er hatte Bier getrunken und schlechte Zigaretten geraucht. Aber sie wusste nur, dass sie in diesem Kusse den Mann empfing, dass sie ihm vermählt war …

»Denn ich liebe dich …«, flüsterte sie, als er sie von sich schob, um lachend in ihr Gesicht zu sehen.

Und sie war so völlig Demut, dass sie seine Hand hob und küsste. Und er lachte, denn er erinnerte sich, dass diese Hand noch ungewaschen war von den Liebkosungen, mit denen er beim Tanz ein dummes Mädel aus Petersdorf beglückt hatte.

Aber ihr war alles schon Zauber und Traum und dieses eitle Männerlachen ein seliges Frohlocken seines beglückten und befreiten Herzens.

Und so verließ sie ihn, in ihrer Unschuld schon sein Weib, in ihrer Keuschheit ihm für immer vermählt.

Sich geben zu können, musste man lieben. Das empfand sie in sich selbst. Aber sie glaubte damals noch, dass wer nicht liebte, auch nicht nehmen könnte … Er hatte sie genommen: Also liebte er sie … Und das war genug. Jetzt konnte keine Welt sie mehr trennen. Es gab nur noch eine Welt: ihre Liebe …

Sie zögerte, ihr Schicksal zu vertreten, keinen Tag. Sie zitterte nicht, als sie es den Eltern sagte. Aber das Furchtbare war dann: Ihre Mutter, die schöne, junge Henriette, hob die Hände über den Kopf, sie zusammenzuschlagen, riss den Mund auf, in grässlichem Entsetzen, wollte schreien – aber es kam nur ein Gurgeln, ein unartikuliertes Lallen, ein hässliches und komisches Ächzen. Sie hatte die Sprache verloren …

Der Vater merkte es noch nicht. Er lief ans Fenster. Unten stand der Wagen mit den beiden Falben, und die zwei Burschen luden Mehlsäcke auf. Georg König tat seine Arbeit wie gewohnt, als hätte er alles vergessen, als wären diese Nacht und das Fräulein, der Kuss, das Geflüster ein Traum gewesen, lächerlicher und abzuschüttelnder Traum.

»Den da?«, schrie der Vater, blutrot, die Augen gequollen, »den da willst du? Gott behüte, du bist meschugge, mein Kind. Ein Hausdiener und Perdita Lachmann! Hunderttausend, Kind, bekommst du. Haben kannst du den Schönsten, Besten. Jettel, was ist mit dir? Was babbelst du?«

Die Mutter ächzte, ihre Augen schrien, was der Mund nicht sagen konnte.

»Geh ins Bett«, schrie der Vater. »Hast nicht ausgeschlafen, redst im Traum, Kind. – Aber Jettel, Jettel, nu sag schon, was du sagen willst.«

Da merkte er erst, wie es um die Frau stand. Und er vergaß die Tochter und ihren Irrsinn und lief ihr zu Hilfe, schüttelte sie, schalt sie, bat und bettelte um ein Wort. Aber sie sah nur wild um sich, ihr Scheitel hatte sich verschoben unter ihren verkrampften Fingern, und das blonde Haar quoll hervor. Er sah es, bedeckte es, als seien fremde Männer in der Stube.

»Was hast du angerichtet«, jammerte er zu Perdita. »Sieh her! Deine Mamme. Du hast sie getötet, du hast sie um den Verstand gebracht.«

Perdita hatte kein Mitleid in dieser schrecklichen Stunde, sie stand außer sich selbst. Was gab ihr die Ruhe und die Worte ein, von denen sie, indem sie sie aussprach, nicht wusste, dass sie sie sagte?

Sie sagte:

»Es ist zu spät. Ihr werdet euch abfinden müssen. Ich werde von ihm ein Kind haben …«

Vielleicht glaubte sie es selbst? Glaubte in ihrer ahnungslosen Unschuld wirklich, dass ein Kuss, wie der Kuss in der Nacht, genügte, sie zur Mutter zu machen, da er sie im Augenblick zur Frau gemacht hatte? Sie sagte es. Und dann ging sie hinaus. Hinter sich ein fürchterliches Schweigen …

Fünf Tage später floh sie mit Georg König nach Berlin. Sie hatte ihr Sparkassenbuch abgehoben, es waren gegen dreitausend Mark. Sie hatte etwas Schmuck und von der Großmutter altes Silber, ihr persönlich vermacht. Damit füllte sie den Handkoffer. Kleider, Wäsche, das ließ sie alles zurück. Georg König hatte eine grüne Holzkiste, er besaß zwei Anzüge, vier Hemden, ein paar Jahrgänge FLIEGENDE BLÄTTER und KOSMOS und Andenken an Breslauer Dienstmädchen und Metzgermamsells. – So ging Perdita, die Verlorene, in ihr Schicksal.

Der schöne Georg liebte sie nicht, er hatte anfangs ein bisschen Angst vor ihr, aber er erwartete alle Herrlichkeiten: Perditas Geld. Er war überzeugt, dass die Eltern schließlich nachgeben und ihn als Schwiegersohn aufnehmen würden. Die Mühle würde eines Tages ihm gehören und das viele Geld … Sie war die einzige Tochter. Juden lieben ihre Kinder. Er war so glücklich, dass er gut zu dem Mädchen war, zärtlich, heiß.

Sie mieteten sich in Berlin behaglich ein und lebten von Perditas dreitausend. Dann heirateten sie, und Perdita schrieb nach Haus. Erst stolz, dann weich, flehend, liebeüberströmend. Sie bekam nie eine Antwort. Erst nach Monaten einen kurzen Brief des väterlichen Anwalts, dass Herr Lachmann sich alle Annäherungsversuche verbitte; er habe, vom Gesetz berechtigt, die verlorene Tochter enterbt.

Das war ein Schlag für den schönen Georg. An diesem Tag betrank er sich zum ersten Mal, und als er heimkam und Perdita wach, ihn erwartend, ihn angstvoll anblickend fand, schlug er sie.

Damals trug sie schon ihr erstes Kind. Sie trug schwer an ihm und litt. Aber noch liebte sie Georg. Sie glaubte, ihn zu lieben, und es war nur ihr dunkles Blut, das sie entzündet durchbrauste.

Und jetzt versagte er sich ihr. Um sich zu rächen. Aber da wuchs das Kind in ihrem Schoß, und schon das ungeborene war Trost, Entschädigung, Glück und Segen …

Noch einmal schrieb sie der Mutter, sechs Wochen vor ihrer Niederkunft, Mutter schrieb an Mutter. Und darauf kam eine Kiste an Perdita König. Der Zettel auf ihr mit der Adresse war von Henriette Lachmann geschrieben. Sie hatte selbst die Kiste gepackt und wohl heimlich vor dem Vater wegschaffen lassen. Darin war Perditas eigene Säuglingswäsche, kostbar mit Spitzen geziert, aus handgewobener Leinwand, frisch mit blauem Seidenband durchzogen. Und Perditas Kleider und Wäsche, Schuhe und Mäntel waren dabei, ihre wenigen Bücher, Noten und Malversuche. Und die Schürzen, in denen sie am Hoftor gestanden und die Müllerburschen kontrolliert hatte …

Von nun an weinte sie bis zu dem Augenblick, da man ihr den erstgeborenen Sohn an die Brust legte. Sie nannte ihn Theodor. Und erst die Nachgeborenen nach den Eltern: Henriette und Markus.

Sie hatte sechs Wochen geweint, selbst nicht begreifend, woher ihr diese unendlich rinnenden Tränen kamen. Und dabei war Georg wieder gut zu ihr geworden. Die Sendung der Mutter hatte ihn aufgerichtet. Es war wohl nicht so bitter ernst mit Verstoßung und Enterbung. Eines Tages versöhnte man sich doch, und er zog in der Mühle ein. Er brachte Blumen für die Wöchnerin, brachte jenes Fläschchen Rosenöl, dessen Duft länger währte als seine Zärtlichkeit und Güte. Er schaffte Perdita und das Kind zum Photographen und schickte das Bild an die Großeltern … Es kam zurück. Die Annahme war verweigert worden …

Da tobte der schöne Georg. Er hob das Kind auf, als wollte er es, nun seine Existenz für ihn sinn- und zwecklos war, an der Wand zerschmettern. Aber Perdita warf sich über ihn. Klein und schmal, überwältigte sie den rasenden Riesen. Sie heulte ihm ins Gesicht Schmach und Fluch. Plötzlich erkannte sie ihren Mann. Da stand ein kleiner, gemeiner, haltloser, fauler Mensch …

Sie wusste nicht, dass ihre Mutter gestorben war, während sie in zwei Tagen Wehen lag und jammerte. Sie erfuhr nie, ob die Mutter ihre Sprache wiedergefunden hatte. Eines Tages bekam sie die sachliche behördliche Mitteilung, dass ihr Muttererbteil in Höhe von sechstausenddreihundert Mark zu ihrer Verfügung stände.

Ihr Schmerz kam zu spät, er erreichte nur noch ein Grab. Sie wusste, wo es auf dem Judenfriedhof des Oderstädtchens lag, neben den Gräbern der Großeltern, an der Ehrenmauer. Großvater war Rabbiner gewesen. Es gab da ein Erbbegräbnis Lachmann für sechs Tote. Jetzt würden zwei Plätze immer leer bleiben. Und die Bank, die da stand, würde nie einen Trauernden und Betenden tragen. Sie musste weinen über ein Leid, das schon Wochen zurücklag. Theodors Hände wurden nass von ihren Tränen.

»Teddy«, flüsterte sie ihm zu. »Teddy, Liebling, sie hat dich nie gesehen, sie ist fort, und sie hat mir nichts mehr gesagt.«

Georg tröstete sich. Er war Beinahekapitalist. Statt Schnaps trank er nun Wein. Perdita war schwach, noch einmal, und die Hälfte des Geldes zahlte sie auf seinen Namen bei einer Bank ein. Nun, er hatte ihr das Kind geschenkt. Gesegnet sei er!

Aber sie war klug. Sie mietete eine Wohnung. Im billigsten Berliner Viertel, am Stettiner Bahnhof in der Gartenstraße, und möblierte sie. Sie schaffte Vorräte an, sorgte für die Zukunft, ahnungsvoll und vorbedacht, und wurde fast glücklich dabei. Das Geld floss weg, aber sie lächelte. Georg streichelte sie, und sie ließ es sich gefallen. Sie hatte Erbarmen mit ihm, mit seiner geketteten Menschlichkeit, seiner seelischen Unerlöstheit. Hinter frischen Gardinen, zwischen lackduftenden Tannenmöbeln begann sie, eine Häuslichkeit zu entfalten. Dazu gehörte Harmonie zwischen den Gatten. Und sie demütigte sich zu ihm hinab, als sie die Vergeblichkeit, ihn zu erlösen, einsah.

Ach, es gab ja nichts zu erlösen … Er war nicht verwunschen in ein Halbtier: Er war ein Halbtier.

Seine Seele war leer und nicht gefesselt, seine Menschlichkeit hohl und nicht verschüttet. Das wollte sie lange nicht begreifen. Sie gebar das zweite Kind, ein Jahr nach dem ersten, das Mädchen Henriette, das schon lallend schön, lieblich und leidenschaftlich war. Und wieder nach einem Jahr kam Markus, nach ihrem Vater genannt, ein blonder, fester Junge, ein kleiner Georg König.

Damals war alles Geld längst aufgezehrt, und Georg hatte sein Schlaraffenleben aufstecken und arbeiten müssen. Erst hatte er Bier gefahren, das kam seiner Kraft recht. Wie ein verkleideter Bacchus fuhr er da hundert Fässer auf Leiterwagen durch Berlin, lud sie auf seine ungebeugten Schultern und schien mit harten Gliedern den braunen Manchesteranzug sprengen zu wollen.

Dann bekam er es über. Er privatisierte ein bisschen, trank, schimpfte Perdita »Judenschickse!« und prügelte die Kinder. Nur Henny, wie er sie nannte, schonte er, liebte, verzärtelte er. Ihr brachte er leere Zigarettenschachteln, aufgelesene Knöpfe, ein Stück Kuchen mit, sie trug er herum, kämmte ihr seidiges braunes Haar, reizte sie neckend, um ihre Leidenschaftlichkeit zu genießen. Sie durfte, wenn er sie so liebevoll ärgerte, ihn mit Fäusten dreschen, mit Füßen stoßen. Wenn sie an seinen schönen, langen Haaren boshaft riss, lachte er fast erregt.

»Judenschickse!«, schrie er. »Bring mir Kaffee ins Bett! – Bring mir Henny rüber! – Hol die MORGENPOST rauf!«

Das sollte nicht immer Beschimpfung sein. Aber wenn er wütend war, warf er ihr ihre Herkunft vor. Er stieß, mit dem Stiefel, Theodor zu ihr hinüber und schrie:

»Judenbrut! Tut euch nur zusammen. Das geht ja in eins auf. Wenn ich bloß det Jesichte nich mehr sehn müsste! Wie kommt so'n Judenbengel zu mir! Aber det kann 'n Mann passieren, der so ne Frau hat. Packt euch!«

Und wenn er, sinnlos betrunken, nach ihnen zu werfen begann, Teller, Messer, Stühle, dann floh Perdita mit ihrem Kind, sie irrte stundenlang, es auf dem Arm, durch stille Straßen, bis hinauf zum Humboldthain, ließ es schlafen in ihrem Schoß, während sie auf Wiesen starrte und doch nichts anderes sah als ein Hoftor. Und da stand sie selbst, in blauer Kleiderschürze, und kontrollierte die Müllerburschen, von denen einer schön war wie ein junger Mars …

Aber sie klagte nie, gab sich selbst alle Schuld … Wenn sie heimkam, lag Georg irgendwo, über den Herd geworfen, auf der Erde, mit Stiefeln im Bett. Er hatte rings um sich Schmutz, es roch fürchterlich, Henny weinte, und der kleine robuste Markus schlief.

Dann wurde Georg König Hausdiener in dem großen Garderobengeschäft in der Chausseestraße. Es war leichte Arbeit. Für ihn. Aber Geld brachte er nicht nach Haus.

Und Perdita begann, selbst ihre Kinder zu ernähren … Der Schmuck und das alte Silber waren längst verkauft. Jetzt nähte sie Krawatten. Sie verdiente siebzig Pfennige im Tag, denn sie konnte nicht nur nähen, sie musste die drei Stuben putzen, drei Kinder versorgen. Sie versetzte überflüssige Kleider und den Rest ihrer feinen Jungmädchenwäsche, sie versetzte Möbel, jeden Topf, der zu viel war. Nie wurde etwas eingelöst. Sie versetzte das zweite Bett und schlief in dem einen, wenn Georg nachts nicht heimkam, sonst auf der Erde, die drei Kinder hatten auch nur ein Bett gemeinsam. Sie versetzte die Übergardinen, den Teppich, es wurde immer leerer um sie, und doch gab es Tage, wo kein Tassenkopf Mehl im Hause war, den Kindern einen Brei zu machen.

In wahnsinnigen Nächten starrte Perdita sich selber an, im grünlichen Spiegel, den sie eingetauscht hatte gegen den Nussbaumkonsolspiegel, weil sie dann noch zehn Mark dazubekam. Sie starrte sich an, die leichenhaft überlaufen aussah, wie auf dem Grunde eines Gewässers, und schlug sich an die Brüste, diese nun überflüssigen Brüste. Wenn sie sie abschneiden und den Kindern braten könnte … Solche irren Gedanken hatte Perdita …

Sie holte Theodor aus dem Kinderbett, legte ihn in das leere, väterliche, das diese Nacht wieder leer blieb, und kniete neben ihm, betrachtete ihn, verlor sich in der einzig heiligen Liebe. Er war da … Und alles war gut, gerecht und notwendig. Und mit doppeltem Leid war er nicht zu teuer bezahlt: Theodor, ihr Kind, klein, häßlich, schwarz wie sie, geboren zu leiden, gestoßen zu werden, zu entsagen … Ihr alleiniges Kind. Sei gesegnet.

Die zweite Vorderstube war längst leer bis auf Gardinen und einen Schrank. Sogar die Mäuse begannen, sich aus dieser Wohnung zu verlaufen, wo es nichts zu knabbern gab. Manchmal stellte sich Perdita, Theodor auf dem Arm, mitten in diesen leeren Raum und drehte sich langsam, und sie bevölkerte die Leere mit herrlichen Bildern, mit Kleinstadtstraßen und Rosengärten und nie gesehenen südlichen Seeufern und nördlichen Fjorden, mit Autos und Reitpferden, und alles gehörte ihrem Kind. Sie sah es klug und gelehrt, und Männer verneigten sich vor ihm, und Frauen mit reinen Gesichtern lächelten ihn an, ihre Mutter schwebte auf Wolken darüber und schaute das Glück, und sie selbst saß in einer Laube, sie ruhte sich aus, sie genoss Frieden, sie lebte in seinem Leben …

Der kleine Junge auf ihrem Arm, blass und still, schien zu sehen, was sie sah. Seine Augen weiteten sich, und er lächelte. Er lächelte so selten …

Als Perdita sein Lächeln sah, erwachte und erbebte sie. Sie stöhnte. Sie weinte nie mehr, aber das Lächeln dieses Kindes zerpresste ihr Herz. Alle Bitterkeit schluckte sie. Sie drückte das Kind an sich, sie küsste es selten. Unter den Fenstern, in der nebligen Tiefe, brandete Berlin. Der Bahnhof stieß schrille Pfiffe aus wie Schreie eines Ungeheuers, das da mit dampfendem Maule in der Stadt lag. Wie Speichel flossen die glänzenden Geleise aus den roten Lefzen. Die Dächer wogten lautlos erstarrt. Von der Höhe der fernen Invalidensäule schimmerte es golden durch den Dunst, der Turm der Gnadenkirche schien in unirdisches Licht getaucht. Es wölkte bunt aus der Chausseestraße herauf. Alles war Gemeinsamkeit und Lebensgefühl. Aber hier oben stand Perdita, mit ihrem Gottgeschenkten, allein, ausgestoßen, die ganze Welt war ein Kind …

* * *

Das ist die Geschichte meiner Mutter, so habe ich sie mir zusammengetragen aus dem, was sie mir in fünfzehn Jahren in Bruchstücken, in Andeutungen erzählt hat. Vieles habe ich erst zehn Jahre später verstanden, jetzt erst, indem ich es zusammenstellte und nachzuerleben versuchte. Erst heut, vielleicht, geht mir ahnend auf, wie sie zum Vater gestanden hat. Davon hat sie nie gesprochen. Nur oft, so oft hat sie mir flüsternd gestanden:

»Und ich habe ihn so sehr geliebt, ich habe ihn …«, sie zögerte, sie schluckte das Wort hinab, und es stieß ihr wieder auf, sie befreite sich, » … angebetet.«

Arme, geliebte Mutter, fünfundzwanzig Jahre alt, unwissend und nicht einmal von Träumen erfahren, da ging dir die Schönheit im Manne auf, und du warst verloren. Und aus dieser deiner Verlorenheit, Anbetung und Selbstopferung entstand ich …

Nach jener schrecklichen Nacht, in der die Mutter ihr zum Betteln hingestelltes Kind suchte, hängte sie einen Pappzettel in die Haustür, dass bei König im vierten Stock ein Zimmer leer zu vermieten sei. Von diesem Tage an fragte sie in nichts mehr nach dem Vater, handelte immer allein, als lebte sie getrennt von ihm. Er war nur noch da, um gelegentlich zu Haus zu schlafen, uns zu schlagen, zu essen, Mutters Kommode nach Geld zu durchwühlen.

Es kamen Leute, sich die Stube ansehen. Vor allem kamen viele Mädchen, ältliche verkommene, auch junge geschminkte. Aber die wies meine Mutter ab, sie verlangten alle Freiheit im Kommen und Gehen und Mitbringen von Herren. Mutter schüttelte nur stumm den Kopf. Manche gingen scheltend, manche mit traurigem Lächeln. Manche versprachen Mutter Prozente. Ich kannte das Wort noch gar nicht, aber ich glaube, ich verstand schon damals alles. Plötzlich, über Nacht, war ich so sehend wie hörend geworden.

Schließlich zog ein alter Mann ein, der auf einem Wagen bei der Elisabethkirche Obst verkaufte. Er stand schon in der Nacht auf, um vier, um drei und fuhr mit seinem Wägelchen nach dem Alexanderplatz in die Zentralmarkthalle und kaufte ein. Er hustete, wenn er aufstand, er schnaubte und spuckte. Wir wachten alle davon auf; und er klirrte in der Küche mit dem Wasserkessel. Er schaffte Torf an zum Feuern, der lag im Korridor und roch. Aber er zahlte fünfzehn Mark monatlich, davon verlangte Vater die Hälfte für sich, Mutter musste auch für die Miete aufkommen, das waren damals vierunddreißig Mark. Sie nähte bis in die Nacht, oft bis der Alte aufstand, dann kochte sie ihm den Malzkaffee und ging ins Bett, wenn er die Tür zuwarf.

Dieser Alte war gut zu uns Kindern, er brachte uns, wenn er um halb acht abends zurückkam, das verfaulte Obst mit. Sein Wagen blieb in einem Stall der Bergstraße, das kostete zwei fünfzig im Monat. Manchmal bekamen wir auch Nüsse und Johannisbrot, eine angeschlagene Orange, nasse Kirschen, die sich bis zum andern Tag nicht hielten. Oft kochte Mutter das Obst ein, ohne Zucker. Es schimmelte, aber Markus aß auch den Schimmel. Er kratzte oft den Mörtel hinter abgefallener Tapete ab und zerrieb ihn vergnügt zwischen den Zähnen; alles bekam ihm, er wuchs und wurde stark, und Mutter, wenn sie seine Knochen befühlte, schüttelte den Kopf und freute sich und sagte:

»Du da, Teddy, sieh ihn dir an, mach es doch auch so.

Sieh mal, wie stark er ist. Du kannst ihm die Faust nicht aufmachen.«

Abends heizte der Alte mit Torf in seiner Stube. Er hatte nur ein gelbes Holzbett, zwei Stühle, einen Küchentisch, eine leere Blumenkrippe und einen zerrissenen japanischen riesigen Papierschirm mitgebracht. Beleuchtung hatte er nicht, die brauchte er nie.

Wenn wir ihn dann schlafen hörten, machten wir Kinder heimlich die Tür ein wenig auf, damit ein bisschen Wärme auch zu uns hereinkäme, und kauerten uns am Türspalt hin und atmeten tief den guten warmen Torfgeruch ein. Nur Henny hatte Mut und schlich hinein und setzte sich direkt an den Ofen und kicherte und lockte und verspottete uns, bis schließlich Markus ihr nachkroch. Nur ich traute mich nicht, oder vielmehr ich dachte, ich nähme dem Alten auch noch Wärme weg, wenn ich mich an seinen Ofen setzte, und die beiden andern stahlen ihm schon so viel.

Manchmal erwachte er, sah den hellen Türspalt und schrie. Da liefen wir. Aber er konnte die Tür nicht abschließen. Vater hatte einmal das Schloss zerbrochen, als Mutter sich mit mir in die Stube geflüchtet und abgeschlossen hatte vor ihm. Er war betrunken nach Haus gekommen und hatte mich aus dem Fenster werfen wollen, weil ich ein Judenkind war und nicht von ihm und die Leute mit Fingern auf ihn zeigten, dass er det schwarze Balch behielte …

Jetzt blieb der Vater auch am Tag ungeniert zu Haus. Er arbeitete nur noch bei Gelegenheit. Wenn einer in seiner Kneipe auftauchte und ein paar starke Kerle suchte, weil eine Familie »rücken« wollte. Da schaffte man, um den Wirt für rückständige Miete nicht die Möbel dalassen zu müssen, heimlich nachts die ganze Einrichtung fort. Eine Rückkompagnie wurde gebildet, ein Wagen kam angefahren, und lautlos ging Ausräumen, Hinabtragen, Aufladen vor sich. Zu so einer Rückkompagnie gehörte Vater, manchmal war viel zu tun, Nacht für Nacht, der Norden ist so die Gegend dafür.

Kurz bevor ich zur Schule kam, »rückten« wir selbst. Wir waren vier Monate die Miete schuldig, und am Ersten sollten wir ziehen. Dabehalten konnte der Wirt kaum noch etwas, dennoch wurde »gerückt«. Vater fand es gewiss romantisch. Und schließlich konnte er auch mal etwas für die Familie tun, seine Kräfte, die so oft andern zugute kamen, Frau und Kindern schenken.

Aber vorläufig wohnten wir noch in der Gartenstraße, sogar im Vorderhaus. Es war ein schmutziges, verwohntes Haus. Mutter hatte unsere Stuben von Ungeziefer immer frei gehalten, aber der alte Obsthändler hatte in seinem Holzbett Wanzen mitgebracht. Auf einmal juckte es uns, Henny weinte in der Nacht, und als einmal gar Vater davon und vom Husten des Alten erwachte, gab es nachts um drei Lärm.

Vater jagte den Alten einfach hinaus, hob ihn, halb angezogen, in die Höhe und setzte ihn auf die Treppe. Als der Alte schimpfte und fluchte, warf er ihm seine beiden Stühle nach. Abends halb acht, wie der Obstmann heimkam, standen sein Bett, der Tisch, die Blumenkrippe, der Schirm unten im Torweg … Nun, der Wirt wohnte nicht im Hause. Der Portier war seit ein paar Monaten gelähmt, und seine Frau ging jede Nacht tanzen. Da schlief der Alte einfach im Torweg.

Später besuchten wir ihn manchmal an seinem Wagen bei der Elisabethkirche. Da spielten Kinder, und Henny und

Markus blieben dort, er passte auf sie auf, aber ich wollte nicht von Mutter weggehen. Ich wollte auch nicht zu Haus bleiben. Denn wenn Vater mich allein fand, musste ich wieder mit ihm gehen, und während er dann in der Invalidenstraße hinter mir zurückblieb und aufpasste, musste ich betteln …

Oft war er unzufrieden, dann strich er an mir vorbei, sah weg und kniff mich doch heftig in den Arm, hieb mir die flache Hand ins Genick, riss mich schnell an den Schläfenhaaren, pufffte mich in die Nieren, dass ich aufschrie. Und er zischte einen Fluch. Oder er brachte mal eine Zigarrenkiste mit ein paar Schachteln Streichhölzer, die sollte ich anbieten …

Als ich das zehnmal gemacht hatte, war ich abgestumpft … Bisweilen kam ein Blauer, ein Blaukopp, wie damals die Schutzleute in Berlin genannt wurden. Dann verduftete Vater, und ich stand da … Aber alle waren gut und schickten mich nach Haus. Nur einmal nahm mich einer auf die Wache, ich war fast sechs, und da war ich schon so traurig schlau, dass ich einen falschen Namen sagte: Heinrich Düsterkamp – den hatte ich mal wo aufgeschnappt, und Ackerstraße fuffzig, sagte ich. Das notierten sie, der Leutnant gab mir ein Kopfstück, so mit dem Handknöchel – Koppnuss hieß das bei den Jungen im Haus, die in die Schule gingen – und schickte mich heim.

Ich verschwieg alles der Mutter. Sie nähte damals stundenweis in einem Wäschegeschäft Maschine und hatte Aufwartestellen in zwei Häusern, bei einem Arzt in der Sprechstunde zum Türaufmachen und Instrumenteputzen und bei einer alten Frau, die ihre Stuben an eilige Liebespaare vermietete.

Und einmal erwischte sie mich … Ich sah nie auf, ich hatte die Augen immer am Boden, wenn ich bettelte, ich sah nur Schuhe, Hosenbeine und Röcke. An jenem glühenden Julinachmittag hörte ich plötzlich hinter mir den schrillen Pfiff des Vaters. So verständigte er mich immer, wenn ich harmlos weitergehen sollte, weil er einen Blauen sah oder einen Kriminal in Zivil witterte. Ich hörte ihn wohl, aber gerade hatte ich mich, mit bettelnder Hand, an eine Frau gedrückt und gemurmelt:

»Schenken Sie mir was, bitte. Meine Mutter ist so krank.«

Ja, solches und Ähnliches hatte mich der Vater stammeln gelehrt. Und wie gelehrig war ich. Ich stand oft vor dem Spiegel und machte es mir vor, wie ich bettelte, flüsterte, schnell die Augen hob, den Kopf senkte. Auf der Straße war das bitter, jemanden damit zu belügen, schwer. Nicht weil ich oft einen Fluch zu hören, einen Stoß an die Brust bekam oder ein triefend mitleidiges Wort. Das focht mich gar nicht an. Aber Geschenk und Almosen erflehen – noch dazu mit der sündenhaften Lüge, die sich rächen konnte: »Mutter ist so krank«, das war bitter. Dagegen zu Haus, der Spiegel: selig entrückte Stunden, wenn ich vor ihm spielte … Ich verzog mein Gesicht zum Weinen; und wenn ich an Trauriges dachte, an die Mutter, wie sie nachts nähte, und wie ich, im Bett erwacht, ihre Finger fliegen sah, sie mit dem schon krummen Rücken, wie sie scheuerte, o, und wie sie Geld zählte … Dann kamen mir richtige Tränen. Und ich ließ sie oft fließen, sie taten doppelt gut, sie erleichterten mein schweres Kinderherz und erfreuten mich als absonderliches Talent. Ja, der Spiegel …

An diesem heißen Nachmittag, als ich mich an die Frau

drückte, hatte ich kaum die frevlerischen Worte gesprochen – es war oben an der Ecke der Brunnenstraße –, da erkannte ich das Kleid, den Geruch, die niederhängende Hand. – Ich warf mich an die Frau, umklammerte sie: Es war die Mutter …

Sie wartete die ganze Nacht auf den Vater, er kam nicht. Ich musste ihr alles erzählen. Erst war das recht hart, aber dann kam ich ins Feuer. Ich redete ja immer so wenig, auf einmal war ich entfesselt. Ich machte ihr vor. Sie musste sich mitten ins Zimmer stellen, jeder Stuhl war ein Mensch, und ich bettelte alle an. Ich stieß einen Pfiff aus.

»So macht der Vater«, rief ich, »dann erschreck ich und tu, als ob nichts ist und ich mir Schaufenster beseh – guck. So.«

Und ich spielte es ihr vor, ich machte es viel besser als auf der Straße, noch besser als vor dem Spiegel. Denn Mutter war ja Publikum, hier konnte ich Eindruck machen und Wirkung feststellen. Während ich so spielte, fielen mir eine Menge neue Nummern ein, viele neue Redewendungen, verzweifelter Augenaufschlag und Beben des Mundes.

»Und jetzt, Mutter, sieh«, rief ich, »sieh, Mutter. Ich kann weinen, wenn ich will.«

Und ich hob den Kopf zu ihr auf …

Da war ihr geliebtes, blasses, knochiges Gesicht, das dünne schwarze Haar, der farblose Mund, der unendliche Gram, waren ihre herrlichen Augen, unsagbar traurig, zärtlich. Und ich weinte sofort. Ich weinte, weinte, und es wurde stärker als ich. Ich wollte nicht mehr; aber es schüttelte mich. Denn plötzlich hatte ich entdeckt, dass im Blick meiner Mutter fassungsloser Schreck war, sprachloses Entsetzen, ja Grauen … Grauen vor mir! …

Sie starrte mich an wie ein ganz Fremdes, grässlich Unverständliches, Gemeines, Unzüchtiges. Ein Kind, das Tränen künstlich produzierte, Sakrileg beging an menschlich Heiligstem … Entartetes Kind … Und ich weinte doch längst nicht mehr, weil ich wollte. Ich schluchzte aus tiefer Herzensangst und Beschämung und Verzweiflung. Denn ich sah nur, dass Mutter sich vor mir entsetzte, aber ich begriff sie ja damals nicht. Ich spürte, wie sie sich von mir zurückzog, mich innerlich abwehrte. Und ich drückte mich in ihr Kleid und stammelte: »Mutter, o Liebling Mutter, ich tu's nie mehr …« Bis sie sich überwand, sich erbarmte, mich wieder aufnahm, an ihr Herz, an ihren Mund. Sie küsste mir die Tränen weg und murmelte:

»Gott behüte dich, Liebling. Er schütze und behüte dich und segne deinen Weg. Amen, amen. Schweig nicht vor mir, Liebling, verbirg dich nicht. Du liegst auf meinem Herzen: Tritt es nicht; tu mir nicht weh: Ich ertrag es nicht, Segen über dein Haupt, mein Kind. Sei mein Kind.«

Heut, nach zwanzig Jahren, klingt das Echo dieser Worte in meinem Herzen nach …

* * *

In das leere Zimmer zog ein Freund von Vater ein, Orje Wuppke, der sich brüstete, wegen versuchten Totschlags zwei Jahre Gefängnis abgesessen zu haben. Er stand noch unter Polizeiaufsicht, und Mutter wehrte sich gegen seinen Einzug. Sie wurde, was sonst nie geschah, laut und heftig.

»Die Kinder!«, rief sie. »Ein Mörder unter deinen Kindern.«

Vater schob sie nur weg, mit seiner unwiderstehlichen kleinen, harten Hand, und ging hinaus. Er hatte sie nur angesehen, nichts gesagt. Seine schönen grauen Augen waren nun immer gerötet und schwammen in trübem Glanz.

Orje Wuppke zog ein. Er brachte einen Strohsack mit, eine Kiste Hoffmann-Stärke, die seine Habseligkeiten enthielt, fünf Wassergläser für seine Trinkgelage und eine alte verschlissene rote Plüschdecke, unter der er schlief. Er hatte eine Braut, eine Frau, älter als er, die Abortfrau Unter den Linden war. Sie kam fast jede Nacht zu ihm und ging um halb sechs morgens fort, denn gerade um diese frühe Stunde hatte ihr Häuschen Zulauf, das waren die Nachtschwärmer, die aus den Ballsälen heimkehrten.

Nun ging es hoch her bei uns. Jeden Abend gab es ein Gelage; und wenn es auch erst um Mitternacht begann. Da kamen die beiden Männer nach Haus, mit jener Frau, Elli Marzotko, die kokette Löckchen trug und geschminkt war. Sie kam immer in unsere Stube, wo der grüne Spiegel hing, und machte sich zurecht, ehe sie zu den Herren hinüberging. Ich stand hinter ihr und sah ihr zu, ganz fasziniert. Was hätte ich darum gegeben, mich so herrichten zu können!

»Na, Schnuckelchen«, sagte sie und lachte über meine Aufmerksamkeit, die ihr schmeichelte. »Hast du schon was übrig für schöne Frauen? Du fängst früh an, Herzchen. Aber hör auf mich: Halt dich immer an die Reifen! Da schlägt im Busen das selbstlose Jefühl.«

So sprach sie. Affektiert, geziert, wie ihr Beruf sie veranlasste zu sein mit den Friedrichstraßenmädchen und den jungen Herren, die von Sonnabend zu Sonntag in der Gegend bummelten.

Hinter ihr schlich ich mich in das Zimmer der Schnapsorgien hinein. Um jene Zeit hatte Mutter nachts zu tun. Sie scheuerte ein Bürohaus am Rosentalertor auf nach Weggang der Angestellten. Von sieben bis zwölf, zweimal in der Woche. In diesen Nächten hockte ich in Orje Wuppkes Stube und erlebte.

Es waren außer ihm, dem Vater und der Marzotko noch immer andere da, Kumpane aus der Kneipe, zufällige Straßenbekanntschaften, auch Mädchen kamen oft mit.

Ich war im sechsten Jahr damals. Und es war ein Pfuhl, an dessen Rand ich saß und gierig schaute. Erst stritt man sich. Politik. Ein paar Männer waren organisiert, manchmal war jemand aus der anarchistischen Partei da, einer aus irgendeinem revolutionären Bund. Dann hielten sie Reden. Jeder in den Schlagworten seines Agitationsorgans, und die andern schrien in der Diskussion die Stichworte ihrer Demonstrationsredner. Alles war immer resultatlos. Alle hörten nicht dem andern zu, jeder wartete nur, seine Parteidevisen schreiend einwerfen zu können. Dann kam das Zetern und Schimpfen. Gesellschaft, Kapitalismus, Militarismus, Monarchismus. Hier waren sie schon betrunken.

Dann Orjes Handorgel. Man tanzte. Elli Marzotko glitt von einem Arm in den andern, hielt den Kopf im Nacken und die Augen geschlossen und lächelte geziert – es sollte verzückt und trunken sein. Sie blieb immer nüchtern, ich habe sie nie berauscht, nie taumelnd gesehen. Sie liebte ihren Orje. Bedingungslos und treu. Wenn er mal, an solchen Abenden, sagte: »Elli, mein Mäuschen, mach mal die Augen zu, ich möchte mit Olja auf zehn Momanks in de Küche verschwinden.« –

Da lächelte sie, diesmal aus dem Herzen, aus einem liebesstarken, mütterlichen, alles verzeihenden Herzen, und sie wandte sich nur ab, wenn der Geliebte mit dem Mädel wirklich in die Küche verschwand. Kam er nach zehn Minuten wieder, so hatte sie es durchgekämpft, sie trug es nicht einmal dem Mädchen nach …

So geschah es einmal, dass ich sah, wie auch Vater verschwand. Mit Eugenie Steiger, die in der Schellingstraße wohnte und auf die Straße ging. So was wussten wir Jungen in der Gartenstraße schon, nur: Es sagte uns eigentlich nichts weiter. Liebe als Beruf war uns, glaube ich, bis ins Schulalter hinein, interesselos. Man konstatierte so was und machte sich keine Gedanken darüber. Mit dieser Eugenie verschwand Vater einmal ins Nebenzimmer. Mutter war fort. Ich hatte gesehen, dass sie ihn zog. Und da war ich zum ersten Mal neugierig und schlich nach, und sie sahen mich nicht. Es war dunkel, ich sah sie auch nicht, ich hörte nur …

Aber wir Kinder aus dem Proletariat sind gesund, und kein Erlebnis macht uns psychisch krank, wir wachsen abgehärtet auf, wir lachen etwas als komisch aus, was die Kinder von feinen Leuten tragisch verarbeiten. Wenn die erste Neugierde gestillt ist, ist sie meist auch erloschen.

Ich verstand ja wahrscheinlich gar nichts, aber in diesem dunklen Zimmer, bei diesen unverständlichen Geräuschen, erschien mir plötzlich die Mutter, und ich sah sie wie eine Tote, eine Gemordete, eine irgendwie Geschändete. Ich empfand, als geschähe ihr in dieser Stunde ein schreckliches Unrecht. Und ich weinte auf – ich weinte so leicht …

Mein Vater knurrte. Schon hielt er mich am Kragen, schüttelte mich und schleuderte mich an die Tür.

»Bestie!«, knirschte er. »Kleiner Teufel.«

Er riss die Tür auf und schob mich dabei mit dem Stiefel fort … Das Mädel bückte sich zu mir, wollte mich aufheben, aber ich stieß sie vor die Brust, die nackt war – o, wie ekelte mich! –, dass auch sie brummte:

»Du Bestie! … Verreck.«

Und nach mir trat …

Fünf Minuten später hatte ich mich schon wieder in Orjes Stube gedrückt. Ich konnte nicht widerstehen, o, wie verführerisch war das! Ich hörte nie zu, ich schaute nur. Es ging mich gar nichts an, was sie da redeten, schrien, diskutierten, schimpften, aber ihre Mienen dabei! Ihre Hände, Schultern, die Augen, der Mund! Bei diesen rohen und ungebildeten Menschen, bei uns Armen und Leidenden ist das Gesicht Spiegel geblieben. Wir könnten immer stumm sein, und wer lesen kann, läse unser Leben unserm Gesichte ab. Jede Regung des Herzens, jeder Gedanke wird sofort und unmittelbar ins Gesicht geleitet. Und da hockte ich versteckt im Winkel und belauschte diese Gesichter, las die Leidenschaft aus ihren Zuckungen und Belichtungen ab, ertrank förmlich im Schauen.

Selbst wenn Vater mich schlug, mit Füßen stieß, sah ich ihn an und spürte den Schmerz nicht vor dem Genuss seines Anblicks. Ja, ich genoss das … Ich verlor meinen Körper dabei, die Empfindung alles Leiblichen, ich war nur Schauen. Das in Wut und Hass aufgerissene Antlitz des Vaters war viel stärkeres Erlebnis als sein Stiefel in meiner Niere …

Und nun diese Nächte! Gleich ein halbes Dutzend Menschen Studienobjekte! Noch während ich da unterm Fenster oder hinterm Schrank kauerte, betend, nicht entdeckt zu werden, ahmte ich – glaube ich – das Erblickte nach, Ellis geziertes Lächeln und ihr trunkenes beim Tanz, Olgas Zucken um den Mund, wenn sie schwieg, die Gebärden der Männer, wenn sie Bombe, Zerstörung, Gewerkschaft, Lohnstreik, Revolution, Bebel, Liebknecht, Marx schrien, ihr Taumeln, Tanzen, Harmonikaspielen. Alles löste in meinen Gliedern dieselbe motorische Bewegung aus.

Und anderen Tags, allein, stand ich wieder vor dem Spiegel und ahmte nach. Stumm – aber ich riss den Mund auf, lächelte geziert und trunken und lachte lautlos gemein und tückisch und obszön. Ich tanzte, schwankte betrunken, spielte Harmonika ohne Instrument, umschlang eine imaginäre Olga und schleppte sie in die Küche, ließ mich von einer illusionierten Eugenie aus der Tür ziehen. Ich war Vater, Orje, Elli, Olga, ich war – o Grauen und Sakrileg! – Mutter! Ich spielte Mutter vor dem Spiegel, trug ihren Gram im Gesicht, ihr bittertrauriges Lächeln, ihren zitternden Mund, ihren müde gebrochenen Blick.

Die Geschwister standen um mich herum, lachten und ängstigten sich abwechselnd. Sie dachten, es geschähe zu ihrer Unterhaltung. Sie erzählten es Mutter:

»Teddy spielt immer so schön mit uns.«

Henny besonders liebte mich dafür und brachte mir einen Bonbon, eine Birne, die sie im Haus erbettelt hatte, schenkte sie mir – das war das Höchste. Markus, nun drei Jahre alt, schön wie ein robuster Engel, ganz goldig, mit den Augen des Vaters in jugendlich reiner, klarer Schönheit, betete mich an. Ich liebte beide. Ich spielte ihnen stundenlang Theater vor. Stumm. Sie verstanden wohl alles. Ich sagte nur die Titel zu meinen Szenen:

»Vater kommt betrunken nach Haus.«

»Onkel Orje spielt und tanzt dazu.«

»Tante Elli macht sich die Backen rot.«

»Mutter kommt nach Haus und schneidet Stullen ab.«

»Teddy verkauft Streichhölzer.«

Das letzte zumal war eine Glanznummer: Ich konnte ein Dutzend Menschen imitieren, freundliche, böse, eilige, humpelnde, Männer, Frauen. Auch Hunde ahmte ich nach. Wie konnte ich mit dem Popo wackeln, mich strecken und gähnen, zusammenrollen! Ich machte den Hahn nach, der einmal unten im Hof mit drei Hennen gelebt hatte, bis er gestohlen wurde. Ich plusterte mich auf, krähte, schlug mit den Flügeln, stolzierte, pickte, und zum Schluss behüpfte ich die Henne.

Ich hatte nichts dagegen, dass Henny andere Kinder mitbrachte. Oft saßen zehn Stück in unserer Stube, und ich gab große Vorstellung. Das brachte was ein. Der eine Junge ließ einen Knopf da, golden mit Anker; ein anderer ein Bleistiftende, der dritte die Bilderbeilage einer Zeitung. Die Mädchen brachten als Eintrittsgeld Haarnadeln, aus denen man Wunderwerke biegen konnte, einen Kameruner, das Fünfpfenniggebäck, von dem sie nur ein Eckchen abgebissen hatten, oder leere Garnrollen, bunte Flicken, eine zehn Pfennige, die sie geklaut hatte. Henny und Markus waren mit allen befreundet, aber mich mochten die Kinder nie. Ich war ihnen unheimlich, besonders wenn sie mich so Theater hatten spielen sehen. Sie sahen mir hingerissen zu, aber nachher wollten sie nie mit mir spielen. Ein Mädel drückte sich hinter die andern und fragte von dort:

»Du, wie machste denn det? Biste wol varückt?«

»Nee, evanjeelsch«, antwortete ich.

Da piepste ein grüner Knirps, von Skrofeln aufgefressen:

»Bist'n Jude, sagt Mutta.«

Alle schwiegen still. Es war ein unheimliches Schweigen. Jude …

»Is ja nich wahr«, sagte ich schüchtern.

Ich wusste ja nicht. Vielleicht war es wahr. Ich hatte keine Ahnung, was Jude ist. Ich wusste nur, so schimpften die Kinder manchmal Leute auf der Straße. Aber warum?

Da nahm Henny meine Partei. Sie lauschte geschickt Redensarten ab und brachte sie gewandt vor. Sie rief:

»Lass man Teddy! Der hat mehr Verstand in kleenen Finger als du in Kopp.«

Henny gab immer den Ausschlag. Sie war von süßer und doch blutvoller Schönheit. Seidiges, braunes Haar und Vaters graue Augen.

Ja, so verdiente ich. Es tat auch not, Orje Wuppke zahlte kaum. Manchmal kamen er und Vater heim und klimperten in den Taschen mit Geld. Dann warf jeder Mutter was hin, drei Mark oder fünf Mark. Mutter fragte nie nach der Herkunft des Geldes. Ob sie glaubte, Vater drehe ein Ding, wenn so Gelegenheit war? … Wenn sie sich hinreißen ließ, vor ihm zu klagen, es sei kein Brot für die Kinder da, sagte er lachend:

»Nu, da wer'n wir'n Ding drehen.«

Aber konnte man das ernst nehmen? …

Oder er sagte, das Geld vor sie auf den Boden werfend:

»Et is'n Ding passiert.«

Sie sah weg und hob es auf und sah es an, das Silberstück, so sorgenvoll und eindringlich, als könnte sie seine Herkunft von ihm ablesen.

Ich hatte noch eine Verdienstmöglichkeit entdeckt damals.

Wir Jungen sammelten auf der Straße Zigarren- und Zigarettenreste. Entweder rauchten wir die Stummel selbst zu Ende oder verkrümelten den Tabak und drehten mit irgendeinem Papier neue Zigaretten daraus und verkauften sie an die Jungen aus der Gemeindeschule, drei Stück für einen Pfennig.

Einmal sagte mir ein Zehnjähriger, den ich beim Suchen traf, in der Voltastraße, und wir bückten uns gleichzeitig nach demselben Stummel, und ich ließ ihn dem andern, obschon ich ihn zuerst in der Hand hatte – nicht aus Angst vor dem Großen und Feigheit vor Dresche, nein, wir Jungen hatten nie Angst, wir waren nicht feige, wir kannten Haue von Fäusten Erwachsener, mit Stöcken, Bratpfannen, Teppichklopfern. Ich gab sie ihm, weil er arm war. O, meine Armut habe ich nie bedauert … Dass ich arm war, merkte ich nie. Ich litt unter anderem. Mich dauerten die Armen, die es empfanden, arm zu sein. Dass ich kein Geld hatte, bekümmerte mich nie. Gewünscht, ja, habe ich es mir immer. Aber der andern wegen. Mutter sollte ein Häuschen haben und Blumen, einen Lehnstuhl und Bohnenkaffee und eine weiße Katze. Vater sollte in eine Anstalt kommen, wo man ihn gesund macht und vom Schnaps befreit. Die Geschwister in gute Schulen, mit warmen Kleidern im Winter. Ich wünschte mir – ach! –, kalte Öfen im Winter heizen zu können, ungedeckte Tische zu bestellen, Leuten Butter und Wurst auf ihr Brot zu legen, ich wünschte jedem Kinde sein Bett, jeder Mutter ihren Feierabend und auch jedem Hunde Futter …

Aber ich, für mich – ich war eigentlich immer wunschlos. Ich fand nicht, dass ich es schlecht hatte, ich war damals wohl ganz glücklich.

Aber da stand ich also vor dem großen Jungen und überließ ihm den Zigarrenstummel, und er steckte ihn selbstverständlich ein und sagte:

»Dein Glück, Dicker, kannste wissen. Sonst hätt ick dir aus 'n Anzuch jestoßen.«

Aber ich fragte ihn:

»Rauchst du selber auf?«

»Falln Se langsam, Baronin; da ham Se mehr Jenuss von«, bekam ich zur Antwort. Und dann wurde er ernsthaft, bückte sich und erzählte mir geheimnisvoll; er verkaufte Stummel, Zigarettenendchen, Tabak in der Fröbelstraße. Beim Nachtasyl. An die Obdachlosen.

»Ick jeb dir den Tipp«, sagte er gönnerhaft. »Aber wenn du's weiterjibst – du, denn wer ick dir zeijen, wat ne Harke is. Denn kannste dein Kopp in Mond suchen. Also, du, wirste hinjehn?«

»Feste!«, sagte ich. »Immerzu.«

»Denn adchees«, verabschiedete sich der Kesse. »Jrüß Muttern, jrüß Jott, wenn du'n siehst. Schlafen Se wohlriechend. Et war mir 'n Festessen.«

Und nach zehn Schritten drehte er sich noch einmal um, legte den Finger auf den Mund und blitzte mich an.

Da hatte ich was Großartiges gelernt. Am nächsten Tag war Sonnabend, und Mutter scheuerte die Treppen im Hause. Die Portierfrau, Marta Schlump, die Nacht für Nacht tanzen ging und noch Geld ins Haus brachte, war allmählich zu fein geworden, die Hausarbeit zu tun. Sie wollte eine weiße, weiche Hand auf die Schultern ihrer Tänzer legen. Und so nahm sie froh Mutters Hilfe an und überließ ihr die Treppen am Sonnabend. Wir hatten nur ein Vorderhaus. Wir wohnten da, wo Berg- und Gartenstraße in spitzem Winkel sich schneiden und es kaum ein Höfchen hinter dem Vorderhaus gibt. Und wir waren die Ärmsten im Hause. Die andern waren Handwerker, Fabrikarbeiter, Beamte vom Bahnhof. Unten war ein Kohlenladen und ein Gemüsegeschäft. Und die Stube hinter dem Kohlenladen hatten Portiers. Dort roch es nach Parfüms, wenn man vorbeiging, und nach gebratenen Zwiebeln und Fleisch. Dort hing eine Gans im Küchenfenster oder ein Hase. O, wie oft standen Henny und Markus da und starrten diese sagenhaften Tiere an.

»Die macht Fettlebe«, sagten die Leute im Haus. »Det is drin wie draußen. Allent wird veraast. Im Oktober ne Jans. Da schlag eener lang hin.«

»Wenn er noch so kleen is!«, rief ein Humorist.

Für diese flotte Person scheuerte Mutter die Treppen am Nachmittag. Zwei Mark gab ihr die Schlump dafür und eine Tasse guten Kaffee, und wenn sie für den Abend ganz was Großes vorhatte, einen Knochen von der Gans, einen Lauf vom Hasen. Das brachte Mutter uns Kindern mit.

Ja, dort waren wir die Ärmsten. Später waren wir oft die Reichsten in unserm Hinterhaus, und man kam zu uns, sich zu wärmen oder eine Tasse Mehl zu borgen oder das Salz für die Brotsuppe.

An diesem Sonnabendnachmittag brach ich auf in die Fröbelstraße. Ich kannte unsern Norden so gut wie unser Haus. Ich ging genießerisch durch die bewegten Straßen, kam auf die breiten Boulevards, die ich liebte, es war ein gerader Halbstundenweg, die Bernauerstraße, die großartige Danzigerstraße mit Bäumen und Rasenstreifen, so voll Licht und Luft, es atmete sich so gut darin, kein Lokomotivenrauch und Ruß. Die Gasanstalten waren so phantastisch rund zwischen den geraden Häusern, es gab unbebautes Gelände, himmelhohe Schlote, lauter neue Gesichter, neue Läden. Und schon sah ich – ich kannte es ja schon von früheren Streifen – die schwarzen Gestalten, die dem Nachtasyl zuströmten. In den Zugangsstraßen standen die Handwagen mit faulem Obst, Schuhbändern, Räucherheringen, Zigaretten. Aber nicht alle hatten das Geld dafür.

Ich trug in einer Zigarrenkiste Tabak, gesammelt in vielen Tagen, noch absichtslos, aus Zigarettenenden geschält. Sie war fast zum Viertel gefüllt. Ich stellte mich an einen Zaun, hielt sie offen hin und wartete.

Ein schrecklicher Alter blieb stehen, langte in das Kistchen, holte sich eine Handvoll heraus und sagte, mir Pestatem ins Gesicht stoßend:

»Det haste dir wol jekooft, wie keener nich in Laden war? Sei man still. Willste mir dreckig komm'? Hast wol lange keen blutjen Einsatz jehabt?«

Dann lief er. O, was hatte er für eine Fratze gehabt, wie feige war er unter seiner Frechheit gewesen. Ich lachte gewiss. Aber nun verkaufte ich. Ein Junger kam:

»Jib mir man vorn Sechser.«

Und er hielt die Hand offen hin, fünf Pfennig darin. Eine Frau kam, eine leere Pfeife im entformten Mund, mit schönen blauen Augen. Sie hatte nur einen Pfennig, dafür stopfte sie sich die Pfeife. Und das sprach sich rum. Bald kamen viele mit Pfeifen und Pfennigen, und für einen Pfennig, ohne mich zu fragen, stopften sie sich die Pfeifen. Aber fest, so fest es ging. Ich sah dann, wie sie nach drei Schritten die Hälfte wieder in die Hand schütteten, die hatten zwei Pfeifen für einen Pfennig ergattert …

Ich hatte an meinem ersten Handelstag zweiundvierzig Pfennig verdient … Das war kurz vor meinem sechsten Geburtstag, ich ging noch nicht zur Schule. O, ich war stolz …

Aber ich durfte Mutter nichts dafür kaufen, denn ich verschwieg es ihr. Ich verschwieg ihr so viel. Auch, dass ich in Onkel Orjes Stube saß und den wüsten Gelagen zuschaute und oft, um in unsere Stube zurückzukommen, über die Betrunkenen, Hingesunkenen, Schlafenden hinwegsteigen musste. Ich führte bald ein ganzes Geheimleben vor Muttern. Aber es bedrückte mich gar nicht. Denn ich fand nicht schlecht und böse, was ich tat. Im Gegenteil! Ich wusste nur dunkel, dass Mutter über alles das unglücklich sein und mich davon zurückhalten würde. Altklug, wie ich gewiss war, sah ich ein, dass Mutter sich nicht ganz richtig ins Leben schickte. Das begriff ich nicht so in diesen Worten, aber ich empfand: Sie fühlt und denkt unsachgemäß …

Vielleicht lege ich mir das heut so zurecht und hatte damals weder irgendeine Einsicht noch Ahnung. Aber wer nicht Proletarierkind war, mit drei Jahren hungerte, mit vier bettelte, mit fünf handelnd verdiente, mit sechs das Leben der Großen bis in ihre Liebesgeheimnisse kennt – der weiß nicht, wie viel solch ein Kind ahnt, kombiniert und durchschaut.

Denn es ist nie Kind …

Nein, ich war nie Kind! … Heut, mit fünfundzwanzig Jahren, bin ich es mehr! Bei uns Ärmsten werden die Kinder als Greise geboren und verkindlichen sich mit den Jahren.

Wenn ich an meine Schulkameraden, die Kinder aus dem Hause, von der Straße denke, begreife ich heut, wie alt wir alle damals waren, nichts erwartend, nichts begehrend, alles nüchtern wissend, kein Heiligtum im Leben, kein Ideal, keinen Traum. Ja, so arm sind die Armen: Sie träumen nicht einmal …

Mit dem verdienten Gelde machte ich es dann so, dass ich heimlich Henny und Markus etwas zu essen kaufte. Ich erinnere mich nicht, dass ich je hungerte, denn ich erinnere mich nicht, mit ihnen mitgegessen zu haben. Ich aß immer wenig, aber ich bin auch bis heut mager und schmal geblieben, ich habe noch immer den Körper eines Jungen, der gerade im Wachsen ist. Und ich schob heimlich von meinem Geld etwas in Mutters Beutel …

Oft sah ich sie dann ihr Geld zählen.

»Es stimmt nicht«, murmelte sie, »da sind doch dreißig Pfennig zu viel … Ob mir die Raschke bei den Kartoffeln falsch rausgegeben hat? … Was lachst du, Teddy?«

Ich lachte, ich lachte sie aus. Ich wusste schon, dass man nie zuviel herausbekommt.

»Nee, Mutter, du hast dich verzählt.«

»Sag nicht nee, mein Liebling«, verbesserte sie mich. Immer war sie bedacht, mich zu erziehen. Sie gab sich mit Henny und Markus durchaus nicht diese Mühe, das waren Vaters Kinder. Ich war ihr Kind … Sie ließ den beiden, oft bitter lächelnd, den Blick – sich selbst anklagend – erhoben, ihre berlinischen Redensarten durchgehen. Nur ich durfte nicht, wie ich wollte und hörte. Und doch fand ich es großartig, patzig und schnoddrig zu reden. Ich hätte so gern, und ich gab mir Mühe, wenn ich mit andern Jungen sprechen musste. Aber ich konnte nicht. Mutter hatte mich gehemmt. Ich hörte selbst, wie es in meinem Mund unecht und affektiert klang. Ich hatte nie die Berliner Schnauze, der ich doch im berlinischsten Berlin aufwuchs. Aber besonders Henny, wenn sie wollte, konnte schwadronieren.

Ich glaube, es war der Abend nach meinem ersten Handelsverdienst, als es bei uns Skandal gab.

Mutter hatte bis zehn die Haustreppen gescheuert und dann noch nach dem gelähmten Schlump gesehen und ihm Essen gewärmt. Nun saß sie wie zerbrochen auf dem Bett, sie sah ganz alt aus, und sie war zu müde, sich auszuziehen. Sie saß da und nickte ein, schreckte auf, sah nach mir, und der Kopf fiel ihr wieder auf die Brust. Ich lag hinter ihr im Bett, unter der blauen Steppdecke. Ich schlief und erwachte und schlief wieder ein. Die Petroleumlampe auf dem Tisch ging aus. Aber über dem Stettiner Bahnhof stand der Mond, er stand gerade in unserm Fenster. Es war kalt, Februar. Er erhellte die Stube so gespenstisch. Mutter saß wie ein schwarzer Geist auf dem Bett. Aber es war ihr geliebter Duft. Ich hielt ihr Kleid in der Hand.

Plötzlich wurde ich ganz wach – der Vater war heimgekommen und Orje Wuppke, und sie hatten Leute mitgebracht, Männer und Frauen. Sie waren schon betrunken. Sie brachen nebenan lärmend in die Stube, singend, tanzend, einer fiel sofort krachend hin. Unter uns klopfte man an die Decke. Der Wirt hatte uns zum ersten April gekündigt. Die Leute im Haus, die erst noch Mitleid mit der Mutter hatten, hatten sich schon oft bei ihm beschwert, und wir schuldeten ihm seit November die Miete. Das waren schon über hundert Mark … Wie sollte Mutter das jemals abzahlen! …

Ich war erschrocken aufgefahren, sie drückte mich in die Kissen.

»Schlaf, mein Liebling, schlaf.«

Und sie begann mit zitternder, fast tonloser Stimme zu singen, als sei ich ein Säugling, ein winziges Wiegenkind. – Sie sang:

»Schlaf in süßer Ruh,
tu die Äugelein zu …«

Sie sang weiter. Bis ich flehte:

»Das nicht, Mutter, das nicht.«

Im Halbschlaf bettelte ich:

»Nein, nein, das nicht.«

Das waren jene zwei Zeilen, die mich tief verzweifeln ließen, die ich nicht begriff, die mir die Ungerechtigkeit der Welt ins Herz schnitten:

»Hündchen hat den Mann gebissen,
hat des Bettlers Kleid zerrissen …«

Nein, das begriff ich nicht, das wollte ich nicht hören, das war unerträglich grausam. Ich lehnte mich nicht auf, dass die Reichen uns nicht sahen, dass die Vornehmen sich die Nase vor uns zuhielten mit parfümierten Batisttüchern; ich billigte nicht, aber begriff, dass es zweierlei Menschen gab und dass wir – die andern waren, dass wir im Schacht arbeiteten, damit die andern Licht und Wärme haben. Aber nie wollte ich es wahrhaben, dass auch die Kreatur gegen uns war, dass der Hund dem Reichen den Fuß leckte und dem Bettler das einzige Kleid zerriss, dass er den Herren in Anbetung folgte und den Knecht in die Hand biss, von der – schließlich – der Herr lebte! Das ging über meine Kraft zu erfahren, das zerstörte meinen Glauben an die Weisheit alles Geschaffenen und die Notwendigkeit aller Einrichtungen. Denn diesen Glauben hatte ich, ich glaubte an die Gerechtigkeit des irdischen Haushaltes, ich hielt ihn für einen himmlisch bestimmten …

Gott – ich weiß nicht, wie ich zu ihm stand. Vielleicht gar nicht. Mutter betete, sie empfahl mich dem Herrn. Aber ich dachte nie, dass diese Worte an ein Wesen gerichtet seien. Ich hielt es für Anruf an die Liebe im All. An so etwas glaubte ich. Ja, an eine kosmische Liebe, und die wäre Gerechtigkeit noch da, wo es uns Übel und Unrecht schiene.

Doch der Hund – dass noch das Tier gegen uns aufsteht, nur weil wir Bettler sind! Vielleicht – von diesem Wiegenlied, diesem Kindervers her – habe ich Hunde nicht geliebt. Immer nur die Katze. Ich habe es so oft erlebt, dass der Hund, der beim Reichen lebt, den Bettler hasst, sogar den Arbeiter, jeden schlecht Gekleideten, arm Riechenden. Und das ist grauenvoll! Entartetes Tier mit dem Vorurteil des Menschen! Wenn du es gut hast, bist du der Feind dessen, der es schlecht hat. Niemals kann die Katze so verderben und sinken. Sie bleibt erhabenes Tier, Kreatur über dem Menschen. Ohne die Kriterien der Gesellschaft. Ich habe mich jedes Hundes erbarmt, und ich habe, mit zehn Jahren, meine Hand gegen Vater erhoben, weil er einen im Hofwinkel sterbenden Hund mit Füßen trat – er wollte in diesem

Winkel sein Wasser abschlagen –, aber ich will keinen Hund bei mir haben. Meine Freunde sind immer, ohne Frage und Zaudern, die Hungernden, die Kranken, die Frierenden und Sinkenden, Sie, sie sind meine Brüder. Und soll mein Hund sie mit gefletschten Zähnen anspringen, wenn sie vertrauend in meine Tür treten? Aber mein gelbes Kätzchen schaut alle mit denselben Augen an, den Bettler ebenso abweisend wie mich. Es steht jenseits des Menschen.

In jenem Liede nun wäre meine Mutter auch ohne mich nicht fortgefahren. Denn plötzlich klang nebenan Vaters Stimme:

»Was, ihr kennt sie nicht? Wartet! Ich hole sie euch. Hurra!«

Und er lief hinaus, lief ins Hinterzimmer, und schon hörten wir Henny weinen … Mutter saß wie erstarrt. Sie lauschte mit ihrem ganzen Körper.

Nebenan trat Vater wieder ein, wir hörten ihn zärtlich auf das Kind einreden. Ja, also er wollte der Gesellschaft seinen Liebling zeigen, seinen Zukunftstrost. Und er setzte sie auf die Erde, mit ganz sanfter Stimme mit ihr sprechend. In seiner bösesten Trunkenheit wurde er klar, leise, zärtlich, wenn Henny erschien.

Sie weinte auch nicht mehr, sie hatte wohl schon begriffen und stand stolz zwischen den Leuten und brüstete sich und lächelte. Es wurde ganz still nebenan.

Mutter richtete sich auf. Sie beugte den Kopf vor, sie zitterte, hob die Hände, als wollte sie sehen, was dort in dem stumm gewordenen Raum mit dem Kind unter den Berauschten geschah …

Da schrie Henny laut auf. Und im selben Augenblick

gellte Vaters wüsteste Stimme. Wir hörten seinen Fußtritt gegen einen Menschen, gegen einen Stuhl, der mit Flaschen und Gläsern umfiel, wir glaubten – auch ich! – wirklich zu sehen, wie er das Kind im Hemd einem Mann entriß.

»Orje!«, schrie er außer sich. »Mensch! Jetz nummerier dir man de Knochen! Wat machste da? Mein Kind? An mein Kind? Deine schmierjen Foten! Du Dreckaas! Du Saukübel! Spuck mal hin, wo du liejen willst.«

Ein Höllenlärm brach los. Mutter wurde ruhig, aber ihre Knie gaben nach, sie fiel aufs Bett. Wir wussten beide: Henny war sicher. Wir sahen sie auf Vaters linkem Arm, sein rechter genügte, eine ganze Bande zu überwältigen. Er begann, die Stube zu säubern. Fluchend, unter entsetzlichen Ausdrücken der Berliner Gosse, alles von sich speiend, was er in Kneipen und Kaschemmen aufgelesen hatte, trieb er die Gesellschaft hinaus. Ein Mädel kreischte, eins lachte. Welche liefen wie gejagt die Treppe hinab, welche widersetzten sich. Orje Wuppke heulte, schlug um sich, dann krachte es. Vater hatte ihn aus der Wohnung geschmissen.

Längst stand ich im Türspalt, eisig strömte die Luft herein. Die Mutter hatte die Augen geschlossen, sie sah mich nicht. Und ich erspähte, wie Vater da, Henny an sich gepresst, eben seinen Freund mit Fußtritt die Treppe hinunterwarf. Unten im Haus rief man, man kam mit Licht, schimpfte, lachte. Oben stand Vater und grölte und fluchte:

»Du kommst mir nich mehr über die Schwelle! Vergreift sich an mein Mädel! Kiekt mal det Aas! Det Luder! Heut hat er Backzähne jespuckt. Wat der sich denkt! Mein Kind! Ick werd ihn nen Marsch blasen! Na ooch noch! Den Zahn lass dir man ausziehn. Wenn der mir unterkommt, die Bimse!«

Ich glaube, in dieser Stunde, wo Vater seinen Rausch aufgab, um sein Kind vor der Schändung zu retten, liebte ihn meine Mutter wieder. Sie hat nie seine Pläne geahnt und warum er das Mädchen nicht preisgab, dass er sie aufheben wollte für die bezahlte Schande, als Geldquelle für sich, für die Männer, die sich's was kosten lassen.

Er warf die Tür ins Schloß. Auf der Straße hörten wir den Lärm der Hinausgeworfenen aufbrausen. Sie schrien wüste Schimpfworte hinauf, Drohungen die Männer, Schweinereien die Mädchen. Und der Mond schien herein, so still, so gelassen …

Ich drückte mich schnell vom Türspalt, kroch ins Bett, Vater legte Henny zurück, ging in Orje Wuppkes Zimmer, und wir hörten ihn mit Flaschen und Gläsern klirren. Er grunzte vergnügt. Er trank alle Reste leer. Er lachte. Er stolzierte in der Stube umher, schluckte, rülpste, kicherte, trank. Bis er umfiel. Er wälzte sich umher, rappelte sich am Stuhl hoch, der umkippte. Plötzlich schnarchte er …

Anderen Tags ließ Orje Wuppke seine Sachen holen, er traute sich nicht selbst. Nur seine Braut, die Marzotko, erschien und jammerte Mutter vor. Mutter mochte sie.

»Sie liebt«, sagte sie von ihr. »Sie ist ein Mensch, lach sie nicht aus. Sie liebt ihn.«

Ich lachte aber.

»Onkel Orje!«, sagte ich. »Und wenn schon.«

Und da lehrte mich Sechsjährigen Mutter die große Weisheit:

»O, Liebling, es ist ganz gleich, wen man liebt. Wenn man nur lieben kann! Wenn du richtig liebst, machst du das Geliebte, was es auch sei, liebenswert.«

Ich hörte zu, als verstünde ich.

»Es gibt nur eine Sünde«, fuhr sie fort – zu sich selbst: »Zu schwach im Lieben zu sein. Wenn deine Liebe aushält, wächst auch das Geliebte. Liebe kann bessern und reinigen und erhöhen. Wenn du nachlässt, muss es fallen.«

Ich glaube, sie hat sich immer vorgeworfen, Vater nicht länger geliebt zu haben. Sie gab sich die Schuld, dass er verkam: Ihre Liebe hatte ihn fallen lassen.

»Lieben musst du können, Liebling, Liebling. Dann bist du gerettet, und die Welt wird gut. Weil zuwenig Liebe ist, bleibt sie unvollkommen. Was du liebst, gewinnst du.«

Ich lauschte. Ich merkte mir die Worte. So herrlich erzog mich die Mutter. Nachts, im Bette, flüsterte sie mich in Schlaf mit solcher Weisheit. Sie hat die unendliche Güte nie aufgebracht, darum nahm sie alles, was sie traf, als Strafe. Aber sie wusste, dass nur die nie ermüdenden Lohn trägt. Sie – sie hat Gott gedankt, als Vater starb. Sie hatte ihm – vielleicht! – nicht einmal eine schnelle leichte Kugel in der Schlacht gewünscht, sondern Sterben, Sterben, Sterben in schaudernder Bewusstheit und grässlicher Angst und in heißen Schmerzen und bittrer Reue. Vielleicht! ...

Acht Tage nach jener Nacht »rückten« wir. Vaters ganze Kompagnie kam nachts nach zwölf. In einer halben Stunde waren die Reste unserer Möbel, die Kiste mit Wäsche, Töpfen, Betten in dem Einspännerwagen verstaut, Vater trug Henny, Mutter Markus. Ich lief nebenher. Ich war zum ersten Mal nachts auf der Straße. Es war Anfang März, ganz lau, feucht. Und so still in den Straßen, die ich nur lärmend kannte; sie dufteten fast, die am Tage stanken. Ich war glücklich.

Die Leute im Hause wussten, dass wir rückten. Keiner verpetzte uns beim Wirt. Portiers wussten es wohl auch; ehe wir gingen, hatte Mutter noch zu dem Gelähmten hineingesehen. Die Frau, wenn sie tanzen ging, ließ immer die Tür offen, dass man rein könnte, wenn ihm was passierte … Sie tanzte auch heut.

»Adjees, Frau König«, sagte er. »Ich weiß von nichts. Machen Sie's jut. Immer mitten auf 'n Damm. Wer wird jetzt nach mir sehen!«

Wir zogen in ein Hinterhaus der Jasmunderstraße, Stube und Küche im Parterre. Es langte nicht zu mehr. Der Hof war eng, hoch umbaut, der Abort stieß an unsere Wand. Es wohnten einunddreißig Parteien im Vorderhaus und den Seitenflügeln, hundertdreiundsechzig Menschen mit Schlafburschen und Bettmädchen. Das erzählte uns gleich am nächsten Morgen stolz der Junge vom Uhrmacher vorn. Und wir drei Kinder waren auch ganz stolz …

2

In diesem Haus, in dieser trüben Straße, unter diesen Menschen vergingen dann fünfzehn Jahre meines Lebens und mehr. In der Küche schliefen Henny und Markus, die es warm haben sollten als die Jüngsten. In der Stube stand das Bett, lag eine Matratze. Auf der schliefen Mutter und ich; wenn Vater zu Haus war, da lag er im Bett. Aber wir machten es uns warm und behaglich darin, wenn er ausblieb. Und er blieb oft aus.

Oft war es auch so, dass ich, wenn ich frühmorgens hinauslief, Milch und Brot zu holen, ihn auf dem Flur vor unserer Tür liegen fand, im Dunkeln auf ihn trat. Da hatte er wohl noch die Kraft gehabt, das Haus zu finden, seine Tür, aber nicht mehr, sie aufzuschließen. Und er war an der Wand hinabgeglitten und liegen geblieben.

Nicht alle im Hause waren mitleidig. Manchmal klopfte uns jemand mitten in der Nacht heraus und half uns, den Betrunkenen hineinzuschaffen. Aber andere, denen er im Wege lag, traten einfach auf ihn, wir sahen es an den Fußspuren auf seinen Kleidern. Welche bespien ihn, und die alte Balduweit aus dem dritten Stock, die Frau mit der zerfallenen Nase, mit der Tochter, die Kontrollmädchen war, mit dem riesengroßen schwarzen Hund, hielt ihren Hund an, Vater zu verunreinigen, wenn er so vor dem Treppenaufgang lag.

Aber das Schrecklichste schien mir etwas anderes. Es geschah nämlich, dass Mutter und ich davon erwachten, dass wir einen Fall draußen vor der Tür hörten, aufschraken und lauschten. Aber Vater lag schon da und schlief im kalten Flur, in den vom Hof die Kälte, der Gestank, die Nässe drangen. Und da – da hielt Mutter mich fest.

»Lass ihn liegen«, flüsterte sie fast unhörbar in mein Haar, »lass ihn liegen, bleib im Bett, Liebling. Soll er … Soll er …«

Ach, was musste geschehen sein, dass sie ihn so grausam hasste!

Und sie hüllte mich in die Decken, lullte mich in Schlaf, summte wortlos das alte Wiegenlied. Im Einschlummern sah ich sie immer noch aufrecht sitzen und lauschen. Sie flehte wohl, dass keiner käme und sich erbarmte und uns weckte, den Vater zu holen. Erst wenn ich in die Schule ging, legten wir ihn ins Bett. Wenn er schlief und sein Gesicht sich entspannte, war er noch immer so schön. Dann geschah es, dass Mutter, die mit jeder Minute geizte, lange dastehn konnte und auf ihn hinabsehn. Ihre Unterlippe zitterte … O Mutter, was dachte und was fühlte sie!

Es ist bitter, dass ich nichts anderes von meinem Vater erzählen kann. Ich weiß nichts weiter.

Er hasste mich. Später verstand ich. An mir waren ja seine Hoffnungen zerschellt. Er hatte gerechnet, dass ich, der Erstgeborene, Mutters Eltern umstimmen würde, ich bedeutete ihm die Mühle und hunderttausend Mark. Und ich versagte.

Mutter erzählte mir, dass sie nach dem Tode meiner Großmutter, als sie ihn endlich erfahren, noch einmal an den Vater geschrieben hatte. Der Brief war nicht mehr – Annahme verweigert – zurückgekommen, aber es kam auch keine Antwort. Und diese Stummheit, dieses Nichts war noch schrecklicher als Abwehr. Sie schrieb dann, nach Hennys Geburt, an den Bruder nach Breslau. Und auch hier Schweigen … Damals begrub Mutter all die Ihren und schloß ab. Sie nahm, außer uns Kindern, keinen Menschen in ihre Sphäre auf. Sie war furchtbar einsam. Sie sprach über das Notwendigste hinaus mit keinem Menschen, sie erzählte außer mir niemandem ein Wort von sich. Eine stumme Fremde, ging sie durch die fünfzehn Jahre ihres Berliner Lebens. Vielleicht war der härteste Druck über ihr dieses Schweigen. Erinnere ich mich überhaupt, sie je im Gespräch mit Vater gesehen zu haben? …

In der Stralsunderstraße ging ich zur Schule. Ich war sechs Jahre zwei Monate, als ich in die Klasse von zweiundfünfzig Jungen kam. Bei Mutter hatte ich längst schreiben, rechnen, lesen gelernt. Ich schrieb eine abscheuliche Hand, und das ist nie besser geworden. Aber ich bin penibel in Satzzeichen. Ich rechnete wie jedes aufgeweckte Kind. Nur das Lesen – im Lesen war ich großartig. Mit sechseinhalb las ich fließend, las ich mit großartigem Pathos. Ich lernte leicht, ich behielt alles auswendig, und Gedichte waren meine Seligkeit. Mit sieben hatte ich das ganze erste Lesebuch im Kopf, und als ich in die zweite Klasse aufrückte, hatte ich ihr Pensum fast schon ganz erledigt. Abends saß ich mit Mutter, und sie arbeitete mit mir, die Hände rot und geschwollen.

Sie hatte jetzt Waschstellen. Viermal in der Woche hatte sie feste Kundenhäuser, zweimal wusch sie zu Haus für Fremde, sonntags wusch sie für uns. Es war einträglicher als das Nähen. Sie verdiente mindestens drei Mark im Tag und brachte noch von ihrem Essen uns mit. Sie bekam alte Kleider und Wäsche geschenkt, auch Kindersachen für uns …

Erst viel später ging es mir auf, dass es ja immer noch die Müllerstochter, dass es Perdita Lachmann war, die da Wäsche fremder Leute wusch und Almosen annahm … Hätte meine Mutter gesprochen … O, was hätte man zu hören bekommen! Dieses Herz Perditas: Was hat in ihm gelitten! …

Ich war der Stolz der Klasse, bald der Schule.

Nicht der Mitschüler. Sie riefen mich »Mauschel!« und »Itzig!«, obschon ich doch in der Religionsstunde war und nach dem Taufschein evangelisch. Aber ich war meiner Mutter hässliches Kind … Ich war recht verlassen in der Schule und hätte es ändern können, wenn ich nur mit den andern mitgehalten hätte. Aber hatte ich Zeit zum Spielen? Lief ich nicht immer geradesten Wegs nach Haus, traf mich nie im Humboldthain, auf den Wiesen bei Pankow mit den Kameraden, ich war nicht auf den Rummelplätzen, nie Teilnehmer geheimer Zusammenkünfte in Neubauten am Abend, unter den Bogen der Eisenbahnbrücken; ich hörte wohl ihre Abenteuer, ihre frühen Laster, ihre kleinen Verbrechen. Aber konnte ich mitmachen? Ich musste, wenn Mutter fort war, für die Geschwister sorgen, mit sechseinhalb konnte ich Kartoffeln kochen, Brot schneiden, Böden scheuern, Kinderwäsche waschen. Ich musste – ach, oft noch, dem Vater folgen …

Er erwartete mich, halb nüchtern, vor der Schule. Ich brauchte mich seiner nicht zu schämen. Die Väter der andern waren verkommener. Mutter brachte von ihren Kunden auch Kleider für ihn mit. Sie waren ihm immer zu knapp, aber ich sehe noch deutlich, wie gerade in ihnen die Pracht seiner Glieder in Erscheinung trat. Man sah in den Ärmeln seine Armmuskeln schwellen, der eherne Rücken spielte unter dem gespannten Stoff, er ging immer grade, stolz, sein Haar glänzte. Alle hatten Angst vor ihm. Ich ging dann stets sofort mit ihm. Ich hätte nie gewagt, mich zu entziehen. Nicht aus Feigheit, ich fürchtete ihn nicht. Aber ich wusste, er würde auf offener Straße losbrechen, wenn ich widerstrebte, Skandal machen. Und davor schämte ich mich. Die Schule sollte nicht sehen, dass ich Schläge bekam.

Er führte mich betteln … Immer noch. Bis zu meinem neunten Jahr. Bis das große Wunder geschah. Ich war mit neun noch immer klein und so komisch mager, ich sah gewiss erst aus wie sieben. Und jetzt, mit sieben, hielt man mich wohl kaum für schulpflichtig. Man konnte schon Mitleid mit mir haben.

Er ging hinter mir her. Ich wandte mich um und wagte zu sagen:

»Aber ich müsste ja nach Haus! Henny und Mark haben nichts zu essen …«

»Ich habe ihnen gegeben«, knurrte er.

Ich wusste – aus Erfahrung: Er log. Aber konnte ich ihm das sagen? Er ging drei Schritte hinter mir, ich spürte dennoch seine stoßende Faust im Genick. Er stieß mich die Brunnenstraße hinunter, die Rosentaler- und Weinmeister- und Münzstraße. Das war gute Gegend zum Schnorren. Wenn einer wie ich wie ein kleiner Jud aussah. Ich musste durch die Grenadierstraße – ach, da kam aus jüdischen Speisehäusern Bratenduft und Küchenduft. Am Freitag schmeckte ich Fische in Buttersoße. Dort, im Getto, musste man mich für dazugehörig halten. Da lernte ich Scholem alechem sagen und lernte den Juden kennen.

Vater blieb an der Münzstraßenecke stehen und spähte mir nach. In dieser Straße musste ich lügen. Ich spielte lieber den Stummen. Denn die Juden wollten wissen, wessen Sohn ich sei und woher ich komme und wer der traurige Vater sei, der mich auf die Straße schnorren schicke.

»Nebbich, das Jeled«, sagte manche jüdische Mutter von mir und drückte ihr Kind an sich. »Gib ihm was, Aron, ich bitt dich. Du tust ne Mitzwe an seiner Mutter.«

»Nischt ans gesagt!«, riefen alte Männer und drückten mir Geld in die Hand.

Einer nahm mich mit in sein Haus, an seinen Freitagabendtisch. Und daran saß ich und log und bat zuletzt:

»Ich darf es nicht sagen.«

Und sah dem Ritus zu, den Kopf bedeckt. Alles war mir fremd und seltsam, aber wozu konnte ich so gut mich anpassen, Theater spielen!

Die Frauen trugen schwarze Seidenkleider und Goldschmuck, die Kinder waren sauber gewaschen und gekleidet; wenn die Männer leidenschaftlich beteten und sich über dem Brote verneigten und vor den Lichtern, zitterten ihre Schläfenlocken. Alle sahen mich mit Mutters Augen an. Mit meinen eigenen. In allen war etwas von Mutters Leid. Verbannung, Verstoßung, zu schwere Last, Scham und Angst.

Man beschenkte mich. Die Großmutter ermunterte die Tochter, mir noch einen Frauenmantel auf den Arm zu legen, für meine Mutter.

»Tu ihr die Simche«, sagte sie. »Hätt' sie's nich nötig, wird sie das Jeled nicht rausschicken. Ä dicken Dalles wern se haben. Gib nur, gib. 's is doch Schlachmones. Wirst dafür Simches erleben bei Kindern und Kindeskindern.«

»In ä gute Schooh sollst es sagen, Mamme«, antwortete die Tochter und gab.

Dem Vater war es zu lange geworden. Nun saß er irgendwo in der Linienstraße und trank. Ich lief. Jetzt musste ich wieder die Mutter belügen, wenn ich ihr das Kleid brachte. Oft wagte ich es nicht, mit solchen Geschenken zu kommen. Dann versteckte ich die Sachen, vom Abend beschützt, irgendwo in der Hirtenstraße, hinter den Baracken, zwischen den Holzverschlägen, wo Tauben und Gänse verkauft werden, Hühner, Enten. Andern Tags holte ich sie. Das Geflügel schnatterte, es roch nach Mist. Ich lief zu den Altwarenhändlern der Linienstraße und verkaufte den Mantel, das Kleid. Geld konnte ich leichter zu Haus einschmuggeln.

Ja, in diesem neuen Hause waren wir längst nicht die Ärmsten. Ich erinnere mich nicht, dass wir da jemals richtig hungerten. Als einmal die Mutter krank war und zehn Tage nichts verdiente, damals war das Wunder schon geschehen, und Stefan, Stefan der Geliebte, half uns.

Vater gab uns, glaube ich, nie mehr Geld. Und er hatte oft viel. Da kam er mit neuen eleganten Schuhen an, die seinen kleinen Füßen passten, hellbraune oder gar Lackschuhe. Mit einem seidenen Schal, einer feurigen Krawatte. Wir wussten nie, womit er verdiente. Ein einziges Mal sah ich ihn in der Badstraße halbe Ochsen vor einer Metzgerei abladen und wie ein Federgewicht in den Torweg tragen. Also er arbeitete …

Aber dann – zweimal ist er auch im Gefängnis gewesen.

Einmal hatte er Schmiere gestanden, als zwei in der Schönhauserallee bei einem Goldschmied eingebrochen waren. Und einmal wegen Körperverletzung, bei einer Schlägerei in der Gormannstraße, vor dem Arbeitsnachweis. Dort strich die junge Balduweit herum und war für die Arbeitslosen zu haben. Sie nahm fünfzig Pfennig. Und Vater wollte sich mal mit ihr amüsieren, als ihn zwei andere überboten. Er hatte ein Messer. Dafür bekam er drei Monate. O, es waren stille, gute Monate. Wir schliefen schön.

Man konnte ganz gut schlafen in dem Hause der Jasmunderstraße. Um fünf Uhr morgens erst wurde es laut. Aber in die Klappe krochen alle früh. Die junge Balduweit hatte ja ihr nächtliches Gewerbe, aber sie brachte ihre Kunden nie nach Haus. Die Mutter war ja vorurteilslos und großzügig, aber was zu viel ist, ist zu viel, erklärte sie allen. In ihrem Hause? Niemals! Was man bloß denke! So eine sei sie noch lange nicht. Also war es, von neun Uhr abends an, still auf unserer Hintertreppe. Alle Fenster nach dem Hof waren finster, jeder sparte Licht. Nur im Sommer lag alles in den Fenstern bis in die Nacht hinein und unterhielt sich hinüber und herüber. Einer spielte Geige, das klang kläglich. Wie Katzengeschrei. Aber die Frauen lauschten verzückt. Einer hatte ein Grammophon, ganz elend. Aber Tanz- und Gesangsplatten darauf bedeuteten ein Fest. Die Kinder gingen nicht schlafen, drängten sich zwischen die Eltern, kicherten, riefen sich zu. Bumkes begossen ihre Bohnen, und es plätscherte auf den Hof hinab. Im Nachbarhaus – Hof stieß an Hof, die Höfe der Hussitenstraße schauten in unsere – war eine Fabrik, in der nachts gearbeitet wurde. Ein Dynamo schwirrte da gedämpft, es klang wie Meer, erzählte mir die

Mutter. Sie war zweimal an der Küste gewesen, sie kannte die Ost- und Nordsee. Mutter lag nie im Fenster, sie ließ es nicht einmal offen. Das Aborthäuschen, dicht daneben, stank im Sommer böse. Ich stand hinter den Gardinen und sah im Abenddämmer die blassen Gesichter in den Fenstern, alle Freude in den so freudlosen Zügen. Es war so jammervoll, wie in vergrämten, zerstörten Gesichtern widersinniges Lachen grimassierte. Die alte Balduweit führte ihren schwarzen Hund auf die Straße, ließ ihn dort, kehrte in den Hof zurück und klatschte von da unten nach allen vier Stockwerken hinauf. Auch die Leute aus dem Vorderhaus kamen in ihre Schlafstuben und Küchen hinten und hielten mit. Junge Burschen kehrten heim und schrien Witze zu den Mädels hoch, die kreischten.

»Hab dir nich so, Trude«, krähte die Balduweit. »Wo du schon zwei jehabt hast!«

»Olle Lüjenkatze!«, kreischte Trude aus dem dritten Stock und schmiß ihr Fenster zu.

Einer deklamierte von ganz oben, angeregt von der Indiskretion der Balduweit:

»Eener alleene
is nich scheene;
aber eener mit eene
un denn alleene,
det is scheene!«

Und nun war es losgelassen. Jetzt sang Maxe, der Sechzehnjährige von Niemeyers:

»Lass mich an deinem Busen
noch einmal schmusen!
Da sprach sie unter Tränen:
Ick hab ja keenen!«

Jetzt sprang ein Bursche mitten in den Hof, verbeugte sich grotesk, räusperte sich und legte los, mit schönstem Tenor, ganz rein und hell:

»Auf einem Omnibus
saß ein Mechanikus,
der hatte Lackstiebeln an.
Da kam ein andrer Mann,
der hatte welche an,
die rochen nach Tran.
Da sagte der eine Mann:
Sie haben ja Stiebeln an,
die riechen nach Tran!
Da sagte der andre Mann:
Wat jeht denn Sie det an!
'n jeder stinkt, so jut er kann.«

Die Balduweit, neunzig Kilo, fiel gegen den Müllkasten, so lachte sie. Sie vergaß durchaus den Hund auf der Straße. Ein Bursche fing sie unanständig auf, und sie juchzte auf wie eine Hupe. Es war wie ein Volksfest, Abend für Abend, im Sommer, wenn die Hitze unbewegt im Hofe stand und oben, im Dunst, die Sterne mühsam blinkten. Ich spähte durch das Fenster und beneidete sie. Ich konnte auch was und hätte es so gern den Armen gezeigt. Meine Nachahmungen, die ich noch immer mit Liebe probierte und ausarbeitete. Aber was hätte die Mutter gesagt! … Ich liebte sie so sehr, diese Leute in den Fenstern, ausgehungert nach Leben, nach Heiterkeit. Sie konnten ja gar nicht mehr lachen, es wurde Grimasse in ihren käsigen Gesichtern. Und die Kinder – so lüstern nach Ereignis, Lustigkeit, Spiel. Das war besser und wohltätiger als Brot und Äpfel. Ich stand da und träumte: sie ein bisschen glücklich machen, lachen lassen, empfinden, dass sie leben! Auch weinen machen. Warum nicht Tränen? Auch sie machen das Herz bewusst. Und fühlendes Herz haben: Nur das ist Glück. Was wissen die Armen von ihrem Herzen! …

Sterne über dem Hof in der Jasmunderstraße. Sind das noch Sterne? Der Dunst, der aus Armenquartieren steigt, entrückt sie noch mehr. Wann hebt denn der Arme den Blick? Traut er sich zu glauben, dass die Sterne für ihn da sind? Auch Meer ist da, Berg, Fluß, Wiese, Wald. Und was gehört ihm davon? Geschenke der Natur? Die bekommt nur der ohnehin Reiche. Dem Armen schenkt nicht einmal der Himmel Licht. In unsern Hof drangen keine Sonne, kein Mond. Sie blieben auf dem Dache liegen und hatten keinen Strahl für unsere Fenster übrig …

Wir waren nicht mehr die Ärmsten hier in dem Hause der einunddreißig Parteien. Im Keller unter uns wohnte der Tischler Hinze, Witwer mit fünf Kindern von zwei bis zehn. Er liebte alle und hätte keines fortgegeben, und alle hungerten, denn er hatte nicht viel und dann schlecht bezahlte Arbeit. Alle schliefen auf Kartoffelsäcken, in die Zeitungen gestopft waren. Er hatte ein Bett, aber das war an den Schlafburschen vermietet, der sich Mädchen mitbrachte. Nun, er zahlte zehn Mark. Und für zehn Mark …

Für zehn Mark gaben Knolls im vierten Stock ihre Fünfzehnjährige her. Es war ein offenes Geheimnis, dass Luischen in der Kneipe in der Oderbergerstraße, wo sie Gläser wusch, auch andere Obliegenheiten hatte. Aber sie brachte das Geld heim. Die Kutscherwitwe Gabeltau, die ihre Küche tagsüber an einen Mann vermietet hatte, der da ein Schwindelbüro betrieb und fortwährend Briefe mit Marken drinnen bekam – er inserierte irgendeine Lockgeschichte –, vermietete auch ihr Bett an einen Arbeiter aus den Elektrizitätswerken in der Voltastraße, der Nachtschicht hatte und morgens um halb sieben kam. Dann stieg sie aus dem Bett und er ins warme. Diese Betten sahen nie das Licht und bekamen nie Luft. Uns gegenüber, parterre, wohnten Wilkes, er Schaffner bei der Elektrischen, sie, Zigarettendreherin, saß in einem Schaufenster am Rosentalertor und machte Bekanntschaften. Die Vorhänge ihrer Fenster waren immer zu. Sie hatten ein Kind, drei Jahre, das hatte nie ein Mensch im Hause gesehen. Die Fenster waren zugenagelt, und das Kind war so in Todesangst gebracht, dass es nie einen Vorhang lüpfte. Es schrie auch nicht, wenn sie es mit dem Feuerhaken, den sie heiß machten, prügelten. Es kam an den Tag, als spielende Kinder einmal vormittags dort ein Fenster einschmissen. Da erschien unter dem Vorhang ein Gespenst, ein winziges Greisenköpfchen mit verfilztem weißen Haar, blöd offenem Mund, stieren Augen. Vom Munde bis zum Ohr lief ein blutender Riss, und die andere Wange war geschwollen. Die Kinder schrien, Frauen kamen, holten die Polizei, man brach ein und fand einen Kretin, ganz vertiert, verkrustet von Blut und Eiter. Als die Frau heimkam, lauerte ihr der Tischler Hinze auf und drang mit Fäusten auf sie ein. Aber Schutzleute kamen aus der Wohnung, wo sie gewartet hatten, und schützten sie vor der Wut des Hauses. Beide kamen ins Gefängnis. Und in ihre Wohnung zog ein Alter, der Ratten und Mäuse für die Laboratorien der Charité züchtete. Das Ungeziefer lief frei bei ihm herum, es wimmelte bald im Hause davon, und er musste nach sechs Wochen ziehen. Er weinte laut. Überall warf man ihn raus. Wir hörten dann, dass er eines Tages alle seine hunderte Tiere auf die Stadt losgelassen hatte, und er hatte sich von der Brücke am Gesundbrunnen hinuntergeworfen vor einen Stadtbahnzug.

In den hundert Stuben und Küchen des Hauses war die ganze Armut der Welt zu sehen, und doch war es nicht die bitterste. Denn es waren noch Stuben, es gab ein Dach, einen Ofen. Andere hatten nur die Bänke in den Hainen, die Brückenbögen, die erbrochenen Lauben. Aber in den Stuben wurden sie dafür so häßlich krank. Die Schlafburschen und Schlafmädchen steckten die Kinder an, Tuberkeln wucherten in die Nachbarschaft. Oben unterm Dach lebten Bruder und Schwester, Zwillinge, neunzehnjährig, in einem Verschlag. Öfen durften nicht aufgestellt werden, und wie es da im Sommer luftlos heiß war, fror es im Winter schonungslos. Die beiden schliefen in einem Bett. Und da kam im Winter die Ratte, die in den Speichern lebte, vom Froste getrieben, zu ihnen ins Bett und schlief zwischen ihren Brüsten, in der guten liebevollen Menschenwärme, und sie ließen es da schlafen, das unreine Tier, dessen sich Menschenliebe erbarmt. Diese beiden arbeiteten in derselben Fabrik am Wedding, sie waren glücklich, sie liebten sich, also konnten sie noch zur Ratte gut sein. Es gibt Engel unter den Armen, wie es Bestien gibt.

O, wie waren wir vierundfünfzig Kinder dieses Hauses begeistert, als Amalie Zwillich, dreizehn Jahre alt, in die Charité musste, weil sie ein Kind bekam.

Sie hat nie verraten, von wem. Nur wir Kinder – aber wir hielten dicht! – wussten es alle: vom Friseur in der Stralsunder, der selbst vier Kinder hatte. Von dem hatte sie das Fliederparfüm bekommen, das wir einmal, zu vierzehnt im Kreise sitzend, ausgegossen hatten, um dann geschlossenen Auges, tief, inbrünstig atmend, wie Opiumraucher in Seligkeit des Paradieses zu verfallen. Dieses Fläschchen Flieder, fünfundsiebzig Pfennige, war Amaliens Preis gewesen. Die Eltern zogen dann fort, so grämte und schämte sich die Mutter.

Andere nahmen es leichter. Die blöde Ernestine der Witwe Gottwald bekam alle Jahre eins, das die Großmutter prompt ins Waisenhaus brachte. Ernestine hatte nie einen Vater dazu und wusste nie, wie viel im Ganzen es nun schon waren. Allemal sagte sie:

»Nu, ich denke, nu, Sticka elf.«

Und lachte und stellte – wer es auch war – eine unumwundene Frage.

Ein Mann mit Leierkasten wohnte bei uns, der hatte eine ganz gelähmte Frau zu ernähren und zwei Hunde, von denen sie sich nicht trennen konnten, alte verschwollene Spitze, ganz verfilzt, die nie auf die Straße kamen, weil sie keine Hundesteuer zahlen konnten. Aus ihrer Wohnung roch es bestialisch auf die Treppe hinaus. Und doch wohnten bei ihnen zwei Brüder, Straßenhändler in der Friedrichstraße mit Scherzartikeln. Es gab unter diesen hundert Stuben viele, in denen fünf bis acht Menschen lebten, alles durcheinander, Frauen mit Männern und Kinder mit Großen.

Im Vorderhaus aber war es großartig. Da gab es Dreizimmerwohnungen, und Herr Bentheim, der die Gänseausschlachterei in der Swinemünder hatte, hatte eine Badewanne mit Ofen aufstellen lassen. Dort wohnten die Feinen, wo die Kinder für sich schliefen. Nur in zwei Etagen wurden möblierte Zimmer vermietet. Die Sage ging, dass Böses, die die Balkonstube an die Kassierin von der Alhambra vermietet hatten, in ebendieser Stube goldene Stühle und ein Sofa mit einem Spiegel darüber in der ganzen Breite hätten, und vor den Türen sollten rote Samtvorhänge sein mit gestickten Wasserlilien. Frau Böse rief manchmal die Nachbarin, mit der sie gerade gutstand, herein und zeigte ihr geheimnisvoll dieses Märchenzimmer. In der Ecke – wir wurden blass, wenn wir es hörten – sollte eine Palme – o und noch dazu eine künstliche! –, ja, da sollte eine Palme stehen und darunter zwei grünplüschene Sessel neben einem goldenen Tischchen ... Und auf dem Balkon blühten von Mai bis September Wicken. Manchmal standen wir unter dem Balkon, stundenlang, und warteten, dass eine Wicke abfiele ... Wie viele von uns hatten nie einen Blumenstengel in der Hand gehalten. Manche wurden eingesegnet, ehe sie eine Orange zu kosten bekamen oder Schokolade. Wir holten uns Gänseblümchen und Löwenzahn von den Bahndämmen. Die Bahndämme waren unsere Natur – aber sie waren eigentlich verboten. Und sie wurden unnachsichtlich streng verboten – die Zeitungen polemisierten darüber –, als einmal bei solchem Blumenpflücken Ida Sommer vom Zionskirchplatz abrutschte und von der Ringbahn ein Bein abgefahren bekam ...

Im Humboldthain, ja, da gab es Bäume, Rasen, auch Blumen. Aber das war alles polizeilich verboten. Ein Wärter mit

Stock passte auf. Wir hörten zu Haus, dass die Reichen ihre Gärten hätten und darin alles, was sie sich wünschten, nicht nur Blumen, auch Obst, Kirschen, Birnen, in Glashäusern Erdbeeren, Weintrauben, Orangen – Sagen für uns … Und wir durften Rasen nicht einmal betreten, und wenn man Blumen pflückte, kam man ins Gefängnis …

So was hörten wir, wenn abends die Großen zusammenstanden, vor der Haustür, im Hof, oder hinter offenen Fenstern disputierten. Damals erfuhr ich erst, dass es die »andern« gibt. Ich begriff nur nicht, warum man sie hassen sollte. Was konnten sie dafür, dass sie die »andern« waren? Es war doch dumm, sie zu beneiden. Es wäre ja schön, selbst alles das zu haben. Aber um es zu bekommen, durfte es man den andern missgönnen oder gar fortnehmen? Auch die größeren Jungen redeten darüber. Erst gab ich meinen Senf dazu, aber ich wurde schnell still, als sie riefen:

»Natürlich, der Jude! Was willste überhaupt bei uns? Geh zu deine Leit!«

Aber ich gehörte ja zu ihnen …

Litt ich damals unter all diesem? … Vielleicht nicht, denn ich erinnere mich nicht. Viel von dem Leid, das dem Kinde zugefügt wird, geht uns erst später auf, wenn wir leidensfähiger geworden sind. So oft hat erst die Erinnerung die Bitterkeit, die uns das Ereignis ersparte …

Ich hatte für alles einen Trost: die Schule …

Das klingt absonderlich. War denn Schule nicht Strafanstalt und Zwangserziehungshaus, der Schüler zitternder Sklave alter, trockener, verbildeter Männer? Aber nur in den höheren Schulen gab es die Verzweiflungen der jungen Menschen, bei uns in den Volksschulen blieb man gesund, war man ja freier. Für wie viele war die Schule der einzige Ort, wo sie es warm und friedlich hatten, Sonne und Blumen in den Fenstern, freundliche Worte hörten! Die Lehrer standen oft menschlich zu der Klasse, es war die einzige Möglichkeit, mit ihr auszukommen. Man kümmerte sich dort um schmutzige Ohren und Ungeziefer, man wurde zum Zahnarzt geschickt, und man wurde sogar von Zeit zu Zeit spazieren geführt, in den Hain, in den Zoologischen Garten, die Augen wurden geöffnet für Baum und Tier.

Und das Lernen, das Begreifen, das Wissen! Ich fieberte, tiefer zu dringen, die Mittel zu erobern, mit denen man die Welt erfasst. Ich ahnte unendliche Möglichkeiten. Schon mit sieben Jahren stand ich an den Buchläden und studierte die Fenster und sah die Bücher, die alles erschlossen. In Büchern war Schönheit, Weisheit, waren ferne Länder, die Gestirne, die Geheimnisse des Meeres und der Erde. Ich wünschte mir, zwischen Büchern mich einmauern zu können. Was brauchte ich das Draußen! Das war ja nie zu durchmessen. Alles war ja drinnen. In Büchern konnte ich mir alles erobern … Ich sammelte Zeitungsfetzen, und unfähig, bis zu Haus zu warten, las ich sie in Haustüren, auf fremden Höfen, in den Wartehäuschen der Elektrischen. Es war ganz gleich, was ich las. Alles brannte mir im Herzen. Alles verschlang ich, wie ein Hungernder Baumrinde kaut und Gras frisst.

Manchmal kam der Rektor in die Klasse und hörte mir zu. Ich antwortete dem Lehrer auf Fragen voll Fallen, denen ich entging, ich las mit Vehemenz und Pathos vor, ich rezitierte. Der Rektor tauschte mit dem Lehrer Blicke.

»Das kommt von der Mutter«, sagte der Lehrer. »Kennen Sie sie, Herr Rektor?«

Mutter kam dann und wann in die Schule und fragte nach mir. Sie dürstete danach, mein Lob zu hören, mit einem Einsichtsvollen über mich zu sprechen, rot vor Glück Prophezeiungen über meine Zukunft zu schlürfen.

Der Rektor ließ sie einmal zu sich bitten. Ich war da im neunten Jahr, der Klasse immer so weit voraus, dass ich Ostern eine überspringen sollte. Man hatte es mir schon gesagt. Aber ehe ich weitererzähle, muss ich innehalten und aufblicken. Zu dir, Rudolf Rauscher …

Er war mein Lehrer drei Jahre lang, und er begriff mich. Ich hätte niemals so leidenschaftlich, so besessen gelernt, wenn ich nicht den Glanz seiner Augen zärtlich auf mir ruhen gewünscht hätte; gewünscht, dass seine weiße weiche Hand – die erste nicht hartgearbeitete Hand, die ich kannte! – mir über das Haar strich. Alles tat ich erst Mutter, dann ihm zuliebe. Nur aus Liebe wird man schöpferisch, nur aus Liebe fruchtbar fleißig, nur aus Liebe ehrgeizig. Mein Wissensdrang allein hätte mich zu trockenem Sonderling gemacht, aber weil ich alles für andere tat, blieb ich lebendig, wirklich und mitfühlend.

Rudolf Rauscher war jung, Mitte zwanzig mag er gewesen sein, er war verheiratet, und manchmal holte seine Frau ihn ab. Er führte mich ihr einmal zu. Sie war eine kleine, zierliche, rothaarige Frau, ein süßes Puppenköpfchen, und als ich sie sah, dachte ich, wie kann Herr Rauscher bloß so ein Spielzeug haben. Sie sah mich an, gab mir nicht die Hand und sagte mit einer kleinen spröden Stimme:

»Also so siehst du aus, du Wunderknabe? Bist du ein Judenkind, König?«

Ich schlug die Augen nieder – vor Rudolf Rauscher. Ich

fühlte: Er schämte sich. Aber da lag seine leichte Hand auf meiner Schulter, die er zärtlich drückte:

»Grüß die Mutter«, sagte er, »adjös, Theodor. Lauf.«

Als er nicht mehr mein Lehrer war, als wir schon bei dem nüchternen, knöchernen, sachlichen Fräulein Hackert saßen, hörten wir das Gerücht, dass seine Frau mit einem Geigenspieler eines Cafés ausgerückt sei. Er selbst fiel im Kriege.

Damals, ehe er mich seiner Frau vorstellte, hatte er einmal zu mir gesagt:

»Du musst mich besuchen, Theodor. Du sollst dir meine Bücher ansehen, meine Herbarien und Schmetterlinge. Und ich habe ein Terrarium mit Ringelnattern und Salamandern. Und Schokolade mit Kuchen wirst du auch haben. Willst du mal kommen?« Ich habe niemals, vor keinem Menschen je gewagt, meine Gefühle ganz und frei zu bekennen. Ich war nie schüchtern in irgendeiner Lebenslage, aber mein Herz, sobald es sprach, machte mich blöde. Als er mich fragte: »Willst du kommen?« – o, ich hätte ihn umarmen müssen, kniend. Ich liebte ihn ganz anders als meine Mutter, mit Unruhe und Hitze und Gequältheit. Meine scheuen Blicke auf ihn müssen komisch gewesen sein vor lauter Anbetung und Hingabe. Aber auf seine Frage erblasste ich nur und nickte stumm.

Als jedoch seine Frau so kalt und abstoßend mit mir gewesen war, kam er nie mehr auf die Einladung zurück. Im Gegenteil: Er entfernte sich von mir. Oft zuckte noch seine Hand, mich zu streicheln, sein Mund, mich zärtlich zu loben … Er unterdrückte es. Als er nicht mehr mein Lehrer war, nickte er mir meist nur noch von fern zu. Er wusste bestimmt, wie weh er mir tat. Ich konnte nicht den Vorwurf, die verwundete Liebe in meinem Blick auslöschen. Aber es war wohl eben mein Blick, den er fürchtete. Er fürchtete meine Demut vor ihm, es war vielleicht erzieherische Maßnahme, dass er sich mir entzog … Heute lächle ich. Ich liebe ihn noch immer, und mein Herz, wenn ich an ihn denke, wird das Kinderherz von damals, so rein, wie es später kaum noch geblieben ist, so anbetend zärtlich, wie man später nie mehr sein kann.

Von ihm hörte ich zuerst in Worte, Lehre, Doktrin gefasst, was ich selbst nur dumpf empfand: Menschentum. Er sagte: Es gibt den Menschen neben euch! Es gibt den andern! Wenn du etwas bekommst, gib erst dem Bruder – und das ist jeder! – davon ab, ehe du nimmst; erst kommen alle andern, dann, zuletzt, kommst du; Liebe muss Tat sein, Freundschaft, Opfer; du wirst satter von dem, was du fortgibst, als von dem, was du issest; Freude, die du machst, labt dich.

Viele verspotteten ihn. Pauker nannte man die Lehrer und ihn: Rudi, der Moralpauker. Aber was ich ahnend empfunden hatte, machte er bewusst. Ich entdeckte, wie ungenügend meine Tugend war. Auch dieses Wort: »Tugend«, verrufen, verlacht, verhöhnt, verachtet, machte er uns lebendig. Er sprach von Dingen, Zeiten, Erlebnissen, die kein anderer Lehrer in keiner Gemeindeschule streift. Er erzählte uns von den Griechen, und ich hörte, ich lernte das Wort Kalokagathia … Später habe ich heimlich mit Stefan Falk Griechisch gelernt. Als ich auf die Wurzeln dieses Wortes stieß, als ich von »schön« und »gut« in ihrer strahlenden Harmonie las – ich weiß: Mein Herz stockte … Ich fühlte mich in diesem Augenblick dem geliebten Lehrer einverleibt, es war eine mystische Hochzeit, die ich erlebte. Ich verstand: Er war das, kallos und agathos. Er war das Ideal. Glückliches Kind, das erreichbare Gottheit vor sich sieht. Ich wollte ihm nahekommen; ich wagte nicht zu wollen: werden wie er. Aber ihm ähnlich sein …

Er war es auch, durch den das Wunder geschah …

Der Rektor hatte, als ich in der dritten Klasse war, meine Mutter zu sich bestellt. Sie hatte damals nur am Abend Zeit, kam aus ihrer Waschstellung nach Haus gelaufen, zog sich um, umarmte mich und lief zu ihm. Sie ahnte Gutes …

Sie kam erst spät zurück. Henny und Mark schliefen schon, damals acht und sieben alt, gesunde Berliner Kinder, in der Schule träge, auf der Straße Anführer. Die Mutter fiel auf einen Stuhl.

»Komm her«, sagte sie leise. »Setz dich auf meinen Schoß, Teddy. Ja? Du bist ein großer Junge, ein kleiner Mann, ein verständiger, tüchtiger Mann, aber heute, Teddy, sei noch einmal mein kleiner Junge, mein Liebling, ja? Hör zu. Siehst du, ich glaube, ich weine, das hast du noch nie gesehen. Teddy, du sollst es gut haben, Teddy, du sollst etwas lernen. Dein Rektor kennt einen guten, reichen Herrn, dem hat er von dir erzählt. Ein Herr Falk, er wohnt bei seiner Fabrik in der Hochstraße. Der will mit dir sprechen und dich, wenn er mit dir zufrieden ist, auf die hohe Schule schicken und das Schulgeld bezahlen und die Bücher, die du brauchst, auch für anständige Kleider sorgen …«

Bei jedem Wort geriet ich tiefer in Verzauberung und Fieber. Ich verstand nach den ersten Worten gar nichts mehr. Mutter redete weiter und weiter. Es war Glück und zugleich Wehmut in ihrer Stimme, ich hörte die Tränen in ihrem

Ton, und auf einmal, hinabstürzend aus diesem aufgegangenen Himmel, flüsterte ich:

»Aber muss ich weg von dir?«

»O, nein!«, rief sie. »Mein Liebling, ich sollte leben ohne dich? Nein, du musst natürlich bei mir bleiben. Oder möchtest du, Teddy, möchtest?«

Da lachte ich. Über die Herzensangst in ihrer Stimme. Und sie sprach weiter. Ja, der Herr Rauscher hatte dem Rektor jahrein, jahraus in den Ohren gelegen: Es müsste etwas für mich geschehen, ich müsste aufs Gymnasium, später studieren. Da sei eine Begabung, die verkümmerte und verschüttet würde. Er, der Rudolf Rauscher, kannte niemanden, den er interessieren könnte. Aber der Herr Rektor …

Schließlich hatte Herr Falk, der Fabrikdirektor, nach den Mitteilungen des Rektors auch Herrn Rauscher kommen lassen und mit ihm lange über mich gesprochen. Ich glühte vor Seligkeit: Also verdankte ich es ihm, dem geliebten Lehrer. Und er hatte mich kaum noch merken lassen, dass ich für ihn besonders da war und er für mich mit Gedanken, Liebe und Tat.

Wir sprachen bis tief in die Nacht, ich konnte nicht schlafen. Glücklicherweise war es gerade die Zeit, wo Vater im Gefängnis saß, und wir waren allein. Als ich schon im Halbschlummer war, merkte ich, dass Mutter aufstand. Sie nahm das Licht und ging in die Küche hinüber. Da sah ich sie sich über die beiden Kinder beugen, sie beleuchtete sie und starrte sie an, und ihre Lippen bewegten sich … Sie bat ihnen ab, dass sie sie weniger liebte als mich, dass ich ihr Leben war und sie nur ein Teil davon … Sie segnete sie, die sie nicht wie mich lieben konnte, sie empfahl sie Gott, weil sie ihrer Kräfte Bestes für mich hingab. Lange stand sie so und betete lautlos, und ich war eingeschlafen, als sie zurückkehrte.

Am andern Tag, in der großen Pause, brachte mich Herr Rauscher zum Rektor, von dem ich noch einmal hörte, was mit mir geschehen sollte.

»Theodor König«, sagte der Rektor abschließend. »Du sollst also heut um sechs Uhr bei Herrn Direktor Falk sein, der dein Gönner werden will. Ich gehe nicht mit, sprich allein mit ihm. Habe keine Angst, du musst so frei und offen sein, wie du zu uns bist. Es handelt sich um dein Glück und deine Zukunft. Und deine Mutter verdient die Freude an dir. – Mit Gott, mein Junge. Vielleicht verlässt du uns bald. Aber wir bleiben immer deine Freunde.«

Draußen blieb Herr Rauscher mit mir stehen. Der Schulkorridor war ganz leer, alle spielten in der Septembersonne im Hof, der Lärm drang so fröhlich zu uns. Er nahm meine Hand in seine beiden, fest, sah mich wieder in alter Freundschaft an und sagte:

»Höre, alter Junge, soll ich dich wohl begleiten? Wenn es dir leichter fällt … Weißt du, du kannst über mich verfügen – so sagen große Leute, wenn sie Freunde sind, zueinander.«

O, ich weinte so leicht … Mein Gesicht verzog sich nicht, aber es rannen heiße Tropfen aus meinen Augen. Ich stammelte:

»Ich fürchte mich nicht. Bitte, und ich glaube, ich möchte lieber allein gehen. Aber …« Und ich sagte plötzlich, woran ich noch gar nicht gedacht hatte – ich sagte: »Aber ich möchte lieber doch hier bleiben …« Es entriss sich mir: » … bei Ihnen!«

»Alter Junge«, sagte er und ließ meine Hand los, und ich sah, wie sein Gesicht gleichsam erkaltete. Warum? … »Du bist ein wunderliches Gemisch von kleinem Mann und großem Kind. Geh also allein und wähle dein Bestes. Du musst das tun, was dich am weitesten bringt. Je mehr du weißt und erlebst, desto mehr kannst du den Menschen geben. Herr Falk ist ein guter und reiner Mensch, vertrau dich ihm an. Du bist ein kleiner Junge, mein Alter, und sollst dich fürs Leben entscheiden. Aber ich weiß: Du schaffst es! – Auf Wiedersehen morgen.«

Es war ein Tag, an dem Mutter zu Haus wusch. Sie hatte Henny und Mark erzählt, was mit mir und für mich geschehen sollte. Ich spürte es sofort, als ich zur Tür hereinkam. Die beiden Kinder sahen mich, sie streckten unbewusst die Hand nach einander aus und wichen zurück. Vor mir … Sie liebten mich, mit mir zu spielen war ihr höchstes Glück, wenn ich ihnen meine Kunststücke vormachte, beteten sie mich an, sie waren zu mir zärtlicher und zutraulicher als zu Mutter. Und plötzlich war ich ihnen entrückt, war ich ihnen unheimlich … Ich sollte auf die hohe Schule kommen, bunte Mütze tragen, neue Kleider, ich sollte ein Herr werden … Das verstanden sie, acht und sieben, schon gut …

Ich erschrak so sehr. Ich starrte sie an, und als ich lächelte, drehte Henny sich um, und Mark schnitt mir eine Grimasse. Zum ersten Mal waren sie böse und ungezogen mit mir … Ich begriff es sofort. Ach, ich selbst fühlte mich ja schon anders, schon außerhalb. Oder war es nur die Kälte, die mir entgegenströmte? … Die altbekannte Küche stand auch wie etwas Neues da, ich sah die geschwärzten Wände, die verbogenen Dielen, das bisschen Geschirr, die beiden armseligen Töpfe, in denen Kartoffeln und Kohl kochten – und dann sah ich Mutter …

Sie stand am Waschtrog, und ihre Arme staken im Seifenschaum. Dampf umwölkte sie, die angebetete, ewige, nie gestürzte Gottheit meines Lebens, sie ruhte in der Minute, in der sie mich betrachtete, und sie lächelte mir entgegen, in den Augen Glück und Wehmut und Stolz und Angst …

Und da – ja, da sah ich: Auch sie war mir entfernt … Ich war schon nicht mehr nur ihr Kind, ich war schon der Gymnasiast in neuen Kleidern, der bei Direktor Falk ins Haus kam, ich war der junge Herr, der fremde Sprachen sprach und für die Universität bestimmt war. Sie hatte schon ein bisschen Scheu vor mir, vor meiner neuen Sphäre, sie, die doch aus derselben stammte, die reiche Müllerstochter, die Reisen gemacht hatte und Französisch und Englisch sprechen konnte … Sie schob jetzt etwas zwischen uns, eine Art von Achtung, die eine Mutter nicht vor ihrem Sohne haben kann, ohne eine Fremdheit zu erzeugen, sie sah mich mit einem Respekt an, dass ich mich glühend meiner selbst schämte – und ihrer! Ihrer, die Menschentum geringer schätzte als Bildung und Bürgerlichkeit, die sich klein vorkam vor gesichertem Herrentum, die ihr Kind aus ihrer einzig würdigen, menschlichen in eine ihr höher scheinende, weil bürgerlich gefestigte Sphäre rückte …

Ich brannte in Scham – für meine Mutter. Ich litt unter der Verachtung der Geschwister. Denn diese beiden Kinder, im Proletariat aufgewachsen, sie hatten die richtige Einstellung: Sie verschmähten, verspotteten den Bruder, der zu den Bürgern überging, der Herr werden wollte. Aber Mutter war verbildet von Bildung und wohlhabender Jugend, sie hat nie ihre konservativen Vorurteile verloren. Sie hielt sich für gesunken, weil sie arm war und ihr Mann im Gefängnis saß …

Ich verstand diese Einstellung später, aber gefühlsmäßig konnte ich sie nie begreifen. Ich weiß nur, dass das Kindererlebnis entscheidend ist, Frauen, die ärmer als Mutter waren, hatten eine gewisse soziale Würde, die Mutter nie aufbrachte: Sie war deklassiert, sozial hinabgestiegen, sie sah immer noch alles aus der Perspektive ihres Vaterhauses. Sie sah also auch auf sich selbst hinab. Aber schon nicht mehr auf ihre Kinder, die ja schon im Proletariat geboren waren. In der Idee saß sie noch heut am Fenster ihres sicheren, warmen, duftenden Mädchenzimmers und sah so verständnislos wie leise angeekelt auf Dienende und Arbeitende hinab. Dass sie selbst nun zu diesen zählte, machte die Klasse der Armen nicht menschenwürdiger. Ich glaube, sie hat in dieser Zeit auch sich selbst nicht mehr verstanden: dass sie von ihrem weißen Zimmer in die Kammer des Müllerknechtes hatte hinuntersteigen können … Sie hatte es getan damals ohne eine Spur sozialen Empfindens, sie hatte ganz vergessen, dass Georg König ein Prolet war, so verklärte ihn ihr die Liebe. Aber als die Liebe fort war und sie ihn sah, wie er war, ungebildet, grob, ein Tagelöhner, da musste sie ihr Tun für Wahnsinn halten, da sie es einfach nicht mehr verstand. Ja, sie musste sich anklagen, Kinder in diese Welt des Elends gesetzt zu haben. Sie war an unserm Hunger und Entbehren schuld. Wäre sie geblieben, wohinein sie geboren war, hätte sie uns ja in Reichtum und Bildung hineingesetzt …

Und jetzt sah sie – meine Mutter mich! –, sie sah mich an wie einen Menschen aus ihrer verlorenen Sphäre. Sie war eine Proletarierfrau geworden, und ich wuchs zum

Herrn. Der Respekt in ihrem Blick war mir wie Hölle. Ich brannte …

Nicht mehr das, was ich nachher tat, was ich tun musste, sondern dieser Augenblick der Erkenntnis war einer der bittersten meines Lebens. Wenn ich meine Bestimmung erfüllte, verlor ich die Mutter und die Geschwister … Verlor sie in meinem Sinn: Sie würden nicht mehr natürlich mit mir sprechen, würden befangen, verlegen, schüchtern und bedrückt sein, kein Zutrauen mehr haben, Respekt – o, diesen fürchterlichen Respekt vor mir. Ich würde in einer Welt leben, zu der sie keinen Zutritt hätten …

Bestimmung … Ich dachte damals töricht, es gäbe eine Bestimmung, die man verfehlen, der man sich entziehen könnte … Ich war doch ohne Erfahrung und ohne Einsicht. Jeder entscheidet nur, was längst entschieden ist, wählt immer nur das von oben Befohlene. Gehen können wir, aber nur den Weg, auf den wir gestellt sind …

Nie war ich schweigsamer als an jenem Tage. Die Mutter beobachtete mich viel, aber sie ahnte nicht, was in mir kämpfte und litt und was sich da in schmerzlichen Stunden entschied. Um fünf Uhr wusch sie mich selbst, in ihrem Waschfass, von Kopf bis zu Fuß. Ich bekam alles sauber angezogen, die geplatzten Schuhe funkelten. Und sie bestand noch darauf, mich zu begleiten. Wir gingen langsam, es war noch Zeit. Kaum jemals hatte es das gegeben, dass ich so mit Mutter spazieren ging. Es war staubig in der Brunnenstraße und heiß. Blätter fielen schon welk und dürr von den Bäumen. Der Humboldthain war trocken und grau, von den tief eingeschnittenen Geleisen der Stadtbahn wölkte dicker Rauch empor.

An der Ecke der Hochstraße blieb Mutter stehen. O, sie wagte sich nicht weiter in die Nähe des reichen Hauses, in die Sphäre der gesicherten Bürger, in das Reservat des damals noch so fetten Mittelstandes. Sie, die doch keine war, war demütiger, feiger und linkischer als jede Proletarierfrau. Ich verließ sie. Und da es sechs von der Himmelfahrtskirche schlug, lief ich und sah mich nicht mehr um.

Jetzt fror ich bald, bald glühte ich. Und schon war das Haus da. Hinten der rote Backsteinbau der Fabrik und vorn, an der Straße, mit schmalem Vorgarten, eine zweistöckige Villa, ganz einfach, mit großen Fenstern. Und als ich an der Glocke zog, wurde ich so ruhig, dass ich lächelte. Zum ersten Mal, kaum bewusst, empfand ich:

»Lohnt das alles sich? Was ist es? Ist es nicht nichtig? Was hat Sinn? Dieses da, was vor sich geht, gewiss nicht. Nur, einmal, der Gewinn daraus …«

Ein Mädchen öffnete. Schwarzes Kleid, weiße Schürze, weißes Häubchen. Ich schnupperte. Hier duftete es. Es war meine erste Begegnung mit der andern Welt, der erste Schritt in die Sphäre jenseits des Proletariats. Ich hatte auf »Bürger« schimpfen gehört, auf »Gesellschaft«, »Kapital«, »besitzende Klasse«. Jetzt sah ich dies alles zum ersten Mal, sah es mit aufgeschlossenen Sinnen.

Das Mädchen wusste schon, dass ich erwartet war. Und es sagte mir höflich, als sei ich schon ein Herr, ein junger Mann aus dem Kreise ihrer Herrschaft, dass der Herr Direktor eben noch einen Herrn bei sich habe, aber bald frei sein würde. Diese mir noch nie erwiesene Achtung machte mich nun gleichzeitig verlegen und gab mir Sicherheit. Ich wäre viel befangener gewesen, wäre ich als kleiner Prolet aufgenommen worden. Ganz sicher fühlte ich mich, als ich in einer kleinen Diele wartete. Ich sah mich ruhig um, ich fand das alles gar nicht so fremdartig. Ich hatte zwar noch nie einen Teppich an der Wand hängen sehen, noch nie eine bunte hölzerne Madonna und einen Backsteinkamin. Aber es war doch ein wenig, ein ganz klein wenig so, als hätte ich derlei in einem früheren Leben genossen oder im Traume mich seiner bedient.

Wie ich so saß, entdeckte ich plötzlich, dass eine Tür offen stand und dahinter, in einem von Sonne noch schimmernden Zimmer, ein kleines Mädchen in einem weißen Kleid, ein Mädchen von sechs oder sieben Jahren, das eine nackte Puppe im Arm hielt. Sie hatte den Kopf vorgeneigt und sah aus, als horchte sie, aber sie betrachtete nur mich. Ich lächelte ihr zu – ich war ja immer mit kleinen Kindern zusammen gewesen und verstand mich auf sie – und winkte ihr. Aber ihr Gesichtchen blieb unbewegt. Sie starrte mich unentwegt an. Auf einmal sagte sie mit sehr hohem Stimmchen:

»Ich heiße Lilian.«

»Komm doch her, Lilian«, gab ich zurück, »komm, zeig mir deine Puppe. Schön ist die, ich habe noch nie eine so schöne gesehen.«

Sie schüttelte den Kopf und versteckte die junge Dame hinter dem Rücken.

»Wie heißt du?«, fragte sie.

Sie dachte nach, als sie meinen Namen hörte. Dann kam sie.

»So, du bist das? Du wirst jetzt zu uns spielen kommen, habe ich gehört. Da, sieh sie dir an. Sie heißt Diana.«

»Diana? Ein feiner Name.«

»So? Ich weiß nicht. Aber sie heißt so, weil Tante Diana so heißt. Papa hat Besuch. Wirst du mit mir spielen?«

»Natürlich, Lilian, du gefällst mir.«

»So? Aber du …«

»Was denn?«

»Du gefällst mir …«, sagte sie zögernd. Ich wartete auf das »Nicht«. Sie schwankte und sah mich an. Da kam ein Junge die Treppe heruntergelaufen.

Es ging mir auf: So hatte ich noch nie einen Jungen laufen, Stufen springen sehen, ich hatte auch noch nie ein kleines Mädchen so frei und gleichsam achtlos, nebensächlich, selbstverständlich eine Puppe halten und heranschlendern sehen. Das war vielleicht der größte, weil ganz unerwartete Eindruck dieses Abends, ich sah die »andern« sich bewegen. Ich lernte einen neuen Rhythmus kennen, eine neue, ach, die erste Harmonie der körperlichen Bewegung. Und wieder sprang, bei meiner motorischen Begabung, sofort alles Gesehene in mich über, und meine Muskeln und Bänder und Gelenke lösten, selbst unbewegt, die gesehenen Gesten in sich aus.

Dieser Junge war Stefan Falk …

Auch er war, wie Lilian, dunkel, bräunlich von Haut, wie bei ihr waren auch seine Augen zu hellbraun für den Typ. Er war sehr schön, ich glaubte, noch nie einen schöneren Jungen gesehen zu haben, er war schöner als seine Schwester. Ihr Gesicht war weich und sozusagen dämmerig, verschleiert, aber seines war so rein geschnitten, so klar in den Flächen. Und es ging von ihm die Wahrheit aus …

Er rief, noch ehe er mir die Hand gab:

»O, du bist also der Junge, der in meine Klasse kommen

wird? Oktober, in die Sexta. Lessing-Gymnasium, weißt du? In der Pankstraße. Dufte Gegend, was? Macht nichts! Wir sollen zusammen arbeiten. Au Backe, fein! Du, das ist Puppe!«

»Pfui!«, rief Lilian. »Stefan, wie du redest! Das sage ich Fräulein!«

»Alte Klatsche!«, brummte der schöne Junge von oben herab. »Marsch ab. – Du, Theodor, komm mal rauf zu mir, ich zeig dir alles. Ich habe …«

Lilian unterbrach ihn geringschätzig:

»Der Junge muss zu Papa gehen. Lass ihn mal hier.«

Ich sah beide an. Ich liebte sie sofort. Ach, so habe ich immer die Schönheit auf den ersten Blick lieben müssen.

Die beiden begannen sich zu zanken. Und wieder hörte ich die Worte nicht und schaute nur zu. Selbst den Kopf trugen sie anders als bei uns, ihr Hals spielte wundersam über den Schultern; die Fäuste, die die kleine Lilian ballte, blieben weich und weiß.

Ich hätte die Haut der Kinder berühren mögen, sie zog mich an wie eine unerreichbare Frucht; oder ihr glänzendes Haar; selbst nur ihre Kleider.

Da kam aus einer Tür jenes Mädchen, das mir die Tür geöffnet hatte, und ließ einen jungen Herrn in hellem Anzug vorangehen, dem sie Hut und Stock reichte und das Tor zur Straße öffnete. Das alles verzauberte mich. O, was für wunderbare Sitten! Und das Wunderbarste, dass diese Kinder das alles gar nicht merkten, dass es ihnen nichts Neues und Besonderes war. Sie taten mir leid; wie viel Freude entging ihnen!

Das nette Mädchen sagte, zurückkommend, leise zu den Kindern:

»Geht hinauf, Fräulein sucht euch.« Und zu mir: »So, mein Junge, Herr Direktor erwartet dich jetzt. Komm mit.«

Ich nickte den Kindern zu. Stefan drückte mir fest die Hand.

»Komm doch nachher hinauf. Ich hab dir so viel zu zeigen, wir werden gar nicht fertig. Und jetzt musst du überhaupt jeden Tag kommen.«

Ich nickte. Lilian ging an mir vorüber. Sie hielt die Puppe umarmt und reichte deren einen Arm mir hin.

»Sag dem Jungen Adieu, Diana.«

Aber sie ging so schnell, dass ich den Sinn ihrer Worte und die Gebärde erst verstand, als sie schon an der Treppe stand.

Ich folgte dem Mädchen. Wir gingen durch ein Zimmer, in dem zwei Flügel standen, Notenpulte, ein Cellokasten. Es war ein dunkelblaues Zimmer. Dann kam anstoßend ein kleiner Raum, ganz grün, und ich entdeckte, dass ihm ein Glashaus vorgelagert war, ein Glashaus mit Bäumen und Blumen, und ich unterschied darin Frauen in weißen Kleidern. Dann öffnete das Mädchen, das gewiss mit Rücksicht auf meine Fremdheit ganz langsam ging, eine Tür, und da war ein Bücherzimmer …

Still war es überall gewesen, aber jetzt empfing mich ein Schweigen. Große dunkle Möbel gab es da, Bücherschränke an zwei Wänden entlang. Gerade der Tür gegenüber war ein breites Fenster, durch das man den Hof sah und die rote Backsteinfabrik. Es war schon Feierabend. Es war still. Im Hof stand ein Mann und wusch einen Landauer.

Am Schreibtisch vor diesem Fenster stand ein Mann, und er kam mir entgegen, nicht groß, sehr schmal, ich konnte sein Gesicht nicht erkennen, da er das Fenster im Rücken hatte. Ich ging furchtlos auf ihn zu, und ich glaube, dass ich damals nur so sicher und ruhig war, weil ich ja alles schon beschlossen hatte und mit unumstößlichem Entschluss hierhergekommen war.

»Also das bist du, Theodor König.« Ich wunderte mich, was dieser schlanke kleine Herr für eine tiefe, große Stimme hatte. »Komm, setz dich zu mir. – Halt, Frieda«, rief er dem Mädchen nach, »was geben wir denn unserm kleinen Gast? Vielleicht ist noch von dem Gefrorenen da, oder bringen Sie eine Limonade, bitte, Frieda.« Er lächelte ihr zu. Und ich liebte ihn schon. Dieses Lächeln, seine Stimme waren von Liebe erfüllt, auch die Wärme seiner Hand, mit der er mich noch immer hielt.

Er führte mich zu einem Sessel. Ich saß zum ersten Mal so großartig. Anzulehnen wagte ich mich nicht. Ich hatte – aus rätselhaftem Instinkt – mich erst nach ihm gesetzt. Er sah mich unverwandt an, das Lächeln war in seinen blauen Augen geblieben.

»Du kommst allein, mein Junge. Ich dachte, deine Mutter wird dich begleiten. Das meiste hätte ich ja mit ihr zu besprechen. Aber da sie dich schickt, ist sie ja einverstanden. Und das Wichtigste ist wohl, dass wir beide uns verständigen. Wir werden ganz ernsthaft zusammen reden, Theodor. Man kann doch. Du siehst klug aus.«

Ich lächelte ihn an, und da er nicht weitersprach, sagte ich:

»Ich bin nicht mehr so dumm, nein. Ich werde schon verstehen. Aber …«

Ich stockte. Wenn ich jetzt sagte, was ich wollte und musste, so musste ich auch aufstehen und gehen. Und es war so schön hier, die Menschen, die Ruhe, das Schweigen, selbst das Licht. Ich meinte nicht die Pracht der Möbel und die Bilder und Sessel, nicht den Reichtum, sondern die Atmosphäre. Und erst viel später begriff ich, dass es tatsächlich des Reichtums bedarf, um Schönheit und Ruhe zu haben, und dass das Licht die sanfte Dämpfung nur bekommt, wenn es durch Spitzen und Seide gebrochen wird, und dass Geld nötig ist, um diese Atmosphäre des Friedens zu erzeugen ... Damals empfand ich alles nur als Ausfluss des Menschentums der Bewohner. Aber das ist, schließlich, auch zuletzt bestimmend. Nur dass einem alles Menschentum nichts nützt, wenn man nicht die äußeren Möglichkeiten seines Auswirkens hat.

Der Direktor lehnte sich zurück und drückte auch mich gegen die Lehne meines roten Ledersessels.

»Mach es dir ganz bequem, Theodor. Also Herr Rauscher und der Herr Rektor finden, man sollte dir bessere Gelegenheit geben zu lernen. Ich will dich nicht etwa prüfen. Aber ich sehe, du hast auch keine Angst. Denk dir nur, ich sei dein Freund. Willst du?«

»O ja, Herr Falk. Nur alte Leute können meine Freunde sein. Die jungen wissen so wenig.«

»Und du? Weißt du viel?«

»O ja, ich weiß schon allerlei. Ich bin ja erst neun Jahre, aber wir sind sehr arm.«

»Theodor, arm wirst du auch bleiben. Du darfst nur nicht denken, dass sich in deinem Leben viel ändern wird. Du sollst nur das Gymnasium besuchen und anständig angezogen gehen, mit Stefan arbeiten und spielen. Das ist mein Junge, er ist genau so alt wie du.«

Es klopfte, und Frieda brachte auf einem silberblitzenden Tablett ein Glastellerchen mit rosa Eis, ein Glas Zitronenwasser, ein Körbchen mit süßen Kuchen. Das war für mich. Der Direktor gab mir selbst den Teller in die Hand, das Löffelchen war aus Gold. Ich aß mein erstes Eis – ach, es war wohl schon ein bisschen zu viel für einen einzigen Tag …

Und zugleich – ja, zugleich genoss ich alles als das Einmalige … Ich wusste ja: nur heut … Und darum brannte sich alles so glühend in mein Herz …

Während ich wie ein Prinz im Märchen aß – und das war Mutter, dass ich hier mit Ehren bestand, mich nicht beschmutzte, nichts fallen ließ, ohne Hast das Wunderbare verzehrte –, währenddem betrachtete ich meinen neuen Freund. Ich hatte noch nie einen so gekleideten Herrn gesehn, das Hemd war bunt gestreift und weich, am Anzug kein Stäubchen, er hatte unbeschreiblich schöne Hände. Sein Gesicht war schön durch die Liebe darin, er war schön durch den Klang seiner Stimme. Mein Herz flog ihm zu.

»Du kannst mir vertrauen, Theodor. Ich bin gerade fünfmal so alt wie du, aber ich habe noch nicht vergessen, wie es war, als ich jung war. Ich will dich zu verstehen suchen, sei ganz aufrichtig zu mir.«

Ich hörte zu löffeln auf.

»Ich will Ihnen zuallererst etwas sagen. Sie wissen gewiss nicht, dass wir sehr arm sind. Der Herr Rauscher und der Herr Rektor konnten Ihnen nicht alles sagen, denn sie wissen ja nicht alles. Meine Mutter ist Waschfrau, und ich habe schon mitverdient. Ich habe einmal in Geschäften nachmittags ausgetragen, zehn Pfennig die Stunde. Und ich habe vor dem Nachtasyl Tabak verkauft, den hab ich aus Zigarettenenden gemacht, die hab ich auf den Straßen aufgeklaubt. Und ich habe – ja, ich habe betteln …« Nein! Ich konnte nicht sagen: Ich habe betteln müssen! Das hieße, Vater verraten und bloßstellen. Ich verbesserte: »Ich habe gebettelt …«

Jetzt zitterte der Teller in meiner Hand, der Löffel klirrte.

Er beugte sich vor, legte seine Hände um meine eiskalte Hand und sah mich an … O, meine schnellen Tränen! Sie fielen mir wieder aus den Augen … Und da war er wie Mutter. Er trocknete sie mit seinem Tuch. Das war so fein, wie ich noch nie eines gefühlt hatte.

»Ruhig, mein liebes Kind«, flüsterte er. »Sei still. Ich weiß.« Er nahm mir den Teller ab, gab mir das Glas. »Trink, das ist kühl. Später wirst du mir alles erzählen …«

»Alles!«, stammelte ich. »Ja?«

»Alles, mein Junge. – So, ist es gut?«

Seine Hand auf meinem Haar … Es war wie Mutter. War es vielleicht noch süßer als Mutter, da es ein Fremder war?

Nun dachte ich, ich müsste erklären, entschuldigen, und so sagte ich denn, zu ihm aufblickend – ich spürte genau in diesem Augenblick, wie hässlich ich war! Noch hässlicher hier in diesem schweigenden Raum, vor ihm – ich sagte leise:

»Ich bin ja erst neun Jahr …«

Als wollte ich alles damit aufklären, auch meine Hässlichkeit und Dürftigkeit, meine fahle Haut und das geplatzte Oberleder meiner zu großen Schuhe …

Er sah auf mich herab. Plötzlich wandte er sich, schnell, ab und ging an das Fenster.

Es dauerte lange, bis er wiederkam. Er setzte sich, sein Gesicht war so ernst, er sagte:

»Einmal war ich auch arm, nicht so wie du, Theodor, aber ich fing ganz klein an, als Lehrling. Alles, was du hier siehst, ist selbst erworben, nichts übernommen und ererbt. Also verstehe ich dich. Ich freue mich, dass du Vertrauen zu mir hast. Und nun höre. Du sollst Oktober mit meinem Jungen zusammen in die Sexta vom Lessing-Gymnasium eintreten. Ich will für die ganze Schulzeit …«

Da stellte ich meinen Teller auf den Tisch. Ich habe mein erstes Gefrorenes nicht aufgegessen. Ich habe weiterhin in meinem Leben viele solche Herrlichkeiten und Süßigkeiten ungegessen stehen lassen müssen, weil ich reden musste oder weitermusste oder Notwendigeres zu erledigen war. Ich unterbrach meinen großen Freund:

»Ich muss Ihnen etwas sagen. Nein! Ich muss Ihnen ja Nein sagen. Ich will ja gar nicht. Ich wollte noch bis heut Mittag …«

Er starrte mich an. Als ich, von seinem Blick erschreckt, schwieg, murmelte er:

»Weiter. Sprich nur. Weiter. Hab Mut.«

»Ach, ich kann das ja gar nicht sagen. Es ist zu schwer. Ich weiß ja gar nicht, warum eigentlich. Aber ich will Ihnen erzählen. Da kam ich also nach Haus und freute mich, und da war Mutter und Henny und Mark – das sind meine Geschwister. Alle sahen mich so an, dass ich erschrak. Ich dachte, sie sind ja plötzlich ganz anders. Und was hab ich denn? Sie sahen so aus, als wenn sie mich nicht mehr liebten. Auch Mutter hatte keine rechte Traute mehr – ja, so sagt man auf der Straße, ich weiß nicht, wie's richtig heißt. Also ich wusste bloß: Nein, es geht nicht, ich muss dableiben. Ich darf nicht fortgehen und was lernen, was die nicht wissen, und wo leben, wo die nicht hinkommen. Ach, ich kann es ja nicht erklären, ich bin zu dumm. Aber ich will nun aber doch nicht. O, ich danke Ihnen sehr. Sehen Sie, ich weiß, ich hätte alles, was Sie wollen, gelernt, ganz schnell, und ich hätte so gern gelernt, o so schrecklich gern hätte ich gelernt. Aber ich will nicht …«

Es war die längste Rede vielleicht, die ich in meinem Leben bis heut gehalten habe. Und ich war noch nicht fertig. Ich sah das Gesicht des Mannes so ernst vor mir wie noch niemals eines. Es war nicht traurig, traurige Gesichter kannte ich ja gut. Nein, es war viel weiter weg. Traurigkeit kam mir immer nah. Es war das ernsteste Gesicht. Manchmal hatte Rudolf Rauscher mich so angesehen. Im traurigen Gesicht ist Gefühl, im ernsten Gedanke. Und in einen Gedanken zu blicken, ist so seltsam und beängstigend. Ich sah: Herr Falk dachte … Ich sah ihn denken, über mich. Und meine Stimme zitterte. Ich fürchtete mich. O, könnte ich es ihm doch erklären!

»Ich weiß ja nicht«, stammelte ich. »Ich wünsch mir ja so sehr, alles zu lernen, aber ich darf wirklich nicht. Ich muss dableiben. Sehen Sie, auch wenn es Mutter nicht gäbe und Henny und Mark nicht … Auch dann dürfte ich es nicht einmal tun. Ich kann es nicht erklären. Wenn Sie – wenn Sie …«

Ich suchte verzweifelt nach Worten. Aber was wollte ich denn ausdrücken? Verstand ich denn, was in mir vorging? Was mich zerriss und zwang?

»Kind!«, rief der ernste Mann. »Sei still. Bist du nicht neun Jahr?«

Er legte den Kopf in seine Hände. Und jetzt hörte ich etwas, Musik, von einem andern Zimmer. Ein paar Töne …

Er sah wieder auf.

»Menschheit, Menschheit«, murmelte er. »O der Mensch! O menschliche Ordnung!« Er fuhr laut fort: »Ja, Theodor, ich verstehe dich. Siehst du, ich will dir nicht mehr zureden und dich nicht umstimmen. Ich glaube, du hast recht. Du hast richtig entschieden, Theodor. Wie nennt dich deine Mutter, Junge?«

»Teddy ruft sie.«

»Also, Teddy, ich möchte dich aber um eins bitten. Willst du manchmal dennoch zu uns kommen? Siehst du, mein Stefan ist auch ein lieber Junge. Du kannst in seine Bücher gucken und mit ihm spielen. Und du wirst mir erlauben, da ich doch dein Freund bin, dass ich dir helfe, wenn es nötig ist? Du kennst ja jetzt alles, das sollst du nie bereuen. Aber von jetzt ab sollst du nicht mehr austragen – zehn Pfennig die Stunde – und Tabak verkaufen und – und so weiter. Denke an deine Mutter, dann erlaubst du es mir.«

Ich sagte mit zitternden Lippen:

»Aber nicht zu viel ...«

Jetzt, jetzt schämte ich mich. Annehmen, ohne zu verdienen ... Das war doch auch betteln, nur dass man die Hand nicht mehr hinstreckte ... Ach, viel lieber hätte ich Zeitungen ausgetragen und Milch und Zigarettenendchen gesucht und beim Nachtasyl verkauft. Jetzt schlug ich die Augen nieder.

Ich glaube, auch das verstand der große Mann. »Komm«, rief er, stand auf und legte den Arm um mich und steckte mir noch schnell ein Küchlein in den Mund. Nein, darauf kam er nicht – wie sollte er! –, dass das zerflossene Eis, die ungetrunkene Limonade mich doch schmerzten ... dass ich glücklich gewesen wäre, die Kuchen für Mutter und die Geschwister mitnehmen zu können. Er muss sie vor sich sehen, die Armut, der Reiche, damit er sie erfasst. Sonst ist sie ihm unvorstellbar.

»Meine Frau will dir auch guten Tag sagen. Ich zeig dir das Haus, wenn du wiederkommst. Oder Stefan führt dich herum, auch in die Ställe und in die Fabrik. Wir machen Papier, sollst mal sehen, wie wunderbar das vor sich geht.«

Er öffnete die Tür, schob mich hindurch. Da war das grün dämmernde Zimmer, ich sah in den nächsten Raum hinein, dort stand ein weißes Mädchen am Flügel und schlug die Töne an, sie sprach mit einem Offizier, der sehr groß war und sich zu ihr bückte. Aber auch sie hielt den Kopf geneigt und sah auf die Tasten.

In dem Glashaus – von Stefan erfuhr ich später, dass es Wintergarten hieß – stand die andere weiße Frau. Sie erwartete uns lächelnd und hielt mir beide Hände entgegen. Sie sagte aber nichts, und ich habe sie so selten sprechen hören.

»Das ist er, Nina«, sagte der Direktor. »Ich bin zufrieden mit ihm. Aber wir haben uns anders geeinigt. Ich erzähle es dir nachher. Setz dich noch ein Weilchen, Teddy. Er wird Teddy gerufen, Nina.«

Ich sah der Frau in das blasse Gesicht. Sie erschien mir so jung, aber sie war älter als Mutter, als ich sie kennenlernte, schon Ende dreißig. Ich wusste da noch nicht, dass ein Sohn von siebzehn in einer englischen Schule war. Sie war ganz blass, es war eine Blässe, wie ich sie noch nicht kannte. Sie war aus einer dalmatinischen Familie, ich habe sie eigentlich immer nur im Wintergarten sitzen sehen, sie ging fast nie aus, sie hasste die Stadt, ihr Gesicht rötete sich, wenn sie sagte:

»Nein, ich mag nicht ausfahren. Ich will die Stadt nicht sehen.«

Denn ihre Schwester, die bei ihr lebte, Diana Fiori, fuhr im Landauer des Direktors täglich, bei jedem Wetter, in die Stadt, in den Westen. Sie, Diana, hasste diesen Norden, diese proletarische Gegend, die Menschen hier, die Luft.

Diana – kaum saßen wir, da kam sie. Der große Offizier war fortgegangen. Sie stand in der Tür, und als ich sie, aufstehend, ansah, war ich verzaubert. Diana war die erste Frau, von der ich empfand: eine Frau …

Sie war ganz in Weiß, sie trug eine weiße Perlenschnur um den Hals und um ein Handgelenk, das linke, ein weißseidenes Band in langer Schleife gebunden. Dieses sinnlose Band – Diana bewegte sich unaufhörlich – irritierte mich ganz. Es umflatterte sie so gespenstig. Sie war so blass wie ihre Schwester, sie sah gar nicht so jung aus, wie sie damals war: neunzehn … Wie ihre Nasenflügel in die Wangen überliefen, wie ihre Mundwinkel lebendig waren – o, das faszinierte mich.

Sie blieb in der Tür stehen und sagte:

»Nun, was habt ihr da für ein nordisches Blümchen gepflanzt? Ist es das besprochene Kräutlein?«

Sie sah mich ungeniert und spöttisch an. Ich dachte entsetzt an meine geplatzten Schuhe, die zu kurzen Ärmel des Jacketts, das gestopfte Hemd. Bei den andern wäre mir das nie eingefallen. Ich erschrak vor ihrer Stimme, die zu hell und scharf für sie war, sie passte gar nicht zu ihr.

»Seht mal an«, fuhr sie fort und kam langsam näher, »er hat ja Augen!«

Sie hob mit spitzem Zeigefinger mein Kinn, aber da

senkte ich den Blick. Sie gab mir keine Hand. Zögernd zog sie den Finger zurück, es durchschauerte mich, wie sie so über meine Haut strich. Ich schämte mich, als sei ich nackt.

»Setz dich«, sagte sie wie in der Schule.

Ich blieb stehen.

Der Direktor stand auf und ging hinaus, Fräulein Diana sah sich mit keinem Blick nach ihm um. Nur seine Frau sah ihm nach.

»Setz dich«, wiederholte sie.

Da sagte ich:

»Ich muss jetzt gehen.«

Zum ersten Mal sagte Frau Nina:

»Das, Teddy, ist meine Schwester. Diana.«

»Weißt du, Junge, wer das ist? Diana?«

Ich hörte sie kaum. Ninas tiefe, leise Stimme war so süß.

»Diana …«, fuhr die andere fort. »Natürlich, woher sollst du? In eurer Schule lernt man nichts Schönes. Das ist eine Göttin, die einzig jungfräuliche Göttin. Die jungfräuliche Göttin, Junge.«

»Di …«, sagte Nina.

»Wir sind natürlich Stiefschwestern«, teilte das Fräulein mir mit.

Nina lachte sanft.

»Ja, sag ihm nur, dass ich genau doppelt so alt bin wie du, genau. O Di, selbst vor einem Kind!«

Und sie umfasste sie mit liebevollem Blick.

Ja, Diana wollte wirken. Auf jeden. Ob Kind oder Leutnant, Kutscher oder Kellner. Und wenn ihr Spott auch wehtat: Sie wusste: Ihr Zauber war stärker. Warum tat sie mir weh? In dem Ton, in dem sie mit mir sprach, war fast Verachtung.

»Hier sitzt sich's gut, Pflänzchen, nicht wahr?«, fragte sie mich. »Das wäre so was.«

Sie setzte sich mir gegenüber und berührte mit der Spitze ihres weißen Schuhs mein Knie. Sie nestelte an ihrem Haar, das über ihrer Stirn in zwei schweren Wellen sich teilte. Die Schleife an ihrem Handgelenk flatterte. Ich fuhr zusammen.

»Ich muss gehen«, wiederholte ich.

Es war plötzlich fast dunkel geworden. Nasse Erde roch scharf. Große Asternbüsche strömten einen strengen Geruch aus. Aber von dem Fräulein kam durch alles hindurch ein Duft.

»Also Adieu«, sagte sie. »Findest du wieder den Weg hinaus? Hier ließe sich's gut wurzeln, was? Was du für Luft mitbringst, Junge!«

»O Di«, flüsterte Nina und nahm mich Betäubten an die Hand.

Wie linkisch war ich plötzlich, ein Tollpatsch, ein kleiner Prolet. Und nur, weil das Fräulein mich als solchen ansah!

Sie reichte mir wieder keine Hand, sie sah mich nur an, sie sah mir nach, ich spürte es, sie modellierte gleichsam mit ihrem harten Blick aus dem doch weichen dunklen Auge mein ganzes kleines kümmerliches Körperlein. Ich ging wie in Fesseln, ich fühlte mich gedemütigt wie noch nie, verloren, entwürdigt. Und ihre Schwester hielt so gut meine Hand. Vielleicht las sie in mir.

Draußen in der Diele stand der Direktor, als hätte er auf mich gewartet. Ich fand, dass er irgendwie verändert war. Von dem Augenblick an, wo Fräulein Diana in den Wintergarten getreten war und ihre helle, spöttische Stimme tönen ließ. Nun war ich aber so benommen und beklommen, dass ich kaum noch verstand. Frau Nina sagte nichts mehr, aber er allerlei. Ich begriff nur, dass ich Mutter zu ihm schicken sollte. Bald. Es war so dunkel im Haus geworden und die Luft schwer.

Und wie ich die Tür öffnete, stand ich erstaunt: Es war ja noch so hell, es war noch Tag. Die untergehende Sonne färbte die Wolken drüben über dem Humboldthain rosig. Ich entdeckte jetzt, wie schön sie es im Hause hatten: den Blick ganz über den Hain hinweg mit Türmen und Kuppeln dahinter und die ewigen Farbenspiele des Himmels. Aber unten in dem tiefen Eisenbahnausschnitt dampfte, rauchte, ratterte es.

Indem der Direktor die Tür hinter mir schloss, hörte ich noch einmal des Fräuleins helle Stimme:

»Fährt der Wagen vor?«

Und da bog der Landauer aus dem Hof schon auf die Straße und fuhr vor das Haus. Ein glänzender Wagen mit grünen Polstern, mit zwei Apfelschimmeln. Auf dem Rücksitz lag ein Strauß Rosen. Ich hörte dann, dass der Direktor seiner jungen Schwägerin zu jeder Ausfahrt einen Strauß in den Wagen legen ließ. Und ich hörte auch weiter – später –, dass sie niemals diesen Strauß mit zurück und in ihr Zimmer brachte. Die Kinder, die sie manchmal begleiteten, erzählten, dass sie, während der Fahrt, stumm und erbittert den Strauß zu zerpflücken und aus dem Wagen zu streuen pflegte.

Ich kehrte heim, durch die Abenddämmerung, die auch bei uns, in den armseligen Straßen, süß und melodisch war. Ich kam aus der andern Welt, aber ich dachte nicht an sie. Sie war ganz versunken vor der ersten Frau, die ich geschaut …

Ich ging langsam durch den Hain. Er erschien mir einsam, ich nahm die Menschen nicht auf. Er war frisch begossen und gesprengt, es tropfte von den Büschen, es duftete das Gras, es hauchte kühl nach Wasser und Erde: ich trank mit jedem Atemzug ihr Bild.

Es war so süß, dass sie mir wehgetan hatte – ihre Verachtung: welcher wonnige Schmerz … Die Spitze ihres Schuhs an meinem Knie – hatte ich nun da ein Mal? … Es brannte. Ihr Blick, mit dem sie meine Magerkeit nachzog – o, ihr trunkenen Hüften und Schenkelchen, du zitternde Schulter, gelähmter Arm! …

Ich war neun Jahre alt …

Ein und eine halbe Stunde war ich in der fremden Welt gewesen … Nie, nie wäre ich in einer geblieben, in der die Göttin Diana wandelte. O, mir graute vor dieser Gottheit! Es war meine erste Angst, und es war eine fleischliche Angst, ja, ich spürte sie schrecklich im Fleisch! Nicht das Herz war betroffen und zerrissen, im Gebein zitterte eine unerträgliche, nie gekannte Furcht …

Um halb acht hatte ich das Haus verlassen, und um neun kam ich heim.

Ich trat in die Küche, die Tür nach der Treppe stand offen, Mutter hatte mich hören wollen. Aber nun war sie mir doch nicht entgegengekommen. Sie saß bei einem Licht in der Stube auf dem Bett. Und in der Küche stand die Lampe, mir zu leuchten.

Henny und Mark schliefen noch nicht, sie sahen mir entgegen. Und diese beiden Kinder, so tief noch im Unbewusstsein, kaum dass sie mich sahen, errieten. Ich lief zu ihnen, und Henny umschlang mich, in alter Liebe, in alter Leidenschaft.

»Teddy«, flüsterte sie, »du gehst nicht weg.«

»Nein, Henny, ich bleibe. Seid ruhig, schlaft schön. Gute

Nacht, Mark. Morgen spiel ich euch lauter Neues vor, einen Leutnant und eine Dame. Und ich hab ein gläsernes Haus gesehen.«

»O, o! Mark, hörst du? Ein gläsernes Haus …«

Henny war wie ein blühendes Bäumchen, lieblich wie Apfelblüte, man blieb auf der Straße stehen und lachte sie an. Mutter sorgte sich stets, man könnte sie entführen. Aber Henny war helle. Ihr kam keiner. Sie frohlockte hinter mir her.

Da wartete die Mutter. Und vor ihr allein brach mein Herz auf. Vor ihr konnte ich knien. Und ich kniete jetzt, ich umschlang sie, ich bohrte meinen Kopf in ihren Schoß. Sie hatte sich fein gemacht, ihr altes blaues Mädchenkleid mit dem unvergänglichen Duft. Für den Sohn, der dahin zurückkehren sollte, von wo sie verstoßen war. O, und ich hatte je gedacht, es zu tun!

»Mutter!«, rief ich weinend und sah sie an, dieses geliebte, vergrämte Gesicht, das sich immer verklärte, wenn ich mich in seinen Augen spiegelte. »Nein! nein! Ich habe ihm Nein gesagt. Ich will nicht. Ich will bei dir bleiben, du sollst mich nicht gehen lassen, du musst das nicht wollen. Lass mich doch hier, ich bin doch dein Kind …«

»Still, still«, sagte sie zitternd. »O, still. Ich kann es nicht hören. Mein Herz, Liebling. Es springt. Du willst nicht …

O, du zerstörst dein Leben für mich.

Sieh doch«, rief sie staunend. »Gestern sahst du meine Augen nass, heut weine ich.« Und ihre Tränen fielen auf mein Gesicht. »Mein Liebling. Ich weine über dich. Bin ich glücklich? Bin ich traurig? Was hast du getan? Recht an mir und Unrecht an dir? Ich rate es nicht. O Gott. Wir sind so allein, ich weiß nichts. Hat dein Herz auf Gott gehört? Soll ich klagen?«

Ich lachte, indes ich weinte. Das war eine von unsern heiligen Stunden. Ich vergaß, dass ich in dieser selben Stunde ein Leben jenseits der Mutter begann, ein Leben im Dienste der Göttin Diana, der einzig jungfräulichen. Vergaß, dass ich mit diesem unendlichen Geheimnis den ersten Schritt in unser Einsamsein tat. Meine Mutter – da war sie, und die Welt war in ihr beschlossen …

Sie beruhigte sich, sie presste mich an ihren Schoß, an ihre Brust. Ihre harten Hände waren das Süßeste an Liebkosung und ihre Träne auf meiner Lippe ein Tropfen vom Himmel.

Sie hob mein Gesicht.

»Wie schön bist du, Liebling«, lobsang sie. »Meine Augenweide du, mein Herzenstrost. Ich habe zu wenig gelitten, um dich zu verdienen. Zwei Mütter bist du wert, mein Liebling. Ich bin deine Mutter. Gesegnet sei der Herr. Du bist mein Kind. Gelobt seist du, Herr der Allmächtige. Gepriesen sei dein Name. Von Ewigkeit bis in Ewigkeit, amen.«

* * *

Es gab das Glück …

Es ging das Leben auf …

Ich erinnere mich, wie Mutter abends heimkam. Sie war bei Rudolf Rauscher und Direktor Falk gewesen. Sie setzte sich und lächelte. Wann je hatte ich sie lächeln gesehn?

Sie sagte:

»So schöne Menschen! O, was für schöne Menschen!«

Und sie meinte die Herzen, in die sie geblickt hatte.

Als ich in die Schule kam, sagte weder der Lehrer noch der Rektor etwas. Sie hatten wohl noch am selben Abend von Herrn Falk erfahren, dass ich nicht wollte. Rudolf Rauscher, als er mich zum ersten Mal aufrief, hatte so viel Wärme in der Stimme. Als er an meiner Bank vorüberging, legte er einen Augenblick die Hand auf meine Schulter und drückte sie. Mein Herz floss über. Ich verstand ihn. Und der Rektor, wenn er mir auf der Treppe, auf dem Hof begegnete, nickte mir zu, gab mir einen kleinen Klaps auf die Schulter. Das sagte mir alles. Ich war fast stolz damals.

Ich ging von Zeit zu Zeit in die Villa der Hochstraße. Ich saß bei Stefan im Zimmer und lernte mit ihm Lateinisch. Ich saß gebannt über seinen humanistischen Lehrbüchern und trank ihr Wissen. Ich lechzte nach allem. Ich arbeitete mit Lilian, und die Gouvernante liebte mich. Ich hatte schon von Mutter französische und englische Vokabeln gelernt, und das Fräulein, eine Waadtländerin, sprach oft eine Stunde französisch mit uns. Ich hing an ihren Lippen, meine Ohren saugten den wunderbaren Klang der Sprache auf. »Unser Genie«, nannte sie mich … Niemand ermisst, welches Hochgefühl mein Herz schwellte. Ich war fast hochmütig damals, ich kam menschlich ganz herunter. Der Direktor rief mich einmal wieder in sein schweigsames Zimmer. Und er fragte mich noch einmal:

»Teddy, sollen wir noch einmal darüber nachdenken, was wir mit dir machen? Du lernst so spielend, du fasst leicht auf. Ist es nicht schade?«

Ich war ganz frei ihm gegenüber. Ich sah ihn freudig an.

»O nein, es ist nicht schade. Ich wünsche mir gar nichts.

Ich bin noch immer so dumm und kann es Ihnen nicht erklären.«

Es klopfte. Fräulein Diana kam herein. Mit Briefen.

»Ah, da ist ja das Genie«, sagte sie in der gewohnten spöttischen Weise. Und indem sie mich ansah, ohne Lächeln, fuhr sie – für Herrn Falk – fort: »Ich nahm dem Postboten die Briefe ab. Bitte.«

Sie reichte sie ihm, ohne hinüberzusehen. Und ich wunderte mich, dass er so langsam zugriff. Aber er sah sie an, er war bräunlich blass, und ich entdeckte, dass seine Augen heller waren als seine Haut; das gab ihm das seltsame und jugendliche Aussehen. Er sah sie fast an, als wäre sie ein Gespenst. Ob sie schön war? Aber sie war berauschend … Auch für mich, schon für mich. Ihre Nähe, ihre bloße Ahnung legten einen Bann auf mich. Wenn ich dieses Haus, in dem ich sie wusste, nur betrat, befiel mich eine süß-bange Lähmung, und meine Knie wurden schwach. Oft, mit Stefan und Lilian mit unsagbar wunderbarem Spielzeug beschäftigt, lauschte ich hinaus, auf die Treppe, ob ihr Schritt nicht käme. Aber ich begegnete ihr immer nur durch Zufall, sie kam nie zu uns, sie sprach nie allein oder ernsthaft zu mir.

Sie sagte auch jetzt:

»Wie geht es dem jungen Herrn? Wie gefällt es ihm bei der besitzenden Klasse? Wird er nicht Schaden nehmen an seiner Seele? Kleine Mimose, wie verträgst du unsern Boden?«

Ich wusste ihr niemals zu antworten …

Sie legte ihre Hand um ihren Nacken, wie um ihn zu bedecken, als spürte sie, dass Herrn Falks starrer, heller Blick darauflag. Ich sah ihn fast mit Angst an, später hätte ich gesagt: Er sah aus wie einer, der ein Messer in die Rippen bekommen hat … Es war unheimlich.

Das Fräulein ging wieder hinaus, sie hatte ihn nicht ein einziges Mal angesehen, sie ging sehr langsam, als zöge sie etwas zurück. Mit der Hand streifte sie über den goldenen Adler, der eine Uhr zwischen den hoch gespreizten Flügeln hielt, auf einem Wandtischchen.

Und dann geschah etwas Merkwürdiges. Kaum hatte sie die Tür geschlossen, so ging der Direktor zur Uhr, legte die Hand auf den Adler und hielt sie an. Er sah auf sie hinab und ließ sie stehen. Es war halb sechs, und solange ich diese Uhr im Lauf der nächsten Jahre auch sah, immer standen ihre Zeiger fast genau übereinander auf dieser selben Stunde. Sie war seitdem nie mehr in Gang gesetzt worden …

Jetzt sagte der Direktor:

»Geh, mein Junge, rufe Stefan. Ihr könnt hierbleiben und euch Bücher ansehen.«

Warum wollte er jetzt nicht allein sein! Sonst war er es immer.

Er blätterte in Papieren, indes wir unter dem Fenster an seinen Schreibtisch gelehnt saßen und Architekturwerke betrachteten. Stefan suchte sich ein Schloss aus, wie er es später bauen lassen und bewohnen wollte. Und ich sollte auch wählen. Aber so träumte ich nicht mit.

»Ich kann nie ein Schloss haben«, sagte ich.

Ich war so nüchtern, ich baute niemals Luftschlösser. Proletarierkinder haben gar keine Phantasie, sie sind ganz real. Wenn mir bisweilen der Gedanke an die Möglichkeit auftauchte, es so zu haben wie Stefan, reiches Kind mit unbegrenzten Aussichten zu sein, graute mir fast.

Über uns rauschten die Papiere, die Direktor Falk umschlug. Es war dunkel. Wir hatten das Buch zugemacht, Stefan an mich gelehnt, flüsterte Geschichten aus der Sexta, von den Lehrern, von den Kameraden. Aber ich lauschte auf den Mann, den ich bewunderte. Wie sinnlos er da blätterte, er sah ja nichts mehr.

Schließlich kam seine Frau. Sie blieb an der Tür stehen, drehte das Licht auf und lächelte uns der Reihe nach an.

»Das träumende Trio«, sagte sie sanft.

Ich habe sie niemals viel sprechen hören. Aber ich bin nie wieder einer Frau begegnet, die so viel Güte, Stille und Schönheit ausatmete wie Nina Falk.

»Thomas«, mahnte sie, »die Freunde sind bald da.« Das Musikzimmer war schon erleuchtet. Ein Flügel aufgeschlagen, die Notenpulte geordnet. Und ich sah Fräulein Diana sitzen, in einem langen dunkelroten Gewand, das Cello zwischen den Knien. Und sie probierte ihren Part in dem Quintett.

Denn in diesem Hause gab es Musik …

Ich hatte bis dahin nicht gewusst, dass es Musik gab …

Ich kannte Grammophon und Leierkasten und die Klaviere der Kneipen mit schneidenden Geigen und sonntags die Gartenkonzerte in der Badstraße, wo ich an den Zäunen lauschte, ich kannte das Musikgetöse der Rummelplätze und die Blechmärsche der Soldaten.

Aber jetzt hörte ich Musik …

Stefan hatte sich mit mir, das erste Mal, in das grüne Zimmer gesetzt, als nebenan ein Quartett gespielt wurde. Er selbst spielte schon Geige. Und nur darum hatte ich ihn beneidet. Um nichts sonst, nicht um das Gymnasium und die

Villa, nicht um Pferd und Wagen und Spielzeug; vielleicht um den Vater, sicher aber um die Geige.

Zweimal in der Woche kam der Lehrer zu ihm, ein alter Herr mit langem weißem Haar. Dann durfte ich in der Ecke des Zimmers sitzen und zuhören. Selbst diese Übungen, diese melodielosen Läufe, nackte Tonleitern und Doppelgriffe bezauberten mich, entrückten mich. Noch in der bloßen Quinte, im einfachen Ton erklang mir das Wunderbare, das Jenseits, jenes Wesenhafte, das unaussprechlich und unvorstellbar im Ton sich offenbart.

Und also zum ersten Mal das Quartett!

Ich wusste nicht, was ich erwarten sollte, als Stefan sagte, ich solle dableiben, bis man spielte. Der alte Lehrer, der Vater, Fräulein Diana und jener Offizier, den ich bei meinem ersten Besuch gesehen hatte, spielten. Frau Nina saß am geschlossenen Flügel und hörte zu.

Sie begannen. Später, viel später erfuhr ich und erkannte es wieder: Es war Beethoven gewesen, OPUS 132. Sie hatten damals viele Monate geübt, die vier, und an jenem Abend spielten sie es zum ersten Mal durch.

Wie das Cello einsetzte, die Viola einfiel, die Geigen nacheinander im leisesten Hauch einklangen, da fuhr – ich kann es nicht anders sagen: Gott in mich.

Es dauerte noch lange, ehe ich Musik verstand, ehe ich Beethoven von Mozart unterschied und Schubert von Schumann und hörte: Das ist Bruckner … empfand: Brahms …

Aber ich konnte Musik hören, ich war offen, aufgegangen, ließ sie ein, konnte mich durchtränken lassen.

Ich erinnere mich, wie ich an jenem ersten heiligen Abend noch die Pausen hörte, die die Spieler machten, die tonlose Musik, die zum nächsten Satz überleitete. Ich erlebte in jenen schweigenden Minuten die Verwandlung in den andern Klang und Rhythmus des Lebens, wenn die neue Musik begann, traf sie mich schon in dem Zustand, den sie beschwören sollte.

Jener langsame Satz – als ich später in den Noten blätterte, sie berührte wie heiliges Buch – ich sah zum ersten Mal die unlesbare Schrift der schwarzen Punkte und Striche, jene Hieroglyphen, aus denen geweihte Priester die göttliche Botschaft lasen, jene Runen, die aus Saiten lebendig aufklingen konnten, Sprache, Mitteilung des Jenseits – ich las dann über den Noten:

»Heiliger Dankgesang eines Genesenen an die Gottheit, in der lydischen Tonart.«

Ich wusste nichts davon, als ich ihn hörte, diesen Satz. Aber er sprach aus, was mich erfüllte. Die grenzenlose Seligkeit über das Wunder, das mir widerfahren war, meine Gebete an das gnadenvolle Wesen, das mir diesen Himmel geöffnet hatte. Als ich ihn hörte, erleichterte sich mein belastetes Herz, sein Übermaß strömte mit den Tönen hin. Und als dann die erste Geige den Triller aufnahm, immer stärker anschwellend, sich zum Aufschwung vorbereitete und in einer helleren Tonart himmelwärtsstürmte – da weinte ich …

Ich wäre erstickt, am Übermaß, am Unerträglichen. Jetzt löste es sich … Ich war angekommen, ich war aufgenommen, ich atmete auf der Asphodeloswiese. Ich wusste ja noch gar nicht, dass das Musik war. Ich hatte nur gefunden, was meines Wesens Erfüllung und Vollendung war, mein eigenes Unaussprechliches bekannte sich. Dieses irdische gemeine Leben ist nie genug, ist immer Schmerz, Qual des Ungenügens, Bitterkeit der Sehnsucht, verzweifelte Lüge. Und in der Musik war das vollendete Sein, das Jenseits aller Erfüllungen, der ewige Trost. Dort wurde alles gut und schön. Man selbst war gut und schön. Die griechische Harmonie, von der ich später las, es gab sie hier, nur noch hier: Musik …

Man brauchte nicht zu sterben. Schon lebend konnte man in die große Seligkeit eingehen. Musik …

Wir saßen in dem dunklen, kleinen grünen Zimmer. Vor uns lag das Glashaus mit seinen Palmen, eine Laterne, die im Hof hing, warf ihr Licht zwischen die Blumen und Pflanzen, und die Glasscheiben glänzten, es hatte geregnet, in den Tropfen brach es sich glitzernd, geheimnisvoll dunstete dieser tropische Garten.

Ich hatte gar nicht gehört, dass sie nicht mehr spielten. Es umspielte mich noch. Ich sah nur gerade, wie Frau Nina hinausging und der alte Musiker mit dem Offizier zu sprechen begann, indem er ein Notenheft aufschlug und ihm darin etwas zeigte.

Diana hatte ihr Cello an den Stuhl gelehnt, und ohne uns in unsern tiefen Sesseln zu sehen, war sie dicht an uns vorbei, dass ich ihren Resedaduft spürte, in den Wintergarten gegangen. Sie lehnte sich an die Glaswand und sah in das helle Musikzimmer hinüber.

Und als hätte dieser Blick ihn gerufen, kam Thomas Falk, sehr langsam. Auch er streifte uns, und auch er sah uns nicht. Er trat in das Glashaus und umfasste eine Palme und blieb stehen, drei Schritt vor Diana.

Ich sah sein Gesicht im Laternenschein, es war darin so bleich, dass seine Augen dunkel erschienen. Und er lächelte.

Erst als ich dieses Lächeln sah, erwachte ich aus meinem

Jenseits zum Hier. Erst jetzt, nachträglich, bemerkte ich, dass es still war, kein Ton mehr sang, das grenzenlose Schweigen nach der Offenbarung eine Welt erfüllte, die ich zum ersten Mal in ihrer Weite begriff, in ihrer Urewigkeit. In diesem kleinen dunklen Raum ging mir das randlose All auf, die kosmische Unendlichkeit, die Einsamkeit des Atmenden in dem maßlosen Atemzug der Gottheit.

Die Einsamkeit. – Sie wurde mir etwas Greifbares, ich sah sie … Ich sah sie, als ich diese beiden Menschen unter den Kokospalmen und Gummibäumen sah …

Die Musik, die Seligkeit und Einsamkeit, die Schönheit und Sehnsucht, das Unmögliche und die Hoffnung: Alles wurde mir Bild, Gestalt. Schau, wie ich den Mann und die Frau schweigend voreinander sah. Er lächelte … Das tat mir weh … Ich sah später Sterbende so lächeln … Ach, das sah nur wie Lächeln aus, aber es hatte nichts mehr mit dem zu tun, was wir wissen, vermuten, wollen … Mit diesem Lächeln geht man fort, aus der sicheren Welt ins Ungewisse, verliert man die Erde unter sich. Und wenn sie Weh und Lüge war, sie war gewiss. Aber was wird? …

Er sah sie an und lächelte sie an. Und sie – schüttelte den Kopf …

Ich weiß nicht, was sie aus seinem Schweigen hörte, in seinem Lächeln sah: Sie schüttelte den Kopf. Dreimal. Mit kleinen Pausen.

Dann erschrak sie. Sie stand gegen die helle Glaswand, und ich sah nur ihren Umriß, nichts von ihrem Gesicht. Aber ich sah ihre Schultern zucken. Sie erschrak …

Drüben, im Musikzimmer, war ihre Schwester eingetreten …

Und schnell ging Diana fort, sie ging an dem Mann vorbei und bog sich fort, ich sah es genau, wie ihr schmaler Leib sich bog, sie kam an uns beiden vorüber, und jetzt blieb sie stehen, sie sah uns, sie lachte. Laut. Es war das erste Geräusch, das das selige Schweigen störte, und es klang so hart, so hässlich, so unharmonisch, es zerriss die schöne Welt.

»So, da schwelgt unser Genie! Wie mundet ihm Musik? Finden wir Gnade vor seinen gespitzten Ohren? Wie ein erschrockener Hase hockt er da. Wo ist der Jäger, Junge? Fürchtest du dich?«

Ja, ich fürchtete mich. Unsäglich. Vor ihr. Alles war vorbei – die Musik war endgültig ausgeklungen, die Welt war trostlos, und ich war niemals glücklich gewesen …

Frau Nina sah zu uns herein.

»Diana?«, rief sie. »Bist du da?«

Und der Offizier stand auf und trat an die Tür.

»Fräulein Diana«, sagte er leise.

»Zur Stelle, General!«, rief sie munter.

Ihre Stimme war so hell, dass sie fast schnitt.

»Ich spiele Kindermädchen und schicke die Buben ins Bett. Geh nach Haus, Schattenpflänzchen«, sagte sie zu mir.

Und wieder schob sie ihren Zeigefinger unter mein Kinn und hob es zu sich auf. Aber ich sah sie nicht an. Ich schlug den Blick nieder, das helle Licht des Musikzimmers umrandete ihr rotes Tuchkleid mit flimmernder Borte. Um ihre Hüften trug sie einen losen Gürtel aus silbernem Band.

In diesem Augenblick umschloss sie meinen Hals mit ihrer ganzen Hand. Ich seufzte auf. O, sie würgte mich …

Herr Falk war aus dem Wintergarten getreten, er hatte sich neben mich gestellt.

»Ja, Teddy, ich glaube, du musst nun nach Haus. Schön, was?«

Ich wusste nicht, was er meinte. Ich war halb betäubt. Meinte er Fräuleins schmerzende Hand an meinem Hals? Ich rührte mich nicht. Die erste süße, wehe Lust durchrann mich. Und sie bückte sich.

Fräulein Diana bückte sich und streifte mit ihren Lippen mein Haar …

Ich riet es nur, so leicht war es. Aber Feuer wurde über mich ausgeschüttet, ich stand in einer lodernden Flamme.

Sie trat zurück. Ich schwankte, während ich noch saß, wie auf rasenden Wolken durch den Raum getragen. Ich wunderte mich, dass ich, aufstehend, auf festen Füßen stand.

Herr Falk legte seine Hand auf mein Haar, es kühlte das Feuer, ihn sah ich an. Aber er blickte über mich hinweg Diana nach. Sein Gesicht verzerrte sich leicht. Der Offizier hatte nach Dianas Hand gegriffen. Sie entzog sie ihm, aber sie legte sie auf seinen Arm.

»Erst sollst du etwas essen, Teddy«, sagte da Frau Ninas sanfte Stimme. »Stefan, setzt euch ins Speisezimmer. Es ist für euch gedeckt. Gute Nacht, Teddy.«

Ich aß, glaube ich. Sie spielten schon wieder, jenseits der Diele. Durch die geschlossenen Türen klang es wie aus andern Welten.

Es war sehr schön, hier zu essen. Das Porzellan war weiß, von zartem Schimmer, es gab silbernes Besteck, ein schönes, glänzendes Tischtuch, es gab nie gekannte Speisen. Aber etwas ließ mir den Bissen im Munde quellen: Man wurde bedient …

Selbst wenn ich mit Stefan allein aß, war ein Mädchen da in schwarzem Kleid mit Weiß und sorgte für uns. Sie goss uns Milch ein und reichte die Schüsseln, legte uns vor, sah uns freundlich zu, ob wir irgendwas benötigten.

Ich – ich wurde bedient …

Fühlte ich mich nicht zum Dienen geboren, zum Danebenstehen und Zureichen, zum Sichbücken und Befehleerwarten? … Und da saß ich, Bruder der Magd, und sie diente mir …

Ich war ein Herr an diesem Tisch, und das Brot, das mir gereicht wurde, war bitter. Ich brach es mit zitternden Fingern. Ich verriet meine dienende Schwester …

Das war es! Indem ich hier saß und litt, dass sie stand; indem ich aß, während sie mir den Teller füllte und auf die Reste vom Tisch für sich wartete, verriet ich sie … Ich durfte nicht! Aber ich bin oft feige gewesen, ich habe mich oft nicht bekannt. War es nicht unrecht genug, dass ich hierherkam, und die Geschwister waren in der kahlen Küche und spielten mit Holzklötzchen und Lumpen, gingen auf die Straße, und ich saß im Glashaus unter Palmen? Und ich lag im Sessel, und die Musik ging mir auf, und zur selben Stunde, von der Tagesfron gekrümmt, stand Mutter am Waschfass und wrang die Wäsche aus. Der Bottich dampfte, durch die Fensterritzen strömte der Eiswind, und sie wusch, um mich mit Kaffee empfangen zu können, wenn ich vom Herrschaftstisch kam …

Ja, es war das Glück damals. Musik – Freundschaft – Liebesahnung … Aber mein Gewissen quälte mich.

Und wenn ich so heimkehrte, brauchte ich Zeit, ins Gleichgewicht zu kommen. Der Sohn der Waschfrau saß mit dem Herrensohn und ließ sich Glas und Teller füllen, genoss und schwelgte. Und der ganze Stand, den er vertrat, wurde von ihm verraten. So ein Kind aus dem Volk hat früh soziales Bewusstsein, es weiß genau, wohin es gehört, was ihm gebührt. Es hat sein Standesgefühl wie Adel und Reichtum. Es ist nicht weniger, es ist nur anders. Aber das empfindet es nicht so. Nein, o, es fühlt sich geringer als die andern. Ich weiß es. Ich empfand es ja. Ich war weniger als Stefan, ich war wertloser als die Kinder der Herren – Proletarier: Ja, ich musste an der Tür stehen bleiben! Und anfangs, sooft ich in einem weichen Stuhl, auf samtnem Sessel gesessen hatte und aufgestanden war, sah ich nach: Hatte ich keinen Fleck gemacht? …

Ich brauchte eine Stunde und mehr, ehe ich heimfand. Heimfand – in jedem Sinn … War ich zehn Kilometer gelaufen, durch den Hain, die Straßen, nach Reinickendorf, nach Pankow hinauf oder hinunter nach dem Alexanderplatz, dem Nordhafen, dann schien mir die Herrschaftsvilla weit genug zurückzuliegen, ich hatte ihre Luft aus meinen Lungen gestoßen, und des Fräuleins Resedaduft betäubte mich nicht mehr.

Aber da war noch eine Angst heimzukehren: Vater war wieder da – nein, er war selten da, aber er hatte seine drei Monate abgesessen und konnte zu jeder Stunde bei uns auftauchen.

Er war das erste Mal gekommen, als Mutter nicht da war, er war, mit seinem Schlüssel, einfach durch die Tür getreten, als hätte er uns gestern erst verlassen, er ging auf uns zu, die wir in der Küche am Boden spielten, am Herd, der ein bisschen warm war, ich hatte uns eine Brotsuppe gekocht, und da ich ihm, der zu Henny wollte, im Wege war, schob er mich – ein bisschen sanfter als sonst – einfach mit dem Fuß fort …

Ich spürte seine unverminderte Kraft, diese maßlose und hemmungslose Kraft, die ich liebte, die ich fürchtete, die mich ebenso entsetzte wie betäubte.

Henny hatte aufgejauchzt, als sie ihn sah, sie sprang auf und langte nach ihm. Er riss sie an sich und bedeckte sie mit Küssen, und sie stieß kleine wilde Schreie aus, indem sie sich an ihn presste. Er machte ihr den Zopf auf und breitete ihr glänzendes braunes Haar aus, befühlte sie, umspannte ihre Glieder. Er leuchtete von Liebe. Dann streckte er die Hand nach Mark aus …

Und Mark schlug nach seiner Hand …

»Jeh wech!«, schrie der Junge. »Wir brauchen dir jar nich! Ich weiß allens, du warst in Kittchen. Paule hat's jesacht. Wahr is!«

Im Augenblick verwandelte sich Vaters Gesicht. Er langte nach dem Jungen; so rot, dass noch das Weiß seiner Augen rot war. Er setzte Henny hart hin. Und Mark rührte sich nicht, er starrte den Vater mit dessen eigenen unerbittlichen Augen an, es sah aus, als stünde Vaters Kindheit gegen ihn selber auf …

Da stieß ich Mark so heftig fort, dass er hinfiel, und ich stand statt seiner vor Vater.

»Du!«, brüllte er.

»Bitte«, sagte ich, »schlage ihn nicht. Er ist so dumm, er weiß ja gar nicht … Er spricht nur nach …«

»Wem?«, heulte Vater. »Dir vielleicht!«

Und das Weitere verstand ich nicht. Er fluchte, aber er hatte mich am Genick gepackt und stieß meinen Kopf hinab auf die Erde. Ich schlug auf – und wahrscheinlich so schwer, dass ich halb bewusstlos wurde. Denn ich spürte nicht, dass er auf mich einhieb …

Er war ein Vierteljahr auch in sich selbst eingesperrt gewesen, kein Ausbruch hatte ihn entspannt. Die Abstinenz hatte nur wahnsinnig gesteigertes Verlangen in ihm angehäuft. Jetzt brach es los – und er ließ sich aus an mir …

Ich erwachte von einem leisen Weinen. Es waren Henny und Mark, sie dachten, ich wäre tot. Sie waren auf die Treppen gelaufen, hinter dem fortstürzenden Vater her, und hatten geschrien. Die alte Balduweit hatte sie gehört und war gekommen. Mit ihrem riesigen schwarzen, verfetteten Hund. Sie saß, hilflos vor Mitleid, Fett und Schreck, da und sah auf mich herab. Und der Hund leckte schwerfällig das Blut von meiner Wange. Das tat gut, und ich hielt still.

Ich war schon lange wach, ehe ich die Augen aufschlug, und da lachte ich. Es war zu komisch. Die Kinder knieten wimmernd neben mir, und die Balduweit war so dick und schrie auf, als ich lachte, denn sie hatte mich auch für tot gehalten, und nun lachte die Leiche. Und der Hund leckte so ernsthaft und sachlich meine Wunde.

Ich wollte auf – aber da spürte ich mich … Alles tat mir weh … Aufgerissene Haut brannte, die Beine zitterten vor Schwäche. Ich sah den Kohlenhaken neben mir. Ob Vater damit geschlagen hatte? Ich war schmutzig von seinen Schuhen. Er hatte blind nach mir getreten, Hände und Stirn waren von seinen beschmutzten Sohlen aufgerieben.

Die Balduweit war viel zu fett, sich zu bücken. Die Kinder mussten mich auf den lauen Herd legen. Dort machte sie mir kalte Umschläge.

Dann hörte sie ihre Tochter hinaufsteigen. Sie rief sie herein, und das Straßenmädchen kam, sah mich, bettete meinen Kopf in ihren Arm, küßte mich auf die getretene Stirn. Sie roch nach Bier und Tabak, nach ihren Männern. Mir graute. Ich schloss wieder die Augen und hatte nicht Kraft und Phantasie genug, es in Resedaduft zu verwandeln …

Vater kam danach drei Tage lang nicht nach Haus. Man erzählte uns, dass er in der Swinemünderstraße trank. Dazwischen, erzählten Leute der Mutter, schlief er bei Luise Gräbert, die in der Grüntalerstraße ein Geschäft hatte. Ich schlich einmal abends hin und wollte es wissen.

Wirklich: In einem alten Hause, das abblätterte, waren zwei Läden. Der eine war ein Restaurant ZUM SPUCKNAPF. Auf dem Fenster stand: »Halt! Stopp! Hier gibt's 'n guten Topp!« Und noch ein Pappschild hing daneben: »Hier isst man wie bei Muttern.« Der andere Laden trug in der Tür mit weißen Farben tatsächlich den Namen Luise Gräbert. Auf dem Ladenschild hieß es: »Prima Stettiner Fett- und Vollheringe.« Und im Fenster lag ein Stück Papier zwischen den Kistchen mit Sprotten und Bücklingen: »Hier werden Damen in und außer dem Hause frisiert.«

Und hier war nun Vaters Zuhaus. Er kam bald nur noch alle zehn, alle vierzehn Tage, riss die Schubladen auf, ob Geld darin wäre, steckte ein Stück Brot ein, nahm von Mutters Schürzen mit und küsste Henny. Einmal ging er mit Henny fort.

Aber er brachte sie wieder, ehe noch Mutter nach Haus gekommen war.

»Schreibalg!«, schrie er und warf sie in die Küche.

Es war das einzige Mal, dass er hart zu ihr war.

Henny erzählte dann, dass er sie zur Gräbert getragen hatte und dort behalten wollte. Aber da hatte sie geschrien. Sie wäre gewiss bei ihm geblieben, aber nicht bei der fremden Frau, die dick und geschminkt war, gebrannte Löckchen hatte und so stechende Augen. Sie hatte so gellend und unaufhörlich geschrien, dass Leute aus dem Hause kamen. So erhielten wir Henny wieder zurück.

Vater schlief nun nie mehr bei uns, aber den Schlüssel hatte er behalten. Die Frauen aus dem Hause besuchten Mutter und gaben Ratschläge. Viele sagten:

»Lass dir scheiden, König. Wat haste noch von son Mann! Vajniejen jewiss nich! Oder liebste ihm noch? I Jott nu doch! Na also! Er verujiniert dir ja nur.«

Mutter hörte freundlich zu, und jede bekam eine Tasse Kaffee, Malz mit Bohnen, Zucker dazu. Das waren aber alle nicht gewohnt, und sie dankten und sagten:

»Na, du machst aber ooch Fettlebe. Det is ja wie bei die Herrschaften. Nu bloß noch 'n Kaffeelöffel un ne Untertasse. Un wenn er nu mal wiederkommt, der Deinichte, wolln ma wetten, du nimmst ihm wieder uff. Reden Se nich, Frau. Ick lass mir nich an de Wimpern klimpern. 'N jutes Schaf sin Se! Aber wenn ick 'n mal seh: Denn wer k'n mir mal vorkriejen.«

Ein einziges Mal kam er nachts, drang mit seinem Schlüssel ein. Wir schliefen alle fest. Nur Mark hatte ihn gesehen, aber er hatte sich gefürchtet, uns zu wecken. In der Küche stand der Bottich mit eingeweichter Wäsche, es war fremde Wäsche, die Mutter geholt hatte aus einem ihrer Kundenhäuser. Sie musste sie oft unten bei uns waschen, weil die Waschküche unterm Dach von den dreißig Parteien im Haus immer besetzt war. Da sah Mark, wie Vater von der Wäsche stahl …

Er wrang sie aus, gar nicht vorsichtig und leise.

Aber Mutter schlief von ewiger Arbeit wie tot, und ich, neben ihr, lag im selben schweren Bann. Mit dieser Wäsche ging Vater fort …

Mutter begann um fünf Uhr morgens zu waschen, als wir noch schliefen. Wir erwachten von ihrem gellenden Aufschrei. Sie hatte sofort gesehen, dass Wäsche fehlte, große Stücke, Laken und Tischtücher, und die Küchentür hatte er nicht einmal zugemacht. Er hatte den Schmutz der aufgetauten Straßen mitgebracht, seine Spur, Schmutzlachen, stand noch da … Mark weinte, er fürchtete sich nachträglich.

»O Kind, Kind«, jammerte Mutter. »Hättest du mich doch gerufen.«

»Er hätte mir ja jehaun!«, rief Mark. »Wie Teddy damalens. Nee, ich hab die Augen zugemacht, wie er dastand und die Wäsche klaute …«

»Still, still. O Gott, still, Kind«, sagte Mutter. »Ihr braucht nie Angst zu haben, wenn ich da bin. Dann darf keiner euch was tun. Aber was tu ich jetzt, was tu ich? Ich muss die Wäsche ersetzen.«

Und dabei wusch sie schon, fachte das Feuer an, rührte im Kessel, hatte nicht einmal Zeit, die Hände zu ringen.

»Ich kann sie ja nicht ersetzen … Was soll ich tun? Was tun?«

Als ich aus der Schule kam, hatte sie es getan: Sie war in der Villa gewesen …

Das war ein bitterer Gang, es blieb ihr erspart, ihn öfter zu gehen. Der eine reichte. Sie hatte um Geld gebeten. Sie konnte es nicht leihen. Wann sollte sie es wiedergeben! Sie musste es sich schenken lassen …

Als ich heimkam, stand sie in der Stube und sah den blauen Hundertmarkschein an. Es sah aus, als stände sie schon stundenlang so da und starrte ihn an und als wäre sie in der schrecklich-herrlichen Betrachtung des Papiers versteinert. Es war ein Wiedererkennen … Seit zehn Jahren hatte sie das nicht mehr gesehen, sie wusste nicht mehr, wie dieses schicksalhafte Papier sich anfühlt, dass es ein Gift, süßes Gift, in sich hat, das die Nerven durchdringt, das Herz tröstet, das Gehirn einlullt oder befeuert, je nach Anlage.

Am späten Abend dieses Tages sprach sie wieder einmal mit mir. Wieder erzählte sie ein Stück ihres Lebens – ehe ich da war. Sie erzählte vom Vater, als sie ihn schön und stark und gut gesehen hatte. Vielleicht wollte sie – noch immer – ihn entschuldigen, wollte von ganzem Herzen gerecht sein, wollte vielleicht mir den Vaterbegriff wiederherstellen. Es dünkte ihr wohl furchtbar, dass ein Mensch Vater sagen soll zu Dieb und Übeltäter. Sie wollte nie, dass ich ihn liebte oder schätzte oder auch nur gelten ließe. Aber sie tat es mir zuliebe. Ich sollte nicht unglücklich sein, diesen Vater zu haben. Und zuletzt gab sie sich alle Schuld, dass sie ihn mir gegeben hatte.

»Teddy, Liebling«, sagte diese große Frau, die herrliche Mutter, »du darfst nie einen Menschen anklagen, nie einen verurteilen, denn nie kannst du alles beurteilen. Jedes Urteil ist Ungerechtigkeit. Du brauchst ihn nicht – o, Teddy, nein: Du darfst ›ihn‹ nicht lieben, sieh, ich verbiete es dir. Wenn du es tätest, ich erinnerte dich morgens und abends, Tag für Tag, an die Narbe hier auf deiner Wange, die er dir geschlagen hat. Ich würde dir sagen: Sieh mich an! mich! Das hat er aus mir gemacht! Und er hatte alle Möglichkeiten, ich selbst gab sie ihm, aber er ließ sich fallen, und er verkam mit Wonne. Er wollte nicht. Und das ist die große Sünde des Menschen: nicht wollen! Wille ist immer irgendwie von Gott, enthält Schöpferisches. Selbst Wille zum Bösen scheint mir nicht der Sünden größte. Aber nichts wollen, sich treiben lassen, ins Laster, wenn es gerade dahintreibt: Das ist das Unrecht am Sein, die Sünde am Göttlichen. – Teddy, nein, das will ich dir ja gar nicht sagen. Nur: Sei nicht traurig, dass er dein Vater ist. Sei ihm böse, weshalb du willst, aber nicht, weil er dein Vater ist, denn das ist meine Schuld! Ich habe ihn ja zu deinem Vater gemacht, ich wollte, ich strebte danach. Wenn du schuldig sprichst, Liebling, dann – bitte – mich …«

So sprach Mutter mit ihrem zehnjährigen Jungen. Aber war ich jemals zehn Jahre alt?

Am selben Abend hörte ich auch, dass Direktor Falk, als sie zum ersten Mal meinetwegen bei ihm gewesen war, ihr vorgeschlagen hatte, sie regelmäßig zu unterstützen. Er wollte ihr monatlich eine gewisse Summe geben, dass sie nicht mehr waschen gehen müsste, sondern nur für uns und mit uns leben könnte. Über den Vater hatte sie, die Verschlossene, ihm alles offen gesagt.

Das hatte sie abgelehnt, stolz, tief beschämt, plötzlich wieder die reiche Müllerstochter, die Jüdin aus gutem Hause, die selbst Wohltaten erwiesen hatte. Abgelehnt ein für alle Mal. Sie wollte ihre Kinder ernähren. Das rechtfertigte sie. Das hob ihre Schuld auf. Damit bezahlte sie. Herr Falk verstand auch sie. »Ich lasse meinen Jungen zu Ihnen kommen, Sie lieben, Ihre Güte empfangen. Gut – das ringe ich mir ab – für ihn. Mehr kann ich nicht.«

Sie, in warmen Stuben mit Spiegeln, Sesseln, Bildern aufgewachsen, eingewöhnt in eigenes Haus mit Garten, in weißes Bett mit Mullgardinen, in Bedienung und Verwöhnung, sie, hier endlich wieder in ihre Welt versetzt, litt unsäglich ... Sie hatte seit mehr als zehn Jahren in keinem Klubfauteuil gesessen, aus einem Kristallglas Portwein getrunken, den ihr ein Mädchen in Schwarz und Weiß anbot. Sie, bis zu ihrem fünfundzwanzigsten Jahr von Gesinde umgeben, dem sie befahl, dem Gesinde der kleinen Landstädtchen, das wie leibeigen, blind ergeben war, sie fühlte ihr Herz bluten von weher Scham, als nun ein Dienstmädchen ihr den Mantel abnahm. Sie schlug die Augen vor ihr nieder. Sie verließ die glückliche Villa wie ein Fegefeuer ... Verbrannt, nicht gereinigt, kam sie zurück.

Und jetzt war sie ein zweites Mal dort gewesen, in diesen Flammen, in denen ihr verhärteter Stolz, ihre versteinte Scham wieder schmolzen und sie ganz mit bitterstem Schmerz erfüllten. Sie hatte nur erzählt, nicht gebeten. Aber diese Erzählung war ja Bettelei ... Damals noch konnte sie ablehnen. Damals hatte sie das Gegengeschenk ihres Kindes. Heut heischte sie Almosen ... Sie bekam es, ehe sie ausgesprochen. Um so tiefer empfand sie es als Almosen.

Heut wiederholte Direktor Falk seine Bitte: ihm zu erlauben, ihr ihre Arbeit zu erleichtern. Da stand sie schon auf. Ihren Mund konnte sie nicht beherrschen, er zuckte so, dass sie nicht sprechen konnte. Endlich stammelte sie hervor:

»Lassen Sie es damit genug sein. Nehmen Sie mir nicht den letzten Halt meines Lebens. Wenn ich mich erst hinsetze, kann ich nie wieder aufstehen.«

Ich glaube, ihr ganzes Leben war Selbstvorwurf, Selbstgeißelung, Strafe, die sie abdiente.

Nun konnte sie die Wäsche ersetzen. Und Vater kam jetzt kaum noch. Er stand manchmal vor Hennys Schule und passte sie ab und setzte sich mit ihr in den Hain, kaufte ihr Bonbons, Schokolade, brachte ihr ein Kistchen Sprotten mit, liebkoste sie. Das erzählte Henny mir, nie der Mutter. Instinktiv schonten wir sie, wir taten, als hätte es nie Vater gegeben.

Aber er tauchte doch immer wieder auf, Unheil anzurichten.

Wir hatten ihm nie etwas von Direktor Falk erzählt, er wusste nicht, dass ich in sein Haus kam und Wohltaten empfing. Ahnungsvoll hatte Mutter es ihm immer verschwiegen. Aber dann ...

Eines Abends kam ich heim. Mark machte mir auf. Und da stand Mutter in der Küche und bügelte die fremde Wäsche, hinterm Brett stehend, und einen Schritt vor ihr saß auf dem Holzstuhl eine Dame.

Diese Dame war Diana Fiori ...

Sie saß dort ruhig und so sanft lächelnd, wie ich sie noch nie lächeln gesehen hatte, und sogar Mutter lächelte ihr zurück. Auf ihrem Schoß saß Henny und betrachtete aufmerksam das schöne, blasse Gesicht des Mädchens, und ich sah sie deutlich mit ihren Nasenflügeln schnuppern, das Aroma der schwarzen Haare und den Resedaduft der Kleider und den schwachen Seifengeruch der Haut. O, ich kannte das alles, ich hatte es so tief eingesogen, dass ich bis heut von Dianas Duft erfüllt geblieben bin.

Ich blieb erstarrt an der Tür stehen, es traf mein Herz wie ein tödlicher Schlag. Ich schämte mich unter die Erde –

Diana sah … Sie sah unsere Armut, Mutters Arbeit … O, nein, nicht dessen schämte ich mich. Ich war ja stolz darauf. Aber dass sie hier saß, dass ihre Schönheit zwischen diesen abgeblätterten Wänden, auf nacktem Holzstuhl, auf verfaulenden Dielen saß … dass sie ihren Duft in diesen Dunst von dampfender Bügelwäsche und Rotkohl trug, in dieses Haus mit Straßenmädchen und Louis, wo sie im Gang angehalten und belästigt werden konnte …

Ich starrte sie an, und sie nickte mir harmlos und freundlich über Hennys Kopf hinweg zu, ganz selbstverständlich, ganz ohne Spott, wie noch nie …

»Ja, Theodor, ich habe deine Mutter besucht«, sagte sie.

Auf dem Tisch lagen halb offene Tüten mit Obst und Kuchen, eine Tüte strömte scharfen, reinen Kaffeeduft aus, eine blaue Zuckertüte sah ich, das hatte sie alles mitgebracht. Und Henny hielt an sich gedrückt eine Puppe, eine kleine bunte Spreewälderin. Und in Marks Hand entdeckte ich einen Tuschkasten, ein Malheft.

Sie sah meinen Blick und lachte. Alles war anders an ihr, sie lachte sanft und weich. Es war, als sei etwas von ihr geglitten, befreit wirkte sie.

»Ja, junger Mann, nur dir habe ich nichts mitgebracht. Wir gehen aber einmal zusammen aus, und dann verrätst du mir deine Wünsche. Oder hast du keine?«

Ich glaube, alle standen, zu einem einzigen gesammelt, in meinem Blick. Denn sie lachte laut auf, aber ein gutes, warmes Lachen.

»Dennoch darfst du mir die Hand geben.«

Das geschah zum ersten Mal. Sie hatte sie mir noch nie gegeben …

Und ich schob mich so langsam zu ihr hin, dass sie mit der schon ausgestreckten Hand, ehe ich sie erreichte, Henny umfasste, niedersetzte und aufstand.

Sie ergriff Mutters beide Hände.

»Adieu, Frau Perdita ...«, sagte sie.

O, ich hatte schon vergessen, wie Mutter hieß. Wie süß klang ihr Name, den sie verloren hatte. Sie hieß ja nur noch Mutter. – Seit vielen Jahren gab es keinen Menschen, der ihren Namen auch nur wusste.

Sie hielt Mutters Hände, da stieß ein Schlüssel ins Schloß, die Tür wurde aufgestoßen, und Vater stand da. Er war betrunken, nicht sehr, er stand nicht fest, aber seine Augen waren nicht so furchtbar glasig. Ich sah vielmehr, wie sie sich klärten, unter meinen Blicken erhellten und schön wurden, wie sie bei Henny und Mark waren. Er sah Diana an ...

Sie hatte sich ihm zugewendet und zeigte ihm das sanfte, zärtliche Lächeln, mit dem sie Mutter angesehen hatte. Sie hielt Mutter fest, Mutter war es, die schwankte. Aber das junge Mädchen hielt ihre Hände, ließ sie nicht los und fragte:

»Ihr Mann, Perdita?«

Da stieß Vater einen Fluch aus:

»Ist das ein feiner Besuch! Ist ja ein wahrer Wonneproppen! Sehr erfreut, gnädige Dame. Unsere unwürdigen vier Wände ... Na, Alte, da kommt mal einer ungelegen!«

Es war offenbar, er wusste gar nicht, was er sagte. Er versuchte sich Haltung zu geben und riss sich hoch und schlug die Hacken zusammen. Ich sah ihn einen Augenblick wieder so schön, wie Mutter ihn einmal geliebt hatte. Er starrte das Mädchen unverrückt an. Und im selben Augenblick, als

Mutter schwach »Georg!« rief, drehte er sich um und stürzte fort …

Diana starrte noch immer in die offene, leere Tür. Dahin gewandt, das Lächeln verlierend, Trauer in den Augen, Bitterkeit plötzlich um den Mund, sagte sie sehr langsam:

»O, Perdita, ich verstehe – jetzt weiß ich – o, Sie Arme!«

Sie zuckte zusammen, sie wandte sich zu Mutter und rief:

»Aber dafür diese Strafe? Wird man denn schuldig, wenn man … Ist es denn ein Verbrechen …«

»Gehen Sie noch nicht«, flüsterte Mutter. »Bitte, warten Sie noch. Bis er fort ist. Wenn er …«

»Wenn er will«, sagte Diana, »kann er ja noch in einer Stunde auf mich …«

»Nein! Adieu.«

Sie sah sich wie suchend um. Da entdeckte sie mich.

»Komm mit, Theodor! Darf er, Perdita? Mich ein Stück begleiten? Adieu. Ich komme bald.«

Aber sie kam nie mehr.

Ich ging hinter ihr her. Im Hof sah ich Vater. Er stand hinter den Müllkästen an die Mauer gedrückt. Ich weiß nicht, ob auch Diana ihn gesehen hatte, sie zog weiße Handschuhe an und ging schnell. Ich sagte nichts, ich hörte ihn hinter uns herkommen.

Auf der Straße sagte Diana:

»Na, junger Herr, ich darf dich wohl nicht an die Hand nehmen, wie? Dazu sind wir schon zu erwachsen. Aber führ du mich. Ich fürchte mich in dieser dunklen Jasmunderstraße, halt mich fest und sei ein Mann.«

Ich war es mehr, als sie und ich selbst ahnten …

Ich bekam ihre Hand in dem weichen Leder in meine eiskalte, starre. Sie drückte sie fest.

»Hast du kalt, Theodor?«, fragte sie sanft.

Ich antwortete nicht. Und so gingen wir, ein seltsames Paar, durch die düsteren Straßen, in die Brunnenstraße hinein, mit ihrem bewegten Siebenuhr-Leben. Der verstaubte Hain duftete, es dampfte vom Bahnhof herauf, wir gingen in einem heißen Strom müder Menschen. Es lärmte.

Plötzlich sagte Diana, nicht zu mir herab, sondern grade vor sich hin:

»Was denkst du wohl von mir, Junge, he?«

Aber sie erwartete gar keine Antwort. Ich wagte aufzusehen und sah: Sie lächelte verzerrt und starr durch die Menschen vor uns hindurch.

Ich wusste, Vater verfolgte uns … Ich sah mich nicht um, um sie nicht zu erschrecken, um sie nicht aufmerksam zu machen.

Und auf der Brücke, als die Straße vor uns bunt aufleuchtete mit ihren Kinoreklamen und den hellen Fenstern der Kneipen, als die Karussells vom Rummelplatz durcheinandertobten, die Schießbuden knallten, die Stimmen der Ausrufer die Glocken der Elektrischen und die Autohupen durchgellten, da mitten im wilden Getöse sagte sie klar und deutlich zu mir herab:

»Hast du dir einmal meinen Leutnant angesehen? Findest du ihn sehr schön, findest du, dass er unwiderstehlich schön ist?«

Sie presste meine Hand furchtbar.

»Du sollst antworten, Junge!«, sagte sie zwischen den Zähnen.

»Ich – o, ich …«

»Ja! Du! Grade du! Es geht dich nichts an, warum du! Sag, findest du …«

Da lachte sie. Es war, als zerrisse etwas, was sie vergewaltigt hatte. Ihre Hand entspannte sich. Ein Krampf schien sie ganz gepackt zu haben und löste sich jetzt.

Wir hatten die Hochstraße erreicht, da ging es still und friedlich am Hain entlang. Nach zehn Schritten blieb sie stehen.

»Glaubst du, dass er mich noch weiter verfolgt?«, fragte sie.

Also hatte sie die ganze Zeit gewusst, dass Vater uns nachging …

Sie sah hinüber nach der Villa, die mit hellen Fenstern an der Straße stand. Aber ich sah hinauf in ihr schönes Gesicht und liebte sie hilflos und hoffnungslos, in meine zehn Jahre gebannt, zum Kind verflucht, und wenn ich sie einmal erreicht hatte, ein Jüngling, ein Mann, dann war sie …

O, ich sah, wie sie sich wieder verwandelte. Sie wurde wieder das Fräulein aus der Villa, schon ließ sie meine Hand los und …

Ja, sie hob die Hand auf und sah sie an …

»Du bist ja schmutzig, junger Herr«, sagte sie. Und jetzt war es auch wieder ihre harte, helle, spöttische Stimme. O, ich hatte geträumt … »Du hast dich nicht gewaschen, du hast meinen Handschuh befleckt. Also sei bedankt, jedenfalls, mein lieber Schwan. Solche Flecken wäscht man ab. Es gibt andere, die gehen nur durch Blut fort … Weißt du, was Blut ist? Aber ja! Deine Narbe im Gesicht. Von deinem schönen Vater.«

Und sie sprach dieses »schön« so aus, dass ich erschauerte ... Als sähe ich eine nackte Schönheit leibhaftig vor mir ...

»Ich weiß alles, kleiner Tugendhammel. Dank für deinen männlichen Schutz.«

Sie hatte noch nie so viel zu mir gesprochen. Ich hielt den Kopf gebückt, als schlüge sie mich. So empfand ich auch. Es war schmerzhafter als Vaters Feuerzange ... Und mein Herz trug von ihrem Wort tiefere Narbe als mein Gesicht von Vaters Stiefel ...

»So, jetzt überlasse ich dich deinem Schutzengel, Theodor. Theodor – heißt das: Geschenk von Gott? Oder: Geschenk an Gott? – Bist du ein kleiner Gottesmann? ... Sieh mich an!«, rief sie.

Und sie streckte wieder ihren Zeigefinger nach meinem Kinn aus, um den Kopf zu sich emporzuheben, mit dieser trägen, sich ein wenig ekelnden, herrscherhaften Gebärde.

Da fuhr ich zurück, um diesem beschämenden Finger auszuweichen, ich hob von selbst den Kopf, ich sah sie an ... Ich armer Junge, ich verwundeter Mann, ich hilfloses Kind, ich wusste nichts zu sagen ...

Aber ehe ich ihr Auge noch fing, ging sie schon. Als wäre es ihr gar nicht ernst gewesen, als wüsste sie gar nicht, was sie gesagt, was sie verlangt hatte. Sie sagte nicht mehr Adieu. Rasch, hoch aufgerichtet ging sie über die Straße.

Ehe sie noch das Haus erreichte, lief ich schon. Ich lief an meinem Vater vorbei, der unweit stand, er hielt mich nicht auf ... Ich sah ihn, aber es wurde mir erst viel später bewusst.

Ich dachte nur, dass ich die ganze Nacht im Bett still bei Mutter liegen müsste, nicht weinen, mich nicht wälzen und werfen dürfte. Und wie jetzt still sein, regungslos, stumm, wo alles in mir schrie, mich trieb und trieb, kochend und strömend!

Ich rannte in den Hain. Staub. Menschen. Liebespaare. Pfeifenrauch. Rattern der Eisenbahnen. Vergessene Kinder, die auf Bänken schliefen. Ein Schutzmann, lautlos und wachsam.

Weiter, weiter, o, bis ans Ende der Welt, über sie hinaus, ins erlösende Nichts …

Was für ein süß-furchtbares Rätsel trieb mich denn? … Ich wusste ja schon alles. Von den Prügeleien der Ehegatten bis zu ihren Hochzeitsnächten, von den verruchten Spielen der Kinder bis zu den Lastern der Halberwachsenen, ich kannte das Elendsviertel Berlins bis in Keller und Kammern, ich kannte mehr als die Menschen, ich kannte den Menschen …

Aber wer war Diana? Was war Diana, die jungfräuliche Göttin? …

Und was, was war mit mir? …

Woher diese namenlose Angst? Diese entsetzliche Furcht vor dem ganzen Leben? Und Angst und Furcht, im gleichen Atemzuge doch, so süß und unwiderstehlich, dass man sie suchen musste, wenn sie sich verlören …

Ich war zehn Jahre und erlitt die erste Nacht des Jünglings …

* * *

Jetzt wird man glauben, dass ich ein Leben in der Villa führte, der Freund eines reichen Knaben, Günstling einer bürgerlichen Familie, verliebt in eine Dame, mit Musik gesättigt.

Und ich war nicht einmal Stefan Falks Freund …

Wie konnte ich es sein! Immer war er der Bürgersohn, ich der Proletarierjunge. Später, erwachsen, sprachen wir einmal darüber. Und er sagte:

»Ich bin der bessere Freund, Teddy. Denn das große Vertrauen, das ich dir schenke, gibst du mir nicht. Du hältst dich immer zurück. Du bleibst bei dir, du kommst nicht ganz zu mir.«

»Wie kann ich!«, antwortete ich da. Ich hatte schon Einsicht. »Wir sind aus zwei verschiedenen Welten, und ich kann dich wohl lieben. Aber Freundschaft? Dazu gehört dieselbe Lebensebene. Aber du hast nie gehungert, du hast nie gesehen, wie Vater Mutter schlug, wie er betrunken in die Tür fiel und wie Mutter am Waschfass sich ihre Arme verbrühte. Du hast nie Zigarrenstummel aufgelesen, um sie zu verkaufen, du hast nie gebettelt. Du kannst mich nicht verstehen. Doch nie, Stefan, kann dich einer mehr lieben als ich. Du bist wie ein Kindertraum von mir.«

Stefan sagte:

»Manchmal denke ich: Liebe ist nicht genug … Es muss noch etwas anderes, viel mehr geben, das, was du mir vorenthältst …«

Aber das war, als wir sechzehn, siebzehn waren. Jetzt gingen wir ins elfte Jahr, und ich bin unvermögend, seinen Inhalt darzustellen.

Es gab eine Villa, in der ich Quartetten lauschte und von Damastdecken aß; und es gab unsere Wohnung, Stube und Küche, in die sich die Wanzen des Hauses hineinfraßen und die Mäuse aus dem kalten Keller hinaufnagten. Waren wir in unseren abblätternden Wänden auch in Frieden, Liebe und Güte, so war rings um uns doch die Hölle der Armut.

Die Güte der Armen, ihre Grausamkeit, ihr Erbarmen und ihre Verrohtheit: Ich war darin heimischer als im Duft der Herrschaften. Da waren Lemkes, er präparierte Tiere, und sie schlug Karten und sagte aus Ei im Wasser wahr, die waren die Zuflucht aller Verlorenen. Man kannte sie und kam, wenn man kein Obdach hatte, wenn man etwas ausgefressen hatte und sich vor der Polente verstecken musste, kam vor der heimlichen Niederkunft, auch darauf verstand sich die Lemke, kam, um diese Niederkunft zu verhüten, dafür war die Lemke vom Wedding bis Pankow berühmt. Und hundert Fabrikmädels und Dienstboten und Ladenfräuleins waren ihr dankbar. Lemkes verlangten nie etwas, sie nahmen, was einer entbehren konnte. Immer waren ihre zwei Stuben voll Menschen, Tag und Nacht, immer schliefen welche in ihren Betten, und die beiden Alten lagen oft auf dem Küchenherd und schliefen, um Kranke im Bett liegen zu lassen, und sie legten sich auf den Boden, auf aufgeschichtete Stöße des VORWÄRTS und der MORGENPOST, um Schwachen die warme Herdplatte einzuräumen.

Das waren Lemkes. Und dann denunzierte sie jemand. Wer, kam nie heraus. Aber man vermutete, dass es die junge Havemann gewesen war, die ihren Mann, Straßenkehrer, mit jedem betrog, der wollte. Vom Friseuremil, vierzehn Jahre, bis zu dessen Vater.

Die Lemke sprach einmal mit ihr, wir liebten alle den jungen Havemann, den sein Vater dieser Frau wegen verstoßen hatte. Nun, die Lemke wurde abgeführt, und ihr

Mann wurde als Mitwisser mitverurteilt; ihre Sachen ließ der Hauswirt auf den Boden schaffen, wo alle Vögel, Hunde, Füchse von Motten aufgefressen wurden. Sie haben sich ihr Hab und Gut auch nie mehr abgeholt, keiner erfuhr, was aus ihnen geworden war.

In ihre Wohnung zog eine geisteskranke Frau mit ihrem Sohn, der Idiot war, den ganzen Tag am Fenster saß, lachte und Schweinereien in den Hof rief. Diese Frau hatte zwei Katzen, die hängte sie jeden Tag von zwölf bis zwei, einen Strick um den Hals, aus dem Fenster … Da hingen die buntgefleckten und zappelten, erstickten, wurden still … Sie starben nie, sie belebten sich wieder, und nächsten Tag begann es von Neuem. Ich wusste es nicht, bis ich einmal Henny an unserm Fenster in Schreikrämpfen fand. Ich sah hinaus und erblickte die Kreaturen im täglich wiederholten Todeskampf.

»Warte, Henny«, sagte ich, »sei still. Ich laufe.« Ich lief aufs Revier, sie lachten dort, ich zerrte einen Schutzmann mit, er rief beim Tierschutz an, eine Dame kam im Auto, sie sah noch die schon still gewordenen Tiere hängen, und wir drei, gefolgt vom halben Haus, stürmten die Wohnung.

Der Schutzmann erreichte, dass geöffnet wurde … Die Dame flog ans Fenster, und ich weinte, wie ich sie über den leblosen Katzen schluchzen sah, die sie an ihre Brust drückte. Heut hatte die eine wirklich ausgelitten … Ihre schwarzen Augen, nur noch Pupille, schrien lautlos einen unfasslichen Jammer in die Menschenwelt.

Ach du unglückliche Kreatur, die dem Menschen in die Hände gerät!

Die böse Alte lief am nächsten frühen Morgen die fünf

Treppen zum Boden hinauf und sprang von da in den Hof … Man hörte den Idioten an seinem Fenster gellend lachen und Schmutzworte hinabspeien, und als man sich aus den Fenstern bog, sah man, dass er sich so sehr über das Kleiderbündel unten freute, das seine Mutter war …

Zur selben Zeit ging überhaupt der Tod im Hause um. Vorn hatte sich die sechzehnjährige Tochter vom Uhrmacher Nachtlicht in ihren möblierten Herrn verliebt, einen eleganten jungen Mann, der Kellner im Restaurant vom Baltic-Hotel war. Der verschwand eines Tages, und es stellte sich heraus, dass er einem Gast, einem Schweden, die Brieftasche aus dem Mantel gestohlen hatte und mit ihr – sie enthielt über zwanzigtausend Mark – geflüchtet war. Die junge Resi ertränkte sich im Tegelersee, eines Sonntags, während die Eltern ihr Bier tranken. Sie wurde schnell herausgezogen, das Wasser war von vielen Booten belebt. Aber sie war nicht mehr ins Leben zurückzurufen.

Dann lebte da das stille, junge Paar Grigoleit mit zwei Kindern von drei und fünf Jahren. Man wusste nichts von ihnen, früh ging der Mann fort und kam nachts nach Haus, und oft hörte man die Kinder weinen.

Mutter sagte:

»Sie haben Hunger …«

Sie verstand sich darauf. Vielleicht hatte sie uns einmal in denselben Tönen weinen hören. Sie nahm ein Töpfchen Milch, stieg hinauf und klopfte. Und sie kam mit dem vollen Topf wieder hinunter. Die Grigoleit hatte geöffnet, auf die Milch gestarrt, auf die ausgestreckte Geberhand, und die Tür zugeworfen.

Von innen hatte sie geschrien:

»O, was fällt Ihnen ein! Denken Sie, Sie dürfen uns beleidigen? Behalten Sie Ihre Milch für Ihre Jöhren, die vorm Hungertyphus stehn! Weg von meiner Tür.«

Am nächsten Morgen, früh, raunte und flüsterte es auf der Treppe. Es roch fürchterlich nach Gas, und es kam aus der grigoleitschen Tür. Die Polizei drang ein. Alle vier waren tot, friedlich lagen sie da, auf dem einzigen Bett, der Vater hatte das Mädchen, die Mutter den Knaben im Arm. Die Gesichter waren sich zugewandt, Liebe lebte noch über diesem schauerlichen Katafalk.

Es fand sich nicht ein einziges Krümchen Salz … Alle vier waren zum Skelett abgemagert …

Und der Hund der alten Balduweit starb … Er lag unten am Eingang zur Hintertreppe, im Winkel, er konnte sich nicht tiefer verkriechen. Die Balduweit war fort und hatte ihn auf den Hof gelassen, sie wollte den ganzen Tag fortbleiben.

Es war einer der seltenen Tage, an denen Vater kam. Er kam. Ich kniete bei dem Tier und hielt ihm den Kopf, ich begriff, dass es starb, und ich weinte, ich mit den locker sitzenden Tränen, ich flüsterte ihm zu, er würde es nun so gut haben, bloß noch ein Weilchen schmerzhaftes Leben und dann …

Da kam Vater, sah uns, er lachte. Er trat in den Mauerwinkel und wollte sein Wasser an der Wand abschlagen.

»Weg da!«, rief er und stieß mit dem Fuß das Sterbende weg …

Da hob ich die Hand … Ich heulte auf, ich höre es noch heut. Ein unmenschlicher Laut, mein Herz schrie aus der Brust, ich ballte die Faust, ich ächzte, ich ganz und gar, mit jeder Faser, jedem Blutstropfen warf mich gegen den Rohen, den Betrunkenen, den Entmenschten …

Er fing meine Faust auf, schleuderte sie und damit mich weg. Noch einmal, mit teuflischer Absicht, um mir damit aufs Herz zu treten, trat er auf den Hund …

Über die Lefzen quoll Schaum, rötlicher Schaum, und er seufzte und reckte sich und starb unter dem Menschentritt …

Von da ab hatte ich keinen Vater mehr – alles, was ihn noch traf, ging mich nichts mehr an. Der Fremdeste berührte mich mehr. Er war wie nie gewesen. Was ihm geschah, fand nirgends mehr Zugang zu mir …

Ich sage: Ich hatte keinen Vater mehr. Aber ach, er war da, er blieb da, er zeigte sich in immer fürchterlicherer Gestalt, er war wie Teufel in unserm Leben, er zerstörte den Frieden, die Zuversicht …

Wenn ich nur nicht alles hätte raten müssen! Wissen erleichtert noch den schlimmsten Kummer. Und riet ich denn? Was begriff ich von dem, was ich mit erkaltendem Herzen beobachtete?

An einem Abend kam ich durch den Hain, und da sah ich schon von fern, ungewiss beleuchtet von einer Laterne zwischen den belaubten Bäumen, eine Gestalt stehen, eine Frau. So stand nur eine da, sie, Diana Fiori. Und sie stand vor meinem Vater …

Er saß vor ihr, auf einer Bank, rauchte eine Zigarette und lächelte. Ich hatte ihn nie so lächeln sehen. So lächeln Männer zu Frauen, die sie vor sich schwach werden sehen …

Ich weiß nicht, ob sie sprachen. Diana stand drei Schritte von ihm, Ekel und anderes mir Undeutbares im Gesicht, und starrte ihn an. Und er lächelte an ihr vorbei, zu mir hin, wie zu einem Zeugen dieses unerhörten Vorgangs; aber er sah mich nicht.

Menschen gingen an ihnen vorbei, sie verharrten. Wie sollte ich und was begreifen! …

Dann stand er auf. Er spuckte aus. So, als täte er es nur der Situation zuliebe, als täte er da eine mystische Handlung, die sein Opfer faszinieren sollte. Aber diese Geste schien Diana zu wecken. Es durchriss sie, sie warf sich zur Seite und lief. Und er ihr nach.

Jetzt sah ich: Er redete zu ihr, redete auf sie ein, immer hinter ihr, er schien sich nicht an ihre Seite zu wagen.

O, und wie war er schön! Sah ich ihn jetzt mit Dianas Augen? Ich sah seinen starken, schlanken Wuchs, diese Jünglingsschenkel, das wehende blonde Haar, das männliche Profil. Die gemeine Manchesterhose, das Leinenjackett nahmen seine edlen Formen an.

Plötzlich streckte Diana ihre Hand nach hinten aus …

Ich war ihnen nachgeschlichen, ich fieberte, ich sah nichts als diese zwei. Sie gab ihm Geld …

Aber er ergriff ihre Hand …

Und dann sah ich den Kampf einer halben Minute.

Dianas Gesicht leuchtete wie Mond. Geld klirrte, es war auf die Steine gefallen, und sie riss sich los und lief.

Einen Augenblick zögerte Vater, bückte sich, dann, ohne das Geld gesucht zu haben, stürzte er ihr nach.

Vater ließ das Geld liegen und folgte dem Mädchen …

Aber sie hatte schon den Steg über die Bahngeleise erreicht. Menschen waren da in Menge. Und Vater blieb stehen, lief zurück, jetzt wollte er wohl das Geld holen. Er sah mich nicht, als er an mir vorbeikam. Er fletschte die Zähne, seine weißen starken Zähne. Nein, ich konnte ihn niemals hassen. Kraft, noch in Roheit, ist schön. Und wer die Schönheit liebt …

Ich wagte niemals, etwa diese erlauschte Szene zu deuten. Ich weiß nichts.

Aber als ich drei Wochen nach diesem Abend bei Stefan Falk war, hörte ich in der Diele Vaters Stimme …

Vaters heisere, betrunkene Stimme!

Ich lauschte, ich war wohl weiß wie Leinen geworden, ich wollte zur Tür. Da hielt Stefan mich fest.

»Bleib hier«, sagte er, »das geht dich nichts an.«

»O! Stefan! Was ist das? Was will er hier? Was tut er da? Lass mich doch! Bitte, sag mir …«

Um mich zu halten, gestand Stefan:

»Er kommt manchmal um Geld, Teddy. Mach dir bloß keine Gedanken. Papa wird schon mit ihm fertig.«

»Wieso weiß er denn?«, stammelte ich. »Ach, wenn Mutter das wüsste …«

»Halt nur den Mund, Teddy. Fürchte dich bloß nicht. Neulich hat er Skandal hier gemacht, wenn du's schon wissen sollst. Er wollte Tante Diana sprechen. Da hat ihm Papa was von Polizei gesagt. Ich stand auf der Treppe. Siehst du, ich sag dir alles, aber geh bloß nicht runter.«

Eine Tür krachte unten zu. Wie entsetzlich war das alles. Heut denke ich mir: Erpressung, Drohung … Ach, was alles reime ich mir zusammen, wenn ich diese Auftritte von damals mir vergegenwärtige!

Sicher ist: Vater wusste von unsern Beziehungen zur Villa und beutete sie aus. Er kannte Diana – und …

Und Diana? Warum sprach sie mit Vater im abendlichen Hain, während er saß und rauchte und sie vor ihm stand – wie ein Fabrikmädel mit ihrem Burschen sich trifft, der ihr ins Gesicht pafft, ihr Geld nimmt, ihren Herrn spielt … Sie stand, und er saß … O, du unendliches Geheimnis des Lebens …

Und dieses alles war mein eigentliches Leben. Das andere, das schöne, gute, reine war nur ein Traum darin, ein Märchen, ein Aufatmen.

Und der Traum im Traum die Musik … Ich durfte bei allen Musikabenden dabei sein. Immer saß ich mit Stefan im kleinen grünen Zimmer, in das der Wintergarten duftete. Bei Quintetten spielte Nina Falk den Klavierteil. Dann lauschte ich nur auf sie. Die Töne der Saiteninstrumente hatten mir noch Beziehung zum Irdischen, sie waren verklärtes Menschliches, sie hatten im Klang Sprache unseres Innern, sie redeten, wenn auch mit Engelszungen, von der Erde. Aber das Klavier hatte nichts mehr mit uns zu tun, sein Klang war nicht mehr menschliche Stimme, es konnte mit vielen Stimmen reden, es konnte zugleich in den Bässen donnern und aus unübersehbarer Höhe Melodien hinabträufeln lassen. Es hatte die Vielfalt, die kein anderes Instrument erreicht. Alle andern reden nur mit einer Stimme – und sei es auch die der Erdentiefe, der Wolken, Gottes in den Basstuben, den Hörnern, den Oboen, in denen Birkenwälder singen. Aber aus dem Klavier tönt das All …

Nina Falk spielte stammelnd – wenn ich an die großen Meister denke, die ich später hörte. Aber bei keinem habe ich so gehört, dass das Klavier ein Herz hat, das Herz seines Spielers, dass des Herzens Klaviatur unter den Händen ertönt.

Ich habe mit Stefan Falk ins Konzert gehen dürfen. Wir haben einmal im Riesensaal der Philharmonie Nikisch dirigieren sehen, Brahms und Tschaikowsky öffneten mir ihre noch unbegreiflichen Himmel, und dazwischen spielte d'Albert Liszt. Ich habe keine Erinnerung an diesen Liszt behalten, nur Erinnerung, wie d'Albert Musik machte ... Zum ersten Mal schaute ich Schöpfung ...

Aber das war alles noch zu groß, zu gewaltig, zu tief, unfasslich für elf Jahre. Nina Falks Musik begriff ich, noch wenn sie bachsche Partiten und Fugen spielte, die spielte sie am öftesten, ich habe fast nur Bach von ihr gehört, sie hat sich zu Chopin nie entschlossen. Ich glaube, weil sie ihn fürchtete, weil in Chopin ihr eigenes Herz strömte, weil sie in ihm sich schrecklich preisgegeben fand und in seinen Balladen und Sonaten sich selbst hätte verströmen lassen müssen ... Sie war der schamvollste Mensch, und Bach ist Disziplin, Haltung, Maß ... In Bach kann man sein Chaos in Gesetz ordnen und in Gestalt erfüllen.

Aber lieben konnte ich Bach nie. Mir fehlte bei ihm das Pathos, ich fand nur Pathetik. Seine Musik erscheint mir wohl wie Grundriss und Aufriss zu den herrlichsten Tempeln, aber es bleibt nur Gerüst, Konstruktion der Architektur, nicht gelebte Architektur. Es sind – sagen wir – gotische Dome. Aber Gotik mit Licht. Diesen Kirchen fehlt, was ihnen die Seele gibt: die Dämmerung! Sie haben helle Fenster, und erbarmungsloses Licht raubt der Gliederung den Zauber. Wo Bach noch Gott anbetet oder an der Erde sich freut: Er presst noch sein Herz in gebändigte Form. Schläuche ohne Wein – o, das ist ein zu hartes Wort! Aber – für mich – doch nur Wein ohne Gift und Blume. Es ist das gigantische

Werk eines Menschen. Die Götterburg eines Irdischen. Ja, Bach hat zu Gott gebetet, aber er war nicht gotterfüllt. Noch viel weniger war er selber Gott – wie Beethoven. Beethovens Musik ist ja nicht Rede mit Gott, sondern das Göttliche selbst. So viele Musiker stehen in irgendeinem Verhältnis zu Gott. Nur Beethoven ist unter ihnen die Gottheit selbst. Er verkündet nirgends Ihn, immer nur sich selbst. Sich selbst – und nie scheint doch bei Beethoven Mensch zu uns zu sprechen. Unser Kampf ist bei ihm schon erledigt, durchrungen. Es geht schon um Höheres, um die Verklärung dieses Kampfes. Manchmal beginnt sein Werk noch menschlich, aber es endet immer über ihm, in seiner göttlichen Erfüllung.

Ach, ich erlaube mir, von Musik zu sprechen. Bitte, lasst mich. Ich liebe sie so über alles Maß …

Ich hörte Nina oft spielen. Ich ließ mit Stefan Arbeit und Spiel im Stich, wir schlichen hinab, wenn unter uns der erste Ton erklang, wir kauerten auf der Schwelle des Musiksaals und lehnten den Kopf an die Tempeltür.

Ich, ich liebte nur Musik, sie stillte mich, hob mich auf. Aber Stefan – Stefan war von ihr besessen. Sie befriedigte ihn nie, sie regte ihn maßlos auf, sie folterte ihn, ich sah ihn sich winden vor ungeborenen Schmerzen. Den Zehnjährigen.

Er blieb Schüler, Gymnasiast, übte täglich drei Stunden, zwang sich dann, die Geige hinzulegen, wenn auch Griff und Bogen sich in seine Hände brannten. Und es geschah, dass er sagte: »Hör zu.«

Und dann spielte er.

»Was war das, Stefan?«, sagte ich. »Verstanden habe ich es nicht, aber schön war es.«

»Das war von mir«, flüsterte er. »Es heißt: ›Ein Abend im Mai‹.«

Oder er sagte:

»Das ist nur eine Etüde.« Oder: »Ein langsamer Walzer.«

Das waren, zehnjährig, seine heimlichen Kompositionen.

Geige spielte er gut. In leichten Haydn-Quartetten durfte er manchmal die zweite Geige spielen, an Stelle des schönen Offiziers. Sein Lehrer spielte die erste Geige, sein Vater die Bratsche und Diana Cello.

Diana spielte am kühlsten, am schülerhaftesten. Sie schämte sich. Sie war zu verschlossen, sie wagte nicht einmal, im Ton ihr Gefühl ausströmen zu lassen. Sie zügelte sich noch bis in den Strich ihres Bogens, sie bespöttelte sich als Ausübende, sie war niemals unbefangen.

Aber Thomas Falk, Nina Falk, die Schweigsamen, wurden im Spiele beredt. Diese Kühlen, Gelassenen spielten Leidenschaft und Inbrunst.

Es war Juni des Jahres neunzehnhundertvierzehn, als mir Stefan unvermutet sagte, dass am nächsten Tag die Verlobung der Tante Diana mit dem schönen Leutnant gefeiert werden sollte. Ganz groß und feierlich, mit vierzig Personen und einer kleinen Musikkapelle. Ein Diner um sechs Uhr, mit Ball am Abend. Und uns Kindern sollte oben serviert werden. Das kleine Orchester würde auf dem Treppenpodest in halber Höhe der Diele spielen und für uns wie für den Speisesaal gleich gedämpft hörbar sein.

»Papa hat das Programm gemacht. Lauter Stücke, die Tante Di liebt. Aus alten Opern und Sinfonien. Sie werden ein Scherzo von Mahler spielen, aus der Sechsten, und die drei Nachtmusiken aus der Siebenten. Du hast sie noch nie gehört. O, du wirst was hören. Tiefer geht es nicht in die Musik! – Mama hat gesagt, es wäre eine unmögliche Musik für eine Dinergesellschaft. Aber Papa sagte, man wird zwei Stunden bei Tisch sitzen, wer hört da auf die Musik? Das Menü ist zu schön. Und wir, wir Eingeweihten, die zwischen Poulet und Chateaubriand die Ohren spitzen, werden was fürs Herz haben. Also!«

So ging ich zu Diana Fioris Verlobung …

Ich kam viel zu früh. In einem Matrosenanzug von Stefan. Mir passten mit elf die Sachen, die er mit neun getragen hatte, so dürftig war ich. Ich trug eine lange dunkelblaue Hose und eine weiße Bluse und fand mich scheußlich. Jeder musste sehen, dass ich nicht in diesen feinen Anzug hineinpasste. Bewegen konnte ich mich schon in ihm, ich war auch, wachsend, nie linkisch und tölpelhaft geworden, im Gegenteil immer leichter in den Gliedern und freier in der Haltung. Nur wenn Fräulein Diana mich ansah …

Ich kam so früh, dass Stefan noch über seinen Schularbeiten saß und Lilian erst angezogen wurde. Ich stand oben an der Treppe und sah hinab, wo die Musiker schon ihre Pulte aufstellten, neun Mann. Überall standen Kübel mit Pflanzen, Blumen, um die Lampen hingen Ranken, Lohndiener im Frack gingen ab und zu. Es war wie Blick in Theater hinterm Vorhang …

Da sagte es:

»Theodor …«

Ich konnte mich nicht umwenden. Es war Dianas Stimme.

»Theodor, komm einmal.«

Ihre Stimme fasste mich an wie eine Hand und zog mich schmerzhaft. Ich sah sie nicht, ich ging in einem Nebel, einem Gewölk, das nach Reseda duftete …

Denn ich war in ihre Stube getreten. Und plötzlich schob sie mich hinter einen Wandschirm, und ich hörte sie heiter rufen:

»Du, Nina, kommst du mich anschauen? Nun, bist du zufrieden, Ni?«

»Aber Di!«, hörte ich Ninas Stimme. »So kannst du nicht gehen. Du bist für eine Braut viel zu tief dekolletiert. Du musst einen Schal umnehmen, du musst dir Blumen in den Ausschnitt stecken. Das ist unmöglich, Kind!«

»Unmöglich! Wirklich! Die jungfräuliche Göttin … Du findest es schamlos, Ni?«

»Das habe ich nicht gesagt. Ich möchte dir nur raten …«

»Gut, du sollst nicht erröten müssen, ich nehme einen Schal. Ni, bist du glücklich, Ni?«

»Was für eine Frage! Ob ich heute glücklich bin. Du bist doch …«

»Ja, die Braut, ich weiß. Aber ich frage dich, Ni, dich: Bist du glücklich, dass ich mich entschlossen habe?«

»Ich hoffe, Di, du wirst es sein und bleiben.«

»Du willst nie mit mir sprechen, Nina.«

»Was tue ich jetzt, Diana?«

»Du sprichst an mir vorbei. Du …«

»Wie schön du bist, Di.«

»Siehst du?«

»Deine Schultern sind herrlich. Ich hatte nie so schöne.«

»Immer wünschte ich mir, ein einziges Mal, offen, mit dir …«

»Du hättest ein wenig, ein wenig Rot auflegen können.«

»Wir hatten denselben Vater, Nina.«

»Ja. Das ist nicht viel. Mutter ist das Entscheidende. Du bist so blass.«

»Hassest du mich sehr, Nina? Siehst du, ich opfere mich …«

»Da ist ein Wagen – nimm den Schal, Diana.«

Eine Tür fiel zu …

Vergaß mich Diana Fiori?

Vor acht Tagen war sie mit Herrn Falk und ihrer Schwester von Dalmatien zurückgekehrt. Sie waren fünf Wochen unten auf den Inseln gewesen. Dann war, von einem Telegramm gerufen, der Leutnant nach Wien gereist, um den Heimkehrenden dort zu begegnen. Und dort hatte, endlich, nach zwei Jahren Abweisung, Diana sich ihm versprochen. Das alles erfuhr ich später. Dann hatte sie gedrängt, die Tatsache zu veröffentlichen, zu besiegeln. Und sie selbst hatte für Mitte August die Hochzeit festgesetzt.

Die Kinder machten diese alljährlichen Reisen nicht mit. Man fand, ihr Gemüt wäre den Eindrücken Italiens, des Mittelmeers, der norwegischen Fjorde nicht gewachsen. Sie gingen jeden Sommer mit dem Schweizer Fräulein an die See. Im Vorjahr hatte man mich aufgefordert mitzugehen …

Ein paar Herzschläge lang sah ich alles Unbekannte vor mir: die graugrüne See mit weiß gischtenden Wogen, den unendlichen leeren Horizont, die einsamen Dünen und hörte die Brandung, die Stimme der Unendlichkeit. Aber ich sagte:

»Ja – und Henny und Mark …«

»Das«, sagte Nina Falk, »wird sich kaum machen lassen. Aber vielleicht ermöglicht sich für die beiden etwas hier in der Nähe.«

»O, danke«, sagte ich. »Nein, ich möchte doch lieber nicht mitfahren. Besten Dank, Frau Direktor.«

Sie streichelte mir den Kopf und nickte mir zu. Sie verstand mich.

Ja, Diana hatte sich in Wien verlobt. Nun schien sie Ungeduld zu erfassen. Hals über Kopf wurde diese Gesellschaft geladen, es war Sommer, noch vor der gewöhnlichen Reise. Alle sagten also zu. Und nun stand ich hinter dem Paravent in dem resedagrünen Zimmer, das nach Reseden duftete, und Diana, die Braut, hatte mich vergessen.

Nein, sie rief mich …

Sie stand inmitten des großen Raums. Die Vorhänge waren zusammengezogen, grüne Seide, gegen die einscheinende Sonne, und es herrschte trübe Dämmerung. Sie stand wohl noch so, wie ihre Schwester sie verlassen hatte, mit herabhängenden Armen. Ganz in weißen Spitzen, mit nackten Armen, tief entblößt, die Perlen um den Hals. Im Haar trug sie eine kalte weiße Blume, es war eine Gardenie. Sie war weiß von der Stirn bis in die Spitzen ihrer Schuhe. Und ihr schwarzes Haar war hochgesteckt, das machte sie ganz fremd.

»Komm her, Theodor, näher.«

Heut war keine Spötterei in ihrer Stimme.

Ich sah sie an. Mir war, ich hätte sie noch nie gesehen … Ich sah Diana jetzt zum ersten Mal …

»Theodor«, sagte sie mit unbewegtem Blick über mich hinweg, »lieber, kleiner Mann, man sollte dich retten. Armes Kind, du lebst unter so gemeinen Menschen …«

Das löste meinen Bann. Ich reckte mich aus der Verzauberung. Ich rief leise:

»O – sagen Sie das nicht! Gemeine Menschen! – Ich liebe sie, ich gehöre zu ihnen, ich brauche sie.«

»Ja, ja, deine Welt … Die Welt der Zukunft, sagen meine Soziologen. Wer weiß? Ich will dir etwas sagen. Willst du nicht dem Leben dienen, Theodor? Dann höre: Man muss ganz auf das Leben verzichten, wenn man ihm dienen will.«

Sie lächelte weit weg.

»Ich, siehst du, ich kann gar nicht verzichten. Es nützt nichts. Ich versuche es, aber – nein, es wird nicht gehen, es darf nicht. Schön sein ist besser.« Sie erschauerte, und von ihrer Schulter glitt das Band, das die Spitzen hielt. Und auf einmal sah ich sie nackt …

Es schüttelte mich. Kälte durchschoss mich. Und ich trank mit den Augen diese eine entblößte Schulter, die Hebung einer Brust, diese Haut, weiß wie die Gardenie, kaltes, lebloses Weiß, Stein. Und es strömte doch davon ein Leben aus, das mich packte.

Jetzt sah sie mich an, so aufmerksam, sie lächelte geheimnisvoll und schob das Band nicht wieder hinauf. Mir schien es, als hielte sie mir diese nackte Schulter hin, böte sie mir dar, die Gottheit eine Gnade, mit einem böse-unschuldigen Lächeln, die unverständliche jungfräuliche Diana …

Sie sagte zu mir herab:

»Höre, Junge, meinen Lehrsatz. Merk ihn dir: Verachte doch den Körper nie. Ist nicht vielleicht der Leib die tiefste Offenbarung unseres Geistes? Alles Irdische ist die offenbarste Erscheinung der göttlichen Idee.«

Und schon wieder über mich hinweg:

»Wenn einer in meinem Körper Gott erscheinen sieht, muss ich ihn nicht beten, opfern lassen? Ich bin der Leib des Herrn – darf ich ihn der Lippe des Gläubigen versagen?«

Und da kniete sie hin, so schnell, dass es wie ein Fall war. Ich sprang zurück, aber sie griff nach mir, zog mich heran und flüsterte:

»Höre, du liebst ihn. Nicht wahr? Ist er nicht wunderbar?«

O, ihr Lächeln! Auf einmal wurde die unnahbare Göttin Mensch. Die Seele fuhr in den steinernen Leib, Diana war eine Frau. Sie lächelte liebend.

»Einmal werde ich nicht mehr sein. Dann – wenn ich nicht mehr bin – gib ihm diesen Kuss von mir.«

Und die erste Frau küsste mich – mit eisigen Lippen glühend. Mit harten, keuschen Lippen weich. Aber der Kuss war nicht für mich … Sie küsste durch mich hindurch den Geliebten. Des Allerlebendigsten Ausdruck und Hingabe – der Kuss – war für mich nur ein Sinnbild. Ich erhielt die Form, und was sie füllte, kam dem andern zu …

Und dennoch, dennoch – sie hatte mich geküsst …

Es klopfte.

»Diana«, sagte eine Stimme.

Es war der Verlobte, der sie holte.

Sie schob mich wieder hinter den Paravent, ein Augenblick – jetzt hob sie das Achselband auf ihre Schulter, sie zog einen Gazeschal herab, der über dem Paravent hing, und öffnete die Tür.

»Nein«, sagte sie, »nicht herein, Erwin. Ich komme. Ihren Arm, mein schöner Offizier.«

Jetzt erkannte ich ihre Stimme wieder. Ja, das war sie … Und diese letzten zehn Minuten hatte ich geträumt …

Die Tür fiel zu. Und wenig später hörte ich gedämpft die Musik. Sie spielte einen alten händelschen Marsch, indes das Brautpaar die Treppe in die Halle hinabstieg, wo die vierzig Gäste es erwarteten.

Hinter diesem Schirm blieb ich bewegungslos, bis ins Innerste erstarrt, stehen, in Dianas Duft, bis Stefan mich rief. Ich habe sie nicht wiedergesehen, lebend nicht mehr …

Am andern Tag reiste sie ab, allein, ins Schweizer Gebirge, in ein Hotel an den Gletschern. Ich sah die Karten, die sie schickte, Ansichtskarten, mit immer nur drei Worten. Auf diesen Karten lernte ich sie kennen, die Wunder der Erde, und vielleicht liebe ich diese Gipfel und Firne und Gletscher so sehr, weil sie die letzte Mitteilung Dianas waren.

Ich erblickte den Märjelensee und die Konkordiahütte auf ihrem Schneeplateau, den Aletschgletscher und die steinernen Hörner, die sich dem Eischaos entrangen, ich schaute, schwindelnd bis ins Herz vor dem winzigen Abbild, das Eismeer mit nie gemessenen Spalten und die Eigerwand, das Silberhorn und die Jungfrauspitze, die erstarrten Ströme vom Finsteraarhorn und Mönch. Dort oben, in dieser seelentötenden Höhe, lebte sie sechs Wochen. Wo alles Lebendige erstarrte, trug sie ihr Herz hin. Sie stieg zur Gottheit empor, so hoch es dem Menschen vergönnt ist, aber sie erreichte ihre Gnade nicht, ihr Herz gefror nicht, und ihre Seele blieb unversehrt. Sie kehrte zurück, wie sie gegangen war. Den Leib, der vielleicht die Idee Gottes in Gestalt war, entzog sie dem Beter, entstellte ihn, sie verwarf ihn.

Diana Fiori war die erste Tote des großen Krieges …

3

Noch aus einem Grunde ist die Verlobungsnacht Dianas mir unvergesslich.

Ich ging aus der Villa fort, als der Ball begann. Man tanzte in der Diele und im Musiksaal. Jetzt war die gespenstische und tief wühlende Nachtmusik Mahlers verklungen, und ein ungewohnter Rhythmus erfüllte das stille Haus.

Ich ging langsam durch den warmen Abend, es wollte gar nicht dunkel werden. Ich trug ein Körbchen für Mutter und die Geschwister, es waren köstliche Dinge darin, von kalten Pouletkeulen bis zu Kremetörtchen und Pfirsichen. Ich ging durch den Hain, wo alles ruhte, zärtlich war, schweigend wandelte. Alle Geräusche waren verklärt. Jasmin roch aufreizend.

Dann die Straßen, ganz rosig, goldschimmernd, der Himmel über ihnen ein Geström bunter Farben, Schmelzfarben. Und Kinder spielten vor jedem Tor.

Ich konnte nicht schlafen in der Nacht, es war so heiß, Mark warf sich hin und her, und Henny rief aus dem Schlaf weinerlich:

»Sei doch still. Lass mich schlafen. Mutter.«

Mutter schlief. Sie schlief immer fest.

Da stand ich auf und zündete ein Licht an und stellte es zwischen mich und den Spiegel und dann …

Ja, ich war immer noch besessen von dieser Sucht des stummen Spiels. Von diesem Trieb nachzuahmen oder selbst neu zu gestalten.

Da stand ich, nach dem Abend der Offenbarung, und sah nach, wie ich gewesen war. Vor dem Spiegel erlebte ich wieder Dianas Aufgang als Frau, als Nacktheit, und suchte in meinem Gesicht die Spiegelung der Stunde und Erregung. Ich lächelte, wie sie gelächelt hatte, ins Weite, zu mir, rätselhaft, schließlich liebevoll. Ich kniete hin wie sie und bewegte die Lippen, ich starrte meinem Bild in die Augen, als sei es Diana selbst. Mit höchster Wonne, mit Wollust bis in die Knochen sah ich mir selber zu, ich empfand mich bis ins Äußerste gesteigert, und siehe da: Alles Weh ward Lust …

Es ächzte hinter mir …

Mutter saß im Bett und sah mir zu. Und sie hielt mich wohl für krank, fiebernd oder im Geist gestört. Wie schon einmal entsetzte sie sich wieder vor meinem unverständlichen Gebaren und starrte mich an wie ein unheimliches Fremdes, einen Wechselbalg, dessen Ursprung aus sich sie nicht begriff.

»Ich spiele ja nur«, rief ich, aus meinem Himmel in Beschämung stürzend. »Mutter, ich spiele ja nur. Ich konnte nicht schlafen, es ist so heiß.«

»Du spielst …«, sagte sie und blieb unbeweglich unter meinen Liebkosungen. »Du spielst … Ja, womit? – Wenn du mich einmal sterben sehen wirst, wirst du auch …«

»O! Mutter!«, rief ich.

Ich verdiente das nicht – und da war sie auch schon wieder liebend bei mir, nahm mich an sich und liebkoste mich, als wäre ich ein Kleines, Vernunftloses, Sündenfreies …

Und dann begann der Krieg – mit Dianas Heimkehr …

Sie kam auf ein Telegramm ihres Verlobten, der sie nach Deutschland zurückrief. Er musste ja wissen, was bevorstand. Erst antwortete sie ablehnend, dann rief sie ihr Schwager. Sie kam in der Nacht des dreißigsten Juli in Berlin an. Am ersten August, als die Stadt schon wie ein Krater kochte und dampfte, suchte mich Stefan. Er hatte mir das uns Aufregendste zu erzählen: Am Nachmittag wurden Tante Diana und ihr Leutnant kriegsnotgetraut. Er musste in derselben Nacht mit seinem Regiment in die Vogesen. Ich sollte nicht hinkommen, es war kein Mensch geladen.

Das gab mir – ich weiß nicht, warum – einen Schlag, härter und tiefer als die Kriegserklärung, deren Sinn ich, mit elf Jahren, nicht verstand. Ich erinnerte mich, noch während Stefan auf mich einsprach:

»Gib ihm diesen Kuss von mir – wenn ich einmal nicht mehr sein werde …«

Ich hatte nicht gefragt: wem … Ich hatte es sofort gewusst …

Führte ich irgendwo im Tiefen ein gemeinsames Leben mit Diana Fiori? Hatte ich so ahnungsvoll miterlebt, was sich in der Villa ohne Worte und Gebärde abgespielt hatte? …

Spät am Abend schlenderte ich durch die Hochstraße, ich wollte das Haus sehen, aus dem sie gegangen war, um des andern Frau zu werden. Ich wusste nichts von den Ereignissen des Tages. Sie hatte es verlassen, aber nur, um die ewige Hochzeit zu feiern.

Nina Falk war bei ihr, als sie sich ankleidete. Sie zog ein schwarzes Kleid an, und die Schwester sagte:

»Es sieht zu düster aus, Di. Dunkel, ja; aber doch nicht Trauer.«

»Es ist angemessen«, sagte Diana kalt, »Was nun kommt … Aber jetzt bitte, Ni, lass mich allein. Du sollst mir nur einen Kuss geben.«

Dann sah sie niemand mehr.

Eine Stunde später kam der Verlobte. Herr Falk sagte:

»Ich will sie holen. Einen Augenblick, lieber Erwin.«

Und er ging zu Diana hinauf …

Dann sahen sie ihn oben an der Treppe stehen.

»Sie ist nicht da«, sagte er.

Und er war so bleich, als hätte er eine Tote gesehen. Nina schrie auf. Auch sie wusste es, wie er.

Man suchte sie vergeblich im ganzen Hause. Und erst als man um sechs Uhr einen Auflauf drüben am Rasengelände sah, ahnten alle: Dort ist sie …

Diana war nur über die Straße gegangen, über den verbotenen Rasen, die Böschung hinab zu den Geleisen der Bahn, und da hatte sie sich hingelegt. Zwei Züge waren über sie hinweggefahren, und es waren nur noch Teile von ihr da, von den Rädern weit mit fortgetragen, ihr schöner Leib war Stückwerk.

In der blinden Verstörtheit des Tages hatte kein Mensch sie diesen Todesweg gehen sehen, die Lokomotivführer hatten, von Krieg geblendet, die Gestalt auf den Schienen nicht gesehen. Erst ein Streckenwärter, der die Geleise abging, hatte den Kopf, die Beine, den Rumpf gefunden …

Es war kein Wort von ihr hinterlassen worden, kein Zettelchen war da, sie hatte niemandem Adieu gesagt. Nur Nina gebeten:

»Du sollst mir einen Kuss geben …«

Und Nina Falk schlug sich die Brust vor Mann und Kindern und erzählte es uns scheu:

»Und ich habe sie nicht geküsst! – O! nein! – Ich ging hinaus und gab ihr den Kuss nicht … Diana! Diana!«

Zum ersten Mal sah man sie verstört, fassungslos, verloren.

Dafür hatte sie sich ganz in der Gewalt, als ihr Mann sich am nächsten Morgen freiwillig meldete. Man wies ihn zurück!

»Der Krieg ist ja aus, ehe Sie eingekleidet sind! Gehen Sie nach Haus und bereiten Sie Triumphpforten vor.«

Er hatte Beziehungen, und er setzte es durch, dass er fünf Tage später als Listenschreiber in einem Lazarettzuge nach Belgien fuhr.

Er ließ mich holen, mir Adieu zu sagen.

»Dieses Haus, mein Jung«, sagte er, »steht auch für dich da. Vergiss es nie. Bewahre mir ein gutes Gedenken. Wir ruhen gut in Menschenherzen.«

Ich sah ihn weinend an. Er nahm Abschied wie für immer. Jetzt hätte ich es tun können, ihm sagen:

»Ich habe einen Kuss für Sie – von ihr …«

Wäre es nicht Balsam auf seine unsichtbare Wunde gewesen? Aber alle standen um uns herum. Ich schwieg, ich hob es auf, bis es unmöglich war …

So begann der Krieg. Vier Jahre floss Blut aus der Menschheit. Ich begriff so wenig. Aber doch sah ich den Sonnenschein auf der Erde liegen, starrte in den silbernen Mond, in die Sterne. O, wie gelassen, wie beseligt, wie schön alles im All – und auf Erden! … Ich sah in den Mond, mit

Ehrfurcht und Entsetzen: Es focht ihn nicht an. Bedeutete das so wenig? Waren wir ein Nichts? Unser Leben nur ein Traum der unausgekühlten Erde, ein Spiel ihres Feuers?

Noch die Jahreszeiten kamen und gingen, die Flüsse versiegten nicht, färbten sich nicht einmal rot, Bäume trugen ihre Früchte, und im Hain sang die Nachtigall hinter der Kirche … Da wurde der Krieg Gespenst und Albdruck, und ich sah mich älter werden und mannbar und dachte: Was träume ich da unendlich und schwer! …

Und Vater …

Es war schon acht Tage Krieg, und die Stadt knatterte von Fahnen und Gesängen, da sagte Mutter in der Nacht zu mir:

»Wir müssen nach ihm suchen. Wo ist er? Er war Soldat, Kürassier in Breslau. Er wird ja hinausmüssen. Oder er geht nicht mit, er verbirgt sich? … Wir müssen suchen.«

Ich sagte:

»Wir wollen Henny fragen. Du weißt es nicht, Mutter, aber Vater hat ihr oft aufgelauert, und sie hat mit ihm gesprochen. Vielleicht weiß sie.«

»Meine Kinder haben Geheimnisse vor mir«, flüsterte sie und schob mich von sich fort.

»Nein, Mutter, deine Kinder wollen es dir ein bisschen leichter machen.«

»O, Teddy, nur die Wahrheit ist leicht. Mit Wahrheit überwindet man das Leben, mit Lüge versinkt man in ihm. Und du warst mit ihnen im Bunde.«

»Ein Bund für dich, Mutter. Wir lieben dich mehr als die Wahrheit.«

»Du kleiner Sophist – woher hast du deinen Verstand, Liebling?«

»Ich bin dein Sohn.«

»Du großer Schmeichler. – Was willst du werden, Teddy?«

Das fragte sie mich plötzlich in der Nacht der Schlachten. Und ich sagte, Schlag auf Schlag, ich hatte sie falsch verstanden:

»Gut! – Wenn ich kann …«

»O, schlaf!«, rief sie da und zog mich an sich.

Am nächsten Vormittag gestand Henny. Sie hatte erst geleugnet, dass sie in letzter Zeit mit Vater gesprochen hatte.

»Vorher ja«, sagte die Zehnjährige. Und ihr süßes Gesicht, schmal unter dem braunen Scheitel – über jeder Schulter einen langen Zopf – war ungezogen, frech, schnippisch. »Jetzt, nee, jetzt hab ich ihn lange nicht gesehen. Fragt doch die Gräbert'n.«

Sie warf ihre Zöpfe und nahm das Extrablatt mit den Siegesnachrichten vors Gesicht.

Mark zwinkerte mir zu. Er war ein bezauberndes Bürschlein, kess und fix, gutmütig und heftig, schön und kräftig.

Dann, schließlich, gestand Henny. Sie kam von selbst. Sie konnte wohl lügen, aber nicht lange. Ja, also sie hatte Vater am zweiten August gesehen, sie war, zusammen mit Olga Reschke, zur Gräbert gegangen. Da stand er in Uniform, großartig, vom ganzen Hause umringt, von allen Frauen angeblitzt. Andern Tags, früh um vier, sollte er fort.

Er hatte noch zu uns kommen wollen, erzählte er Henny. Aber jetzt, wo er ihr Adieu sagen konnte, konnten wir ihm gestohlen bleiben.

»Brauchst niemanden zu jrüßen«, hatte er gesagt. »Muttern nich, wenn se ooch ne jute olle Haut ist. Und ooch de Tranfunzel nich, de Suse, den Theodor, un 'n Strohkopp, de kesse Kulpsnese, ooch nich. Bloß dir hat Vater lieb. Komm her, mein Engel. Wenn ick wiederkomme – na, was ick dir mitbring! Den scheensten Pariser!«

Über diesen Witz kam die ganze Grüntalerstraße ins Grölen. Die Frauen rissen sich ihre Filzpantoffeln vom Fuß, klatschten sich auf die Schenkel und brüllten vor Lachen.

»Pariser hat 'r jesacht! So 'n Junge! Der is uff 'n Sonntach in Paris!«

Aber der schöne Georg schob jetzt alle fort, auch Henny, nahm seine Luise untern Arm und zog mit ihr ab.

»Nu jebt Ruhe!«, rief er. »Un lasst mir noch mal! Wer weiß, wie lang 's dauert, bis ick wieder …«

Und Henny erzählte getreulich allen Unflat, den ihr Vater da von sich gespien. Mutter schlug die Hände vors Gesicht, Tag und Nacht in Arbeit – was wusste sie von der Straße, unserm Leben auf ihr, was von der großen Unschuld, mit der ein Kind mit Schmutz spielen, ihn heimbringen, ihn verbreiten kann. Henny war viel zu unschuldig, um solche Redensarten zu unterschlagen. Sie verband kaum eine Vorstellung damit. Und wenn, so hatte die wüsteste Situation keinen Schrecken oder Abscheu für sie. Man wächst mit all dem auf, man weiß nie, wann man zuerst davon gehört hat, das wusste man eben immer.

Am Abend machte sich Mutter auf. Zur Luise Gräbert. Sie wollte doch wissen. Erst in der Badstraße sahen wir, dass Henny uns folgte. Mutter hatte gewollt, dass ich sie begleite. Nun kam auch das Mädel mit.

Mutter ging so bestimmt Straße und Haus zu, dass ich merkte: Sie war schon da gewesen … Ob sie sich manchmal, von ihrer Arbeit kommend, hingeschlichen hatte, um zu sehen, wo ihr Mann, einmal Geliebter, Erkämpfter, Erstohlener, sie betrog?

Erst an der Tür zögerte sie. Der Laden war geschlossen, die Fenster leer, ausverkauft. Es kamen in diesen Tagen neue Zufuhren nicht herein. Alles was rollte, musste den Militärtransporten dienen.

Wir gingen durch den Hof, da sahen wir schon das Fenster der Gräbert hell, das breite Fenster ihrer Berliner Stube. Da zog sie den Vorhang nicht zu: Man sollte doch die Pracht sehen: das Sofa mit Gobelinbezug und dem Umbau, auf dem alle ihre Sonntagsgewinne aus den Würfelbuden standen: Keksdosen und Nähkästchen, ein Teddybär, eine Pressglasdose, Vasen mit Landschaftsmalereien und eine Zinkgussnymphe, eine künstliche Blattpflanze und eine Marmoruhr. Man sollte den Salontisch sehen mit vier gedrehten Säulenfüßen und einer grünen Plüschdecke mit Kurbelstickerei, die Wanduhr in geschnitztem Gehäuse und das Büfett mit Glasaufsatz und dem Mohnblumenservice dahinter, die Hängelampe für sechs Gasflammen, an jedem Arm hing ein Chenille-Äffchen. Man sollte in dem großen Zimmer die zwei Betten sehen mit weißer Spitzendecke und dem Himmel, himmelblauer Satin und ein Ölbild: drei blonde Engel, die zwischen rosa Wolken herumpurzeln; man sollte die beiden Nachttische sehen mit den Porzellanleuchtern und rosa Seidenschirmen, das Spiegelspind, das die ganze Herrlichkeit wiederholte; die sechs Stühle mit Ledersitz und den Korbsessel mit Nähtisch am Fenster; das Aquarium darauf mit den Goldfischen und den ausgestopften Rehpinscher auf dem Sofa; das Ölbild an dem letzten Fleck freier Wand, eine italienische Landschaft mit zwei Damen mit Schinkenärmeln im Vordergrund.

Mutter sah starr hinein, aber Henny mit fast lüsternem Gesicht. Ich hätte nicht gedacht, dass ein Kind so aussehen könnte. O, ich hatte solche Gesichter schon gesehen, bei den Mädchen, die in die Gartenlokale der Badstraße tanzen gehen, bei jungen Männern, wenn sie aus den Kneipen der Hussitenstraße kamen, wenn sie mit den Mädchen abends an der Ecke Prinzenallee sprachen, wenn sie Arm in Arm die Kinos verließen, auf den Karussells, in den Schaukeln des Rummelplatzes saßen. So sah Henny aus, als sie in die Herrlichkeit der Heringshändlerin blickte. Sie hatte noch nie eine solche Pracht gesehen, es überwältigte sie, sie wurde begehrlich, in diesem Augenblick bekam sie ihr Ideal …

Da klopfte Mutter hart ans Fenster.

Es war niemand zu Haus … Frau Gräbert ließ nur das Licht brennen, damit keinem ihr Besitz entginge. Es war pieksauber bei ihr, alles blitzte, die Augen des ausgestopften Hündchens funkelten uns boshaft an, als weidete es sich, dass wir so ausgesperrt waren, von Vaters glänzendem Heim.

Henny verstand plötzlich ihren Vater … Konnte man zaudern zu wählen zwischen unsern nackten, getünchten Wänden und diesen rot tapezierten mit Sofaumbau und Spiegelspind und zwei Betten mit Nachttischen und Korbsessel? Und Gas! Und Goldfische! Und – oh! Das hatte sie noch nicht gesehen – o! Ein Teppich! Ein bunter, dicker Teppich, ohne Stäubchen, Riesenrosen in allen Farben auf gelbem Grund. Und vor jedem Bett ein Fell! Ein Fell, wahrhaftig, langhaarig, schneeweiß …

In Hennys Gesicht stand das ganze Erlebnis. Ich las es ihr ab. Sie verzieh Vater alles, und sie verachtete Mutter. Warum hatte sie Vater nicht solch ein Heim bereiten können? Wie konnte sie ihn schelten, verstoßen, wenn er diese Frau ihr vorzog? O, sie selbst, die kleine Henny, was hätte sie darum gegeben, wenn sie hier, in dieser Märchenstube hätte leben, schlafen, spielen können. Was, spielen! Genügte es nicht, da drinnen zu sitzen mitten im Traum und sich einfach nur umzusehen, immerlos umzusehen, so viel gab es da, dass man im Leben nicht fertig wurde. – Ja, der Vater, der war klug.

Und da weinte Henny. Jetzt, vor diesem Fenster, über Vaters Fortgang. Wenn er wiederkam, würde sie ihn hier besuchen. Aber sie hatte gehört, dass nicht alle wiederkehrten …

Davon kam Mutter zu sich. Und zugleich blieb eine Frau stehn.

»Wolln Se zur Gräbert?«, fragte sie. »Die is mit ihrem Neuen losjezogen. Nach die Linden, da is ja jetzt imma was los. Ja, die is ne dufte Numma, das Bett war noch nich kalt von den een, da lecht se sich schon 'n Neun rein. Is 'n junger Klamottenschmeißer, mit 'n kurzen Been, der muss zu Hause bleiben, da braucht se nich ferchten, den nehm se ihr nich wech. Is 'n schlauet Luda, sorcht vor, wenn de Männa aussterbn.«

Der Tratsch floss ihr wie Öl von den Lippen, sanft und sacht, langsam, freundlich. Sie gab uns das Geleit bis auf die Straße und legte über die Nachbarschaft los. Mutter nickte ihr zu, gut lächelnd; und dann redete sie hinter uns her, was denn das für eine Trine sei, die sie ausspioniere und anständige Leute verschimpfiere.

Damit war nun auch Luise Gräbert erledigt … Sie blieb im Wesenlosen zurück, sie, ihr Laden, die Grüntalerstraße.

Wie viel in meinem kleinen Leben war schon so hinter mir vergangen! Straßen, Häuser, so viele Menschen, Schicksale. Ich kam mir oft so alt vor. Denn manchmal, elf Jahre alt, war ich schon müde. Müde zu allem. Zur Freundschaft mit Stefan, zum Spielen mit den Geschwistern, zum Gang um Brot, ja, zu müde zum Schlafen – zu müde auch zur Musik –, denn nun war es damit vorbei. Die Bratsche saß im Lazarettzug, die zweite Geige schoss an den Vogesen, das Cello war von zwei Zügen zertrümmert. War ich betrübt? Über das jähe Schweigen, über den Tod, über die anbrechende Vernichtung?

Ich war zu müde dazu, traurig zu sein. Es war unbewegt in mir.

Nur eines wurde ich nie müde, bis über deinen Tod hinaus: dich, Mutter, zu lieben …

* * *

Mit dem Krieg begann für uns Arme die gute Zeit: Auf einmal waren sich alle gleich. Alle mussten Margarine essen und schlechtes Brot, Kohlrüben und Graupen. Alle mussten sich anstellen, um ihre hundert Gramm Fleisch zu holen. Und aus der Etappe kamen Pakete mit Lebensmitteln. Uns schickte niemand was. Uns schrieb keiner. Aber einmal Rudolf Rauscher, mein alter Lehrer. Und wenn der Direktor Falk schrieb, ließ er uns grüßen.

Es war ihm gelungen, draußen vom Roten Kreuz weg in eine Formation zu kommen, er wurde ausgebildet und wartete auf die Front.

Frau Nina war ganz verstummt. Bis auf das Klavier sogar. Sie spielte nicht mehr. Sie behielt nur die Köchin und ein Mädchen. Gouvernante, Kutscher, das zweite Mädchen wurden entlassen, die Pferde waren requiriert, im Wintergarten verschwanden allmählich die Blumen, nur die Palmen hielten sich in der südlichen Sonne. Sie war immer beschäftigt. Das Zimmer des Mannes wurde nie betreten, nur mir schloss sie auf, wenn ich Bücher zurückbrachte und neue erbat. Dann stand sie mitten im Zimmer und sah sich um wie eine Fremde.

Auch Dianas Zimmer wurde nie mehr betreten. Manchmal drückte ich mich an die Tür, atmete an den Ritzen den immer schwächer werdenden Resedaduft ein und verlor mich in bildloses Träumen, das nicht mehr schmerzhaft war. Ich entdeckte, dass Traurigkeit eine Lust sein kann und Resignieren ein süßer Rausch.

Der älteste Sohn des Hauses, Thomas, der eine englische Schule besuchte, hatte nicht mehr heimkommen können. Jetzt war er in einem Konzentrationslager drüben, und von Zeit zu Zeit kam ein Brief von ihm durch Vermittlung des Roten Kreuzes. Er schrieb, es ginge ihm gut. Aber das konnte Vorschrift sein. Nina Falk saß über diesen Briefen und ihres Mannes kurzen Karten stundenlang gebeugt, ohne sie zu lesen.

Wir durften sie bisweilen an Dianas Grab begleiten. Wir fuhren, sie und wir drei Kinder, nicht mehr im Landauer, sondern in der Elektrischen. Ja, auf ihrem Kreuz stand Diana

Fiori, sie war jungfräulich geblieben. Eine Bank war da, wir saßen stumm, nur Lilian, unangefochten, bewegte sich rastlos und besah sich die Gräber. Nichts hatte Schrecken für sie, höchstens ich, der Junge aus der andern Welt. Sie fürchtete mich mehr als die Toten …

Das war ganz schnell gekommen. Aus der ersten plötzlichen Zutraulichkeit, mit der sie mich in ihre Spiele und Schmerzen einweihte. Nun, es lag mir gar nichts an dem Kind. Aber sie gehörte zu den geliebten Menschen, und als solchen Teil des Ganzen ließ ich sie gelten.

Vater blieb stumm. Er schrieb uns nie. Im Januar des Jahres sechzehn kam die erste Nachricht über ihn. Er war auch nie auf Urlaub gekommen, wenigstens nicht zu uns. Diese Nachricht bestand in einem Karton, der seine Uhr, eine goldene, die wir nicht kannten, etwas Geld, Photographien von Luise Gräbert und einer andern Frau mit einem Säugling auf dem Schoß – sein Kind! – und die Eisernen Kreuze erster und zweiter Klasse enthielt … Dabei lag ein Brief des Regimentsadjutanten, in dem er Mutter höflich von Beileid sprach und Vater als den tapfersten und mutigsten Feldwebel des Regiments erklärte.

Mutter las uns den Brief vor. Henny schrie auf, sie schluchzte wild, krampfhaft, warf sich auf den Boden und gebärdete sich verzweifelt. Aber eine Stunde später packte sie Vaters Habseligkeiten, auch die goldene Uhr zusammen und erklärte, das gehöre ihr, nur sie liebte ihn und wir hätten kein Recht auf sein Andenken.

Keiner sagte etwas, auch Mutter am Bügelbrett nicht. In der Nacht erwachte ich davon, dass Mutter sich aufrichtete.

Ich sah sie mit gefalteten Händen beten, aber ihr Gesicht

war hell, war fast freudig, ich entsann mich gar nicht, es je so gesehen zu haben. Und ich fühlte: Es war ein Dankgebet, was sie sprach.

Was der lebende Vater uns Böses getan, machte der tote ein wenig wieder gut: Mutter bekam eine Unterstützung, eine feste Rente. Von da ab blieb sie am Sonnabend zu Haus und war den halben Sonntag müßig. Zum ersten Mal ging sie mit mir spazieren, setzte sich mit uns Kindern in den Hain, kaufte uns ein Stück Kriegskuchen. Sie trug den Kopf höher und manchmal lächelte sie …

Nur Henny trotzte, sie verschwand oft, ohne sagen zu wollen, wo sie gewesen war. Sie war jetzt zwölf Jahre und sah wie vierzehn aus, sie war von einer süßen, weichen Schönheit, die grauen Augen zu dem braunen Haar gaben ihr einen seltsamen Reiz. Aber sie hatte etwas Unkindliches und Verstocktes.

Mutter sorgte sich und sprach mit mir über das Mädchen. Es war merkwürdig: Sie hatte etwas wie Furcht vor Henny und Mark, sie konnte nie so streng mit ihnen sein wie mit mir: Sie liebte sie nicht genug. Vor ihnen, die ganz Kinder ihres Vaters waren, hatte Mutter ein schlechtes Gewissen, sie war hilflos vor ihnen, verständnislos, sie wagte es nicht, sie zu lieben. Sie ließ sie gewähren.

Und so wurden beide, wie alle Kinder der Straße sind. Sie sprachen schlecht und unbedacht, sie trieben abscheuliche Spiele und ahmten die Erwachsenen in allem nach; überall fehlten die Väter, fehlte die Angst vor ihnen, und die Kinder arteten aus. Die Frauen arbeiteten ja, keine war mehr zu Haus. Nach zwei Jahren Krieg, als schon die letzten Männer gebraucht wurden, rückten die Frauen an ihre

Stellen vor. In die Fabriken, an die Führerstände der Straßenbahnen, an die Sperren der Bahnhöfe, auf die Kutschböcke und Kehrmaschinen. Berlin wurde leer vom Mann, nur noch Uniformen sah man und die Bäuche der Schieber und ein paar ängstliche, sich verbergende Requirierte und Drückeberger. Sonst war alles Frau und Kind.

Die Armen hatten es gut. Ihre Männer fielen: um so besser: Es gab die Rente. Und die kam ins Haus und wurde nicht vertrunken und mit Straßenmädchen durchgebracht, die Gattinnen hatten bloß zu lachen, aber die Mütter zu weinen. Und in unsern Häusern, wo dreißig und fünfzig Parteien in Höfen, Seitenflügeln, Quergebäuden, Kellern und den leer gewordenen Ställen lebten, gab es viel Aufschrein, Schluchzen nachts, Ausbrüche von Jammer und Geheul, wenn die Kinder die letzte Verlustliste brachten, wenn die Postbotin mit bebendem Mund ein Päckchen abgab …

Aber sonst hatten wir es gut, auch noch als das große Hungern begann. Waren wir es nicht gewohnt?

Ja, die Reichen, die lamentierten jetzt, die kamen in unsere Straßen mit ihren Autos und kauften uns unsere Brot- und Fettkarten ab. Sie bestachen die Beamtinnen in den Lebensmittelämtern und die Verkäuferinnen in den Geschäften. Ihre Kinder, ja, die kamen herunter.

»Unterernährung« – das war der Trumpf, den die Gesellschaft ausspielte. Nicht gegen den Krieg, aber gegen die Feinde. O, Krieg ist Krieg. Macht dem Krieg ein Ende, und es gibt keine Feinde! Die Ursache wolltet ihr bestehen lassen, und ihr empörtet euch moralisch über ihre Folgen. Unterernährung – wir kannten sie von jeher. Man hat Kinder photographiert, skelettierte Säuglinge an den leeren Brüsten ihrer Mütter. Auf einmal sah man sie! Warum? Jetzt konnte man sie zur Propaganda gebrauchen! Jetzt bediente man sich ihres Elends, ihres Jammers, um das Mitleid der Welt – für sie? Nein! Für sich! – zu gewinnen. Aber leere Brüste und verhungerte Säuglinge hatte es schon vorher, schon immer gegeben! Da sah sie niemand, denn sonst hätte man selbst helfen müssen. Plötzlich wurde das Proletariat entdeckt, sein abgehärmtes Gesicht, seine verkrüppelten Knochen, sein leerer Topf …

O, es kam Hilfe ins Land. Aber ehe sie bis zu uns kam, war sie kläglich zusammengeschmolzen. Das Fett bekamen die andern, wir die zähe Schwarte …

Wir empörten uns nicht, wir beklagten uns nicht. Es war ja niemals anders gewesen …

Mutter hatte es schwer mit ihrer Wäsche. Es gab keine Seife mehr, nur Ton, und sie rieb sich die Haut von den Händen, um die Leinwand weiß zu bekommen. Alles, was es an Kohle gab, musste sie aufsparen für die Bolzen ihrer Bügeleisen, und wir hatten es nur warm in der Küche an den zwei Tagen in der Woche, wo sie plättete.

Mark sammelte Pferdeäpfel, die er auf unsern Fensterbrettern trocknete. Damit machten wir Feuer. Er bildete eine Bande von zehn Jungen, und sie schlichen sich auf die Bahnhöfe und klauten Kohle. Sie machten Ausflüge in den Tegeler Forst und stahlen Holz. Vom Dach unseres Hauses brachen Unbekannte die Sparren zum Verheizen. In den Treppengeländern fehlten Teile. Fremde und Mitbewohner zehrten am Bestand des alten Hauses.

Bald war kein Mann mehr im Haus, nur gelegentlich ein Urlauber. O, dann gab es Schläge in der Wohnung oder ein

Gelage oder einen halben Totschlag, wenn der Mann die Frau, nach zehn Monaten Abwesenheit, im fünften schwanger fand oder sie gar überraschte mit einem jungen, eben ausgebildeten Soldaten, der vor dem Ausrücken ins Feld den letzten Heimaturlaub hatte.

Männer, die noch da waren, hatten es gut. Die Frauen rissen sich um sie, schlugen sich um sie. Halbwüchsige avancierten zu Liebhabern, Knaben rückten, fünf Jahre zu früh, vor. Es gab Bälle in der Brunnenstraße, die Orgien wurden. Die Urlauber rasten nur so unter den exaltierten Weibern.

Wenn dann die Männer nach fünf, acht Tagen fanatisch gelebten Urlaubs wieder an die Front gingen, gab es den wahnsinnigsten Jammer. Frauen umklammerten sie, Kinder schrien wie gefoltert. Auf den Bahnhöfen gellten hinter den Zügen mit Kanonenfutter verzweifelte Schreie:

»Paule! – Emil! – Justav! – Karle!«

Zwei Jahre, drei Jahre Blut und Schmerz, Verstümmelung und Blindheit versickerten träge. Man hörte zu schreien auf, es war keine Kraft mehr da.

Die Urlauber waren fort. Nach vier Wochen größerer Jammer: Die Frauen waren schwanger, die Mädchen waren krank geworden … Aus den Etappen fraß sich die Lues bis in die innerste Heimat hinein. Französinnen gebaren die Söhne deutscher Männer, und englische Gefangene teilten ihr Blut deutschen Kindern mit. Auf Mittelmeerinseln empfingen Eingeborene von deutschen Soldaten, in brandenburgischen Dörfern vererbte der Muschik seine ewige Melancholie an märkische Bauern. So begann, im Kriege, durch den Krieg, die Welt sich zu durchsetzen, zu vermischen. Was durch Blut und Schmerz getrennt werden sollte, vermählte sich in Blut und Lust. Die Rassen besiegelten ihre Absonderung, und die große Promiskuität begann.

Die Villa hatte sich verwandelt. Die Fabrik war längst umgestellt auf Kriegsbedarf, Offiziere verwalteten sie. Und aus der Villa war ein Lazarett geworden.

Stefan war gerade in die Tertia versetzt worden, ich lernte mit ihm nun Griechisch, wie ich mit ihm Latein und Algebra getrieben hatte, Schiller gelesen und Mignet übersetzt, und grade waren wir auf etwas gestoßen: kallos und agathos …

Da schickte ihn die Mutter aufs Land, zu einem befreundeten Pfarrer, wo er besser ernährt werden konnte und dem Pestatem der Stadt entzogen war. Und sie selbst, Nina und Lilian, gingen in das Sommerhaus, das die Familie in der Heimat des Direktors, in einem Flecken des Schwarzwaldes, besaß. Von dort schickte sie uns jeden Monat ein Paket mit Speck, Eiern, Maronen, Äpfeln. Sie vergaß uns nie.

So verlor ich auch dieses Haus. Jetzt saßen an seinen Fenstern Männer mit eingebundenen Köpfen und sahen in den Hain hinüber, vor der Tür im Gärtchen saßen welche mit Beinstümpfen und geschienten Armen. Im Wintergarten wurde operiert. – Die Palmen standen im Hof und gingen da im folgenden Winter ein, erfroren und blieben so stehen, vergilbt, verdorrt, mit hängenden Wedeln und Fächern, erbarmungswürdige Leichen, von deren Rindenfasern Vögel aßen und Mäuse und nachts die Ratten, die sich in den Kellern Berlins mystisch vermehrten.

Jetzt hörte ich nichts mehr von Herrn Falk. Jedem Paket Ninas lag ein kleiner Brief bei, darin stand immer nur:

»Mein Mann lässt grüßen.«

Einmal schrieb Stefan, sein Vater sei leicht verwundet gewesen, aber schon wieder an der Front, er sei nun Oberleutnant. Und Dianas Verlobter … Er war in der ersten Woche des Krieges in den Vogesen gefallen.

Gefallen – o, die Verlustlisten! Sie hingen bei uns in den leeren Fenstern der Vorkosthandlungen, beim Papierhändler. Und immer war ein Haufen Weiber davor, Greise und Krüppel dazwischen, Kinder auf den Armen ihrer stammelnd lesenden Mütter. Wer hatte Geld, auf die Verlustlisten zu abonnieren? Ja, entsetzlich, es gab ein Abonnement auf diese Totenlisten, und Millionen Frauen lasen sie mit fiebernden Augen und gequältem Herzen.

Aus diesen Haufen vor den Fenstern tönte mancher Schrei, manches Mädchen schlug da lang hin, mancher alte Vater taumelte fort. Kinder fielen von den jäh gelähmten Armen ihrer Mutter. Nachts schrie es in den Wohnungen, und man hörte, wie ein Weib mit dem Kopf gegen die Wand rannte: alle alle tot! Der Mann, zwei Söhne, der dritte vermisst … Eines Tages kam die Uhrmacherfrau gellend lachend nach Haus: Sie hatte in einem Fenster in der Ackerstraße gelesen, dass ihr Mann gefallen war; es hatte sie keine Nachricht vom Regiment erreicht. Und ihre zweite Tochter, achtzehn, war schon längst vor die Kaserne gegangen und schlief mit den neu eingezogenen Rekruten.

Andere gingen hin und pflegten und begruben ihre Einsamkeit in den Lazaretten. Noch andere gingen hin, aber um da zu leben, mit den Verwundeten die süße, die einzige Lust des Daseins zu kosten. Es war schwer, auf der Straße Männer zu angeln. Also ging man als Scheuermädchen und Tellerwäscherin in die Kliniken und Erholungsheime.

Es gab kaum noch Fahnen bei uns in den trüben Straßen. Es gab noch immer trügerische Siegesmeldungen, aber man steckte das bunte Tuch nicht mehr hinaus. Als wir in das vierte Jahr des Untergangs gerieten, glaubten wir, wir nicht mehr …

Aber ein neuer Glaube brach an. Mystische Botschaft kam aus Russland … Da hatte man die Ordnung gedreht, die Regierenden lagen unten und das Volk stand im Licht. Der Arbeiter hatte das Reich gestürmt und proklamierte sein Recht auf Leben. Etwas wie Sonne fiel in unser Herz. Es ging eine wilde Hoffnung durch das Proletariat. Drüben ging in blutiger Röte ein goldener Stern auf, unser Stern. Gesegnetes Blut, wenn es Sterne gebärt!

So kam ich einmal mit russischen Botschaften heim. Aus der Schule, wo den Lehrerinnen verboten war, uns Mitteilungen über die russischen Greuel zu machen. Aber es gab Jungen, die schmuggelten Nachrichten herein, sie waren schon in der Partei tätig, die sich mitten im noch Bestehenden bildete, und sie wussten Ungeheuerliches: die Metzeleien der Weißen Armee, die Pogrome der Menschewiki, die Heilandsbotschaft der Bolschewiki. Sie erzählten von den Wundern des neuen Reiches. Lenin verkündete die Zukunft, Trotzki stampfte neue Ordnung aus dem Chaos. Schon gab es Flugblätter, und wir versteckten sie an unserm Herzen, das für den nahenden Heiland schlug.

Damit kam ich nach Haus gelaufen.

Und da lag Mutter neben ihrem Waschtrog auf dem nassen Boden, zusammengekrümmt, weiß im Gesicht, den Mund verzerrt, und sie starrte mit leblosen verzweifelten Augen auf die Tür, durch die ich kommen musste …

Sie sprach nicht, ihre Lippen bewegten und glätteten sich. Als ich sie berührte, atmete sie … Atmete sie so furchtsam, als könnte der Atemzug den Schmerz wieder wecken. Denn ich begriff: Ein unerträglicher Schmerz musste sie hingeworfen haben …

Ich hob sie auf, ich umfasste den geliebten Leib – und wie erschrak ich … Ich ließ sie nicht fallen, ein Krampf schloss meine Arme wild um sie … War das noch ein lebendiger Mensch? … Sie war leicht wie ein Kind, sie war so mager, dass ich ihre Knochen in den Fingern spürte; indem ich sie aufhob, war mir, es wäre nur noch Seele, die mich emporzog, entkörpertes Sein, das ich blasphemisch berührte …

Sie konnte noch nicht sprechen. In ihrem Auge erlosch das Entsetzen. Dieser Blick allein sagte noch, dass sie irdisch war und litt …

Was war? Was hatte ich da nie gesehen? Was hatte sich unter meinen Augen vorbereitet, und ich war blind gewesen? …

Ich dachte es nicht, ich sah es nicht, aber es vereiste mich: Tod …

Starb sie? …

Das ging vor in mir, während ich handelte. Indes ich Milch in eine Tasse goss, dachte ich bewusst:

»O, dass wir allein sind! Gott sei Dank! Ich habe sie ganz allein, es macht sie mir keiner streitig.«

Ich flößte ihr Milch ein.

Ich hatte so oft die Geschwister gefüttert, wenn sie krank waren, versorgt. Wenn Mutter manchmal nach zehn Stunden Waschen die Arme nicht mehr heben konnte, hatte ich sie gefüttert, und sie hatte gelacht und gesagt:

»Teddy, Liebling, bin ich dein Baby? Ach, jetzt gibst du mir alles hundertfach zurück.«

Und jetzt betete ich, und das war mein erstes Gebet, seit ich bewusster Mensch war:

»O noch einmal! Nur noch einmal sage: Teddy, Liebling – Mutter, ein einziges Mal!«

Dabei lächelte ich sie an. Ich war so stark, ich sprach zu ihr. Wie zu einem Kinde.

»So, noch einen Schluck, Mutti! Ein kleines Schlückchen. Ist es schon besser, ja, ist es jetzt gut? Tut es noch weh …?« Und ich wagte, mein Herz traute sich, ich flüsterte: »Liebling …«

Und ich dachte, sie stürbe … Sie stürbe da, indes ich mit dem linken Arm sie stützte und die Milch an ihre blauen Lippen hielt …

Aber da lächelte sie. Und sie sagte, sie hauchte:

»Es ist nichts. Bist du erschrocken? Ich altes Weib. Es tat nur ein bisschen weh, und da setzte ich mich hin. Und grade musst du auch kommen.«

Ich zitterte gar nicht. Ich fragte, indes ich sie, die Gewichtlose, hinlegte:

»Mutter, ist das schon oft gewesen? Hast du oft Schmerzen?«

»Ach wo«, sagte sie schnell und lächelte auch schon wieder.

Sie hatte es gar zu schnell gesagt, zu ärgerlich. Und ich fragte, indem ich sie ansah – aber ich sah sie gar nicht, ich hing im Nebel und schwankte. »Wo hast du denn die Schmerzen, Mutter?«

»Wie ein Arzt sitzt er da«, flüsterte sie. »Geh, Junge, es ist ja nichts. Ein bisschen Bauchschmerzen. Ich steh schon wieder auf.«

Da hielt ich sie fest.

»Nein, jetzt liegst du. Guck zu, ich werde weiterwaschen …«

Da stöhnte sie:

»O, Teddy, du, du tust mir weher. Stell dich nicht dahin, bitte, wasch nicht. Ich kann es nicht sehen.«

»O, Mutti, ich täte es so gern, es würde mir so viel Spaß machen.«

»Und mir wehtun. Liebling, sitz ein bisschen bei mir, komm, leg deine Hand auf meinen Leib, dann vergeht es. So, siehst du …«

Ihr Gesicht verklärte sich, wie ich meine klein gebliebene Hand auf ihren Leib legte … Er hatte mich getragen und genährt, und ich berührte ihn wie das Allerheiligste.

Sie lächelte wieder, ich sah, wie der Schmerz verzog, ihren Leib verließ, ihr Gesicht erhellte sich.

»Gut tust du mir, mein Kind. Dank dir, mein Kind.«

Ich erschrak so unsäglich, sie schien sich zum Sterben hinzulegen.

Ich beugte mich über sie, ich flüsterte:

»Mutter, ich hole jetzt einen Arzt. Bleib nur fünf Minuten allein …«

Sie richtete sich auf. Sie hatte plötzlich ihre Kräfte wieder, als es sich um Geld, Haushalt, Lebensbedarf handelte.

»Auf keinen Fall«, stieß sie hervor. »Ich will nicht wissen! Was geht's mich an! Lass es doch da drin … Wir sind in keiner Kasse. Wir können keinen Arzt bezahlen. Teddy, was denkst du! Aber du musst dich anstellen gehen. Ach, du kommst schon so spät. Alles wird fort sein. Es gibt hundertundfünfzig Gramm Magarine und achtzig Gramm Käse. Sieh in der Schublade nach, da ist Geld.«

Ja, es reichte noch. Ich wusste, ich musste laufen und mich anstellen, vielleicht schon der Hundertste in der Polonaise, und es war nur für achtzig Eingetragene Magarine da. Henny war fort, Mark war fort. Ich musste sie allein lassen und laufen.

Und ihre Augen wanderten mir nach …

Wie lange vielleicht litt sie schon und verbarg es mir! Erst jetzt sah ich alles: ihre entsetzliche Abmagerung – und das kam nicht vom sandigen Kriegsbrot allein, von der Pferdewurst, von dem fettlosen Talg. »Lass es doch da drin …« Was meinte sie? Fraß es in ihr? …

Ich wusste schon, es gibt unter vielen Gespenstern der Armen eines: der Krebs …

Wenn ein Weib im Hinterhaus krank wird und Schmerzen hat, flüstert man sich zu:

»Krebs – jetzt hat se 's jepackt. Der Krebs … Aus is!«

Man tritt an das Krankenbett, und die Blutlose, Schmerzzerquälte flüstert:

»Ick wees schont, 's is Krebs. Er frisst mir an' Magen. Ick spürs deitlich. Wenns man bloß fix jinge!«

Man sieht sie stumm an, ihre letzte Hoffnung schwindet, keiner widerspricht. Der Krankenwagen holt sie ab, und sie nimmt Abschied vom Hause mit unbeschreiblichem Blick … Alle Kinder der Straße stehen Spalier und gucken ins Auto mit dem Tragbett und dem Sanitäter. Das ist das letzte Hochgefühl der Sterbenden, es ist so, als erlebte sie die Ehren ihres Begräbnisses mit, sie ist das Gespräch der Straße …

Das Begräbnis – es ist das Einzige, wofür man gespart hat. Das war der große Ehrgeiz: eine feine Leiche! Man versagte sich alles: Arzt und Medizin, das Kino in guten Tagen und den Ausflug nach Tegel oder Treptow. Aber in die Sterbekasse wurde pünktlich gezahlt. War man im Leben nichts, ein Dreck, nun will man doch wenigstens »ne scheene Leiche sind«. Zweiter Klasse. Mit Grünes um den Sarg, Pastor und Harmonium. Drinnen, im noblen Eichensarg, wie man zerschmerzt, verhungert da drinnen lag, das war gleich.

Ich ließ Mutter allein. Ich lief, plötzlich uralt geworden, ich wusste nichts weiter auf der Welt als: Mutter …

Wenn sie starb! …

Ich musste Geld haben! Vielleicht stand sie nicht mehr auf, und dann … Aber wie! Woher! Niemand war da. Wir waren ganz allein …

Ich stellte mich vor das leere Buttergeschäft, es wurde erst um vier aufgemacht, jetzt war es zwei. Siebzig Leute standen schon da, saßen auf Feldstühlchen, redeten nicht, waren stumpf, kraftlos, entseelt. Ein guter Alter fragte mich, warum ich zitterte. Und da stammelte ich:

»Mutter ist so krank …«

Nun belebten sie sich. Aus Neugierde viele, aus Mitgefühl manche. Eine junge Frau sagte:

»Gib mir man deine Marken, Theodor, ich bring euch den Mist. Lauf du zu Muttern, lass ihr nich alleene. Wer weiß, vielleicht …«

O der Engel …

Ich lief. Und da schlief Mutter. Fest. Ganz blass, laut atmend, von den Schmerzen entnervt.

Ich stand am Bett und sah sie an und wusste nur: Es tat weh … Weh, wie noch niemals etwas …

Aber die Wäsche wartete. Und lautlos begann ich zu waschen, ich rieb, bis ich schwitzte. So, jetzt, zu spät, begann ich Mutters Leben zu leben. Also so ist es: waschen … Fünf Tage in der Woche wusch Mutter so fremde Wäsche, wusch Schweiß und Parfüm und Gestank, Krankheit und Liebe aus fremder Wäsche, und am sechsten hatte sie Zeit, sich der eigenen anzunehmen. Ich wusch mit heißer Lust, mit schmerzlichem Glück: Ich tat Mutters Arbeit …

Sie schlief. O Glück, sie schlief. Sie schlief sich gesund. Sie war ja nicht krank. Ein zufälliger Schmerz. Vielleicht hatte sie Hunger. So belog ich mich, während ich rieb und wrang.

Dann hatte ich einen Einfall. Ich musste wieder Geld herbeischaffen und hatte einen Plan.

Mutter stand gegen Abend auf, jagte mich vom Trog und tat, als hätte sie nie gelitten. Henny und Mark kamen von immer verschwiegenen Unternehmungen. Sie hatten immer irgendeinen Leckerbissen, Schokolade, ein Tütchen Zucker, Pfefferminztabletten.

»Von 'n Soldaten«, sagten sie. »Urlauber.«

Es war nichts aus ihnen herauszubekommen.

Ich log Mutter an, ich hätte mich mit Schulkameraden verabredet, in die Stadt zu gehen. Sie ließ mich fort, ohne es mir zu glauben. Denn ich tat das ja nie.

Ich saß immer zu Haus und las. Seit die Villa für mich verloren war, hatte ich auch keine Bücher mehr, aber nun las ich in der Volksbibliothek. Ich hatte einfach beim ersten Buch des Katalogs angefangen und überschlug nur, wenn ein Titel mir nichts sagte und nichts verhieß. Ich habe kaum je ein Kinderbuch gelesen, erst als erwachsener Mensch Andersen und Grimm. Ich las aber leichte französische und englische Bücher, abends mit Mutter zusammen. Stefan hatte mir seine lateinische und griechische Grammatik dagelassen, und ich arbeitete mich da mit hundert Irrtümern langsam hindurch. Noch immer war ich aufs Wissen versessen, ich konnte nie genug bekommen, ich hätte noch Chinesisch und Arabisch lernen mögen. Die hebräischen Druckbuchstaben brachte mir Mutter bei.

Ich hatte für den Abend meinen Plan. Ich brach früh auf, und da ich kein Geld für die Elektrische hatte, wanderte ich durch die ganze Stadt. Es wurde dunkel, und ganz wenige Laternen brannten. Was war es denn für eine Jahreszeit? …

Das wissen wir Proletarier gar nicht immer. Wenn man uns unverhofft fragt, müssen wir uns immer erst umsehen, müssen erst nachsehen: Scheint die Sonne? Regnet es? Blüht es? Ist es verdorrt? So stumpf sind wir, so von Natur verbannt. Wenn wir in der Stube frieren, wissen wir: Es ist Winter …

Wenn wir nachts auf dem Strohsack schwitzen, ist es klar: Sommer …

Jetzt – ja, es war ja ein schwüler Abend, Staub stand in der unbewegten Luft, die Stadt war still, selbst am Alexanderplatz. Es war Sommer.

Der Sommer neunzehnhundertachtzehn …

Das Unglück lag schon in dieser trüben Luft. Es verschleierte die paar Laternen, die brannten. Es beugte die Leute auf der Straße noch tiefer. Die Stadt war versunken in ein erstickend schweres Element …

Manchmal ging, lahmend, ein Offizier an mir vorbei oder eine saubere Frau: Dann streckte ich meine Hand aus und murmelte.

Ich murmelte in mich hinein:

»O, Mutter, vergib mir …«

Aber vor mir hatten schon Ungezählte ebenso ihre Hände ausgestreckt nach den Gutgekleideten, Vornehmen, Reichgebliebenen. Ich kam zu spät, es war nichts mehr für mich da …

Ich blieb am Bahnhof Alexanderplatz stehen, da strömten zerfurchte Soldaten auf die Bahnsteige; noch einmal hinaus … Tränenlose Frauen begleiteten sie und kamen noch tränenloser zurück. Nur die Kinder an ihrer Hand weinten. Autos fuhren vor, und behäbige Herren stiegen aus, die Schieber und Kriegsgeräthändler, die in andere Städte, in Hauptquartiere reisten, um das zu Ende gehende Geschäft mit dem Menschenfleisch noch einmal anzustacheln. Hohe Offiziere kamen und schnarrten und waren so sauber: Nie hatte ein Tropfen Schlamm der Schützengräben, ein Tropfen Blut ihrer Mannschaften, ein Körnchen Erde unterm Platzen des Schrapnells sie angespritzt!

Da bekam ich etwas. Die werdenden Witwen erbarmten sich meines flehenden Blicks; die Schieber beruhigten ihr Gewissen, indem sie mir die kleinste Kriegsnote in die Finger schoben, Generäle nahmen sich des Volks, der Kinder ihrer Opfer an und schenkten mir eine Papiermark. So viel kostete eine ihrer Zigaretten …

Ich stopfte meine Taschen voll …

Der Strom versiegte, es wurde auch hier leer, nur noch halb volle Stadtbahnzüge rollten über mir, da lief ich weiter. Die Königstraße war wie ausgestorben, nur vor dem beleuchteten Rathaus wurde es lebhafter. Der Schlossplatz lag wie ein Totenfeld. Im Riesenbau des Schlosses kein Fenster hell. Die Kaiserin betete in Potsdam.

Aber Unter den Linden! Da gleißten Cafés, und die Hotels waren überfüllt. Urlauber genossen die Stadt, was gesund war und nichts zu fürchten hatte, promenierte. Nun war ich nicht mehr allein. Hundert Kinder bettelten, Frauen, Greise hielten zitternde Hände hin. Die Schutzleute taten, als sähen sie uns nicht. Sie waren menschlich geworden in der Unmenschlichkeit.

Ich war fix, ich war der Erste, der die Tür des Autos aufriss, das vor dem Café hielt. Die andern Jungen stießen mich fort, man riss mir das Papiergeld aus den Fingern, das schon zerschlissene ging in Fetzen. Ich lief vor das Theater, das eben schloss, riss einen Wagenschlag auf, hob ein entfallenes Täschchen auf. Geschminkte, Duftende sagten nicht einmal danke.

»Weg da!«, rief ein Herr und hatte Angst, mir einen Goldpfennig geben zu müssen, und fuhr mit seiner Frau dieser Nacht in ein geheimes Restaurant, wo es Geflügel und Hummer, Schlagsahne und Mokka gab …

Dieses wurde nun mein Abendwerk …

Mutter musste ihren alten Kunden den Lohn stunden, man gab vor, nichts zu haben, zahlte nach Wochen das schon entwertete Geld, und wieder hätten wir hungern müssen, wenn ich nicht gewesen und gebettelt hätte.

Ich hatte die Schule schon verlassen, ich besuchte die Fortbildungsklassen, alles mir Erreichbare nahm ich mit. Es war noch nicht die Rede davon, was ich werden sollte. Vorläufig trieb ich mich in der Stadt herum und bettelte. Ich trug an den Bahnhöfen den Leuten ihr Gepäck zur Elektrischen, zur Untergrundbahn. Aber ich war nicht stark. Fünfzehnjährig war ich noch immer dürftig, hundemager, blass.

»Dein ganzes Gesichtel ist Auge«, sagte Mutter oft, indem sie meinen Kopf zwischen ihren krumm gewordenen knochigen Fingern hielt und mich in brennender Liebe ansah. Jetzt öfter denn je. Als ahnte sie, die Zeit sei gemessen, in der sie mich noch schauen konnte. Je mehr ihr Leib verfiel, desto nackter, entfesselter wurde ihr Herz. Sie konnte mich an sich pressen, in ihr Skelett hinein, das ich spürte; sie wollte mich nicht allein lassen, wollte mich zurücknehmen in ihr Inneres, vielleicht auch, um nicht so furchtbar allein zu sein, wenn der Schmerz sie anfiel, wenn sie – hundertmal, ehe sie starb – sich zu sterben anschickte. Sie presste mich mit der letzten Gewalt ihres Könnens an sich, vergaß, dass sie es tat, und blieb so, eine halbe Stunde lang, regungslos, in einen himmlischen Traum verzaubert: Ich war in ihr …

Mitten in der Nacht, im Schlafe, sie und ich schlafend, ergriff sie mich so und grub mich in ihren Leib. Oder um den Schmerz zu betäuben? … Sie küsste meine Hände.

»Vergib mir, Liebling. Wie ich dich quäle …«

Ich sah sie sterben …

Und ich half mir selbst, wenn ich nun meine Tage und Nächte, so viele ich freilügen konnte, auf den Straßen zubrachte. Ich fuhr in den Westen, nach dem Kurfürstendamm, dort wohnt der Reichtum. Aber da war nicht viel zu holen. Da saßen schon an allen Gartengittern Bettler und Invalide, und Geiger spielten am Straßenrand, und Kinder verkauften Streichhölzer. Am Bahnhof Zoologischer Garten wäre es besser gewesen, aber da jagten mich die Jungen fort, die dort ihre Stammplätze hatten.

Aber ich sprach doch mit ihnen und hörte und lernte. Ich konnte ja arbeiten.

So verkaufte ich Extrablätter, ich ging in eine große Zeitung, und man vertraute mir, ich ließ Mütze und Jacke zum Pfand, da bekam ich hundert Blätter. Ich ging jeden Morgen um fünf in ein Hotel am Stettiner Bahnhof und putzte Schuhe bis sieben und lief dann in die Fortbildungsschule. Mittags wusch ich in der Rossschlächterei in der Koloniestraße den blutigen Schlachtraum auf oder den Laden, der mittags geschlossen war, die Tische machte ich sauber – das war eine bittere Arbeit. Blut und Knochensplitter und das zerstückelte Tier … Und im Sommer verdarb das Fleisch so schnell, es roch nach Verwesung, ein Pferdekopf, beim Abfall, fletschte mich lautlos Hilfe schreiend an … Aber ich bekam dafür kein Geld: ein Stück Fleisch, Pferdeleber, Wurst.

Ich konnte das nie essen, das Tier, sein Tod war mir zu nah gewesen. Auch Mutter aß nie davon. Aber Henny und Mark aßen es mit Heißhunger.

Ich schrie im Schlaf:

»O Pferd! O Pferd!«

Und es schüttelte mich.

Mutter weckte mich.

»Vergib mir, Liebling, vergib mir. Ich bin schuld, ich lasse euch hungern. O Teddy, Liebling, sollen wir …«

Sie stockte. Sie presste mich an ihre verdorrte Brust und flüsterte in mein Haar:

»Wir haben ja kein Gas. Sollen wir ins Wasser gehen? Oder Kohlendunst? Teddy, Liebling, sollen wir?«

Sie flüsterte es wie ein Gottesgeheimnis … Ich rührte mich nicht. O! Nein! Ich wollte nicht … Aber wenn sie wollte, ging ich mit. Ich ließe sie nie allein, nie.

»Aber Henny! Und Mark!«

Und ich richtete mich auf und umfasste ihr hageres Gesicht.

»Henny – und Mark …«, hauchte sie – wie fremde Namen, als müsste sie sich erst besinnen. »Ja, natürlich, Henny – und Mark …«

Am Nachmittag stellte ich mich an. Henny stellte sich an. Mark stellte sich an. Um Brot, Speck, Gerste, Talg.

Nein, im vierten Jahr des Blutes ging es den Armen nicht mehr gut. Aber wir standen in den Polonaisen und hatten jetzt Geld, die Marken einzulösen. Ich brachte es ja heim.

Abends, um zehn, musste ich in ein Café am Oranienburger Tor. Dort saßen die besseren Zuhälter und erwarteten ihre Mädchen zur Abrechnung, tranken, klopften Skat und schliefen. Ich wusch Tassen und rieb die Blechlöffel blank. Ich bekam dort Kuchen, aber ich musste ihn aufessen, sonst gab ihn mir die Kaffeeköchin nicht. Sie dachte, ich würde ihn verkaufen, und sie fand, er sollte in meinen Magen hinein, denn ich sei so miesepetrig und pimplig. Ich bekam auch das, was da als Kaffee ging. Und schließlich Geld. Die Köchin, Fanny, war eine gute Seele. Als sie herausbekam, dass Mutter so elend war, bekam ich oft einen Topf Kaffee mit. Aber den nahmen mir auf dem Heimweg oft Männer, Frauen, Jungen fort. Sie rochen die Gerste, die da dampfte, griffen einfach nach dem Topf und schlugen mich nieder. Wenn sie freundlich waren, tranken sie ihn auf der Stelle aus und stellten ihn dann neben mich. Aber manchmal nahmen sie ihn auch mit und gaben mir, der ich weinend auf der Erde saß, einen Tritt, jetzt einen gutmütigen.

»Hab dir man nich so, olle Heultute.«

Ich war feige, schwach, weinerlich, immer hilflos vor Gemeinheit …

Nun, ich verdiente. Das Schwierigste war immer, das Geld schnell umzusetzen, ehe die Papiermark fiel. Was sollte man kaufen? Es gab ja nichts, alles war rationiert. Aber wenigstens brauchten wir keine Marken verfallen zu lassen. Wie viele von uns liefen mit ihren Bons in die Stadt und boten sie den noch immer Reichen an, bekamen sie auch gut bezahlt – aber was taten sie mit dem Gelde? Wozu nützte es ihnen?

Und so überfiel alle eine tolle Gier, es auszugeben. Jeden Pfennig aus dem Hause. Lieber vergeuden als verfaulen lassen.

Und ich konnte auch Mutter überreden, nicht zu sparen. Sie fühlte sich wohl so elend, dass sie alles mir überließ. Sie legte das Dasein in meine kleinen Hände, sie überließ das Leben mir. Sie atmete noch nicht auf, es erleichterte sie kaum, vielleicht im Gegenteil war sie tief unglücklich, dass sie mich Kind schon mit der Sorge um den Tag belasten musste. Aber sie arbeitete nur noch und kümmerte sich nicht mehr um die Verwandlung des Geldes in Brot und Salz. Es befiel sie eine schreckliche Gleichgültigkeit. Sie fragte nicht einmal mehr immer:

»Wo warst du? – Was hast du heut gemacht? – Woher kommt das Geld?«

Sie schied schon ab … Es ging sie nichts mehr an. Nur ich selbst noch. Waren wir zusammen, so hing ihr Blick an jedem Schritt von mir, jeder Bewegung, hing an meinen Augen, meinem Mund.

»Iss«, flehte sie, »trink. Du bist so blass. Ich habe keinen Hunger, ich kann nicht …«

Ich sah, sie konnte wirklich nicht. Sie wurde mit dem Kauen eines Bissens nicht mehr fertig, sie würgte ihn mit Widerwillen hinab. Und oft stieg ihr das Bisschen wieder hoch, sie gab es von sich, würgend und ächzend, in den Knien zusammenbrechend.

»Einen Arzt«, flehte ich.

Aber sie sah mich so verzweifelt an, so energisch, dass ich ohne ihren Willen es nicht wagte.

»Arzt«, sagte sie verächtlich. »Im besten Falle kann er konstatieren. Aber helfen …? Wehe dir, Junge.«

Sie sah mich drohend an. Niemals sonst hatte sie mich so angesehen.

»Esst, Kinder, esst!«, bat sie Henny und Mark.

Sie war so zärtlich zu ihnen, sie musste sie immer berühren, aber ich – ich spürte die Anstrengung ihrer Finger, fast den Widerwillen in den Nerven. Immer mehr wurden sie Vaters Kinder, immer fremder wurden sie ihr, vielleicht grauenvoll, wie Albdruck beängstigend. Und ich als Vaters Kind wieder liebte sie sehr. Ich liebte in ihnen den nie gewesenen, unmöglichen Vater, in ihnen kam er zu mir, menschlich greifbar, schuldlos, da er Kind war.

Wir waren ganz allein. Ich schrieb damals nicht mehr an Stefan, und Frau Nina schickte ganz selten ein Paket. Auch im Gebirge ging es schlecht. Wenn der Wind von Westen stand, schrieb sie, hörte sie immer noch die Kanonen des Krieges. Und sie konnte sie nicht mehr hören.

»Mein Mann schreibt selten«, schrieb sie zum Schluss. »Es sieht nicht gut bei den Unseren aus. Gott steh uns bei.«

Ich sollte eingesegnet werden. Alles war unwichtig. Der Krieg spielte auch keine Rolle mehr. Wir hatten den Tod im Hause, den bittersten, den schleichenden. Draußen war doch der rasche, der plötzliche. Aber da dachte ich an die Lazarette, was ich daraus gehört hatte.

Aus unserm Haus war eine junge Frau nach Köln gefahren, man hatte ihr mitgeteilt, dass ihr Mann dort im Lazarett lag. Sie kam nie mehr zurück – später hörten wir: Sie hatte ihn mühsam gefunden und sich mit Gewalt Eingang verschafft. Ein gutmütiger Pfleger hatte sie hineingeschmuggelt, weil der Mann Tag und Nacht nach ihr rief. Sie kam nachts, in dreißig Betten wanderten Augen mit ihr den schmalen Gang zwischen ihnen entlang, das war das Letzte: Dreißig junge Männer konnten nur noch sehen, nie mehr gehen, nie mehr Arme heben, sie waren Rumpf.

Und ihr Mann sah sie nicht einmal, er war blind geschossen, er hörte nur noch, weiter war nichts von ihm da als Brust und Bauch. Sie hatte die Decke zurückgeschlagen, als er sie nicht umarmte, und da lag ein weißes Bündel, wie Kinder aus Lumpen sich Puppen drehen, in weißen Binden ein gliederloser Leib …

Sie war wahnsinnig geworden, und man konnte sie nicht mehr zurückschicken …

So habe ich den Krieg erlebt, und alle seine Schrecken versanken vor Mutters erstem Wehelaut.

Waffenstillstand kam, Friede, Kaiserflucht und Revolution. Wir hörten die Maschinengewehre vom Schlossplatz, und Transportautos mit Matrosen kamen auch durch unser

Elendsviertel gerasselt. Unsere Straßen waren entvölkert. Alles lief in die rauchende, blutende Stadt. Alle Frauen waren unterwegs. Waren sie vom Krieg ausgeschlossen gewesen, wollten sie doch Revolution mitmachen. Viele hatten noch kein Blut gesehen, keine Mauer, splitternd unter Granate, kein Dach in Flammen.

Aus der Stadt drang dumpfes Getöse. Ganz Alte hockten in den Torwegen und hielten es für den Untergang der Welt, sie begriffen nichts mehr. Mit Siegerjubel kehrten Züge von Männern, Arbeiter, abgerissene Soldaten, von Wut dampfende Matrosen in unsere nächtlichen Straßen zurück. Man tanzte und schoss auf den Plätzen. Man sang und legte Feuer. Man plünderte Läden und erzählte Schützengrabenwitze. Sie schwangen Achselstücke als Trophäen und Degen und knallten aus Offiziersrevolvern in die Luft, in friedliche Stuben. Man erzählte von Gefallenen und von der Schlacht am Marstall und den Barrikaden in der Jerusalemerstraße.

»Geh, Teddy«, flüsterte Mutter. »Pass auf Henny und Mark auf. Wo sind die Kinder? Hör doch, was los ist. Man muss doch wissen, man lebt ja noch. Geh nur. Mir geht es gut.«

Sie hatte tagelang Schmerzen, und ich sah, wie sie sie von innen her auffraßen; ich sah, wie sie gleichsam nach innen abbröckelte. Ihr Fleisch fiel von ihr ab, die Haut spannte sich um die Knochen, das Leben sammelte sich in den schwarzen Augen, die loderten und glühten und erloschen nur, wenn der Schmerz innen sie anfiel …

Und am nächsten Morgen, ich lief in das Hotel, Stiefel zu putzen, stand sie auf. Wenn ich zwischen Hotel und Schule nach Haus stürzte, nach ihr zu sehen, war sie fort, war sie waschen gegangen; und abends, ehe ich in das Café aufbrach, die Blechlöffel für trunkene Soldaten mit ihren Gratismädchen und für die grölenden Zuhälter zu putzen, kam sie lächelnd, das erwaschene Papiergeld in der Faust. Sie setzte sich nicht hin, um mir zu zeigen, wie kräftig sie sei.

Henny und Mark liefen mit der Revolution mit. O, wie stolz kam Mark am dreizehnten November nachts nach Haus: Er hatte einen Streifschuss an der Backe. Leider verheilte er ohne Narbe. Später glaubte es ihm keiner mehr. Er war so schön, dieser Dreizehnjährige, blond wie Sonne, grauäugig, weiß, stark.

Henny raunte mir zu:

»Alle Mädels laufen ihm nach. Er kann haben, welche er will. Alle stecken ihm was zu. Sieh mal nach, wenn er schläft, er hat die Hosen voll Geld.«

Ich konnte mich nicht enthalten. Ich fragte, innerlich zitternd, die Vierzehnjährige, dieses süße braunhaarige weißhäutige Mädel:

»Und du, Henny?«, fragte ich gewaltsam harmlos. »Und du? Laufen dir nicht die Jungens nach?«

»Ha!«, rief sie. »Hat sich was! Kannst dir denken! So was sollt mir passen! Die Jungens hier? Da pfeif ich drauf! Nee, weißte, Teddy, da muss ein ganz andrer kommen, eh ick spitze. Uff 'n Leim von sone Rotznesen geht deine Schwester noch lange nich. Ich warte! Ich hab Zeit! Jung und schön bleib ich noch lange!«

Aber das, was sie da sagte, mich zu beruhigen, schien mir schlimmer zu klingen als jedes Eingeständnis, das sie mir hätte machen können …

O wunderbar: Es sah so aus, als erholte Mutter sich. Sie begann ein wenig zu essen und es bei sich zu behalten. Ihre abgefallene Haut straffte sich ein wenig. Aber ich war immer zu müde und schlief zu schwer, um nachts zu wachen und ihr Schlafen oder Nichtschlafen zu beobachten. Vielleicht log sie am Tage, um nachts dafür zu büßen, verbiss sich am Waschfaß den Schmerz, um nachts sich ihm auszuliefern. Denn wie hätte sonst, eines Tages, so plötzlich der Zusammenbruch kommen können?

Aber nun, im Wahn ihrer Genesung, erwachte ich wieder zur Welt. Der Krieg war aus, die größere Not begann. Die Republik war da, und die Hoffnung der Armen blühte, um gemäht zu werden. Ich holte nach, was ich versäumt hatte zu wissen: was eigentlich geschehen war. Ich las alte Zeitungen, in den Volkslesehallen neue Broschüren. Mein Tag von siebzehn Stunden war maßlos überfüllt. Als ich zum ersten Mal wieder die griechische Syntax aufschlug – o! Lust hob mich himmelhoch …

Ich schrieb an Stefan, ich schrieb an Frau Nina.

Und Nina schrieb wieder. Ganz zuletzt standen fünf stille Worte:

»Mein Mann wird nicht wiederkehren.«

* * *

Ja, mein Leben spiegelte sich ab in den Schicksalen anderer, ich habe mich entwickelt am Miterlebnis. Ich – das sind die andern. Ich – das ist die Gartenstraße, die Jasmunderstraße, ist Stettiner Bahnhof und Humboldthain, sind die Hinterhäuser und Höfe mit Aborthäuschen, Müllkästen, ist die Villa in der

Hochstraße, sind Lehrer, Wohltäter, Freund, Schwester. Ich – das ist der betrunkene Vater und die Mutter, die am Waschfass stirbt, an deren Magen der Krebs frisst, während sie uns in Schlaf singt. Ich – das sind alle die Hungernden, Liebenden, Stehlenden, sich Prügelnden ringsherum, die Selbstmörder und Straßenmädchen, das ist die jungfräuliche Diana und Witwe Gräbert, deren Bett vom Mann nicht kalt werden kann, ist die Wahnsinnige, die ihre Katzen erhängt, und die Gutmütige, die Dienstmädchen von ihrer Frucht befreit.

Ich erzähle nur ein wenig aus einem einzigen Hause im Norden Berlins, aber da stehen Tausende, und in jedem ist die Armut anders, der Schmutz schmutziger, das Elend dunkler. Nein, ich erzähle euch nicht das Schlimmste, längst nicht alles, was ich sah und also erlebte.

Ich erzähle euch auch nichts von den Liebeserlebnissen des Proletarierkindes …

Vielleicht glaubt ihr, ich wäre wirklich ein kleiner Tugendbold und Engel gewesen und brav wie eine Erzählung von Nieritz und Beispiel für böse Buben. Ach, ich war nicht anders als die andern. Und ich sage: Gott sei Dank war ich ein Junge unter Jungen und Bösewicht und Tunichtgut. Ich widerstand den kleinen Mädchen nicht, ich schloss mich nirgends aus, wo es galt, etwas zu erfahren, wo das Leben aufging. Aber ich will nichts weitersagen. Nicht aus Scham, nicht aus Feigheit, aber aus Einsicht in die Vergeblichkeit.

Wir Armen – oft schien mir unser Laster rein und jedenfalls heiter, noch nicht ganz gottverlassen, da es sich zu sich bekennt, wenn ich es mit dem Laster der andern Welt verglich. Denn die holt uns ja, um es zu raffinieren, es mit letzter Verruchtheit zu sättigen.

Wussten wir nicht alle, wir Jungen von vierzehn, dass wir Geld verdienen konnten, wenn wir in den Westen zogen, in ein kleines harmloses Café, das ältere Damen schnell durchquerten, um einem oder zweien von uns zu winken? Wir wussten, es war erfolgreich, ohne Kragen dahin zu gehen, ohne Hemd – o, wie gelegen uns das kam! Mit nackten Knien, Kopf unbedeckt. Das da habe ich nie versucht. Ich war so klein, so dürftig und kümmerlich, blass und hässlich. Ich traute mich nie mit den andern dahin, wo man mit seinem weißen, flaumigen Fleisch Geschäfte machen konnte. Ich misstraute dem Reiz meines Fleisches.

Wir waren unschuldig im Laster, wir verbargen es gar nicht. Als Milly Böttcher mit vierzehn schwanger wurde, trug sie es unter uns Kindern mit Stolz, wir mussten fühlen und untersuchen, und wir waren ganz erschlagen von Respekt vor ihr. Die Großen – denen verschwieg man viel. Die stellten sich falsch ein, die verstanden nicht, die machten aus dem Natürlichsten und Einfachsten eine Staatsaffäre.

Ich war mit fünfzehn ein wissendes Kind, mir war nichts mehr fremd, ich tat – trotz Angebot und Aufforderung – nichts gegen Trieb und Natur, ich machte nicht alle Abenteuer der Kameraden mit, auf dunklen Plätzen, in Badeanstalten, aber meiner Natur mich zu widersetzen, war mir nie in den Sinn gekommen. Nein, es gab keine Liebeswahl. Liebe … Das war auf einem andern Stern, Liebe hatte nichts mit dem bloßen Fleisch zu tun. Es gab Liebe … Und es gab Lust. Und der Lust mich versagen, wenn sie möglich war … Sie kostete ja nichts!

* * *

»Ich habe nur einen Freund: das Echo …«

So traurig war ich oft, so innerlich allein, dass ich mit diesen Worten meine Einsamkeit verzierte. Ich glaube, ich hatte sie einmal bei Kierkegaard gelesen, in einem der hundert Bücher, die ich mir aus der Villa mitgenommen und eingesogen hatte mit der verzweifelten Gier eines verdurstenden Wüstenwanderers.

Niemand ist da für dich, dachte ich oft. Nichts hast du als den sehnsuchtsvollen Widerklang deines eigenen Rufs ins Leere.

Die Mutter war da, und ich liebte sie. Und später, als sie fort war, wusste ich auch: Ihr Dasein war genug gewesen, aber damals wollte ich noch anderes, ich hätte so leidenschaftlich gern mit irgendeinem Geliebten von mir reden wollen …

Mutter …

Im Jahre neunzehn verlor ich sie …

Sie ging noch immer, fünfmal in der Woche, in Kundenhäuser und wusch in den steinernen Küchen, im Keller oder auf dem Boden, einmal wusch sie zu Haus für Fremde. Ich erinnere mich, dass sie an einem einzigen Sonntag die Stadt verließ, Luft des Waldes, der Felder atmete, sie arbeitete am Sonntag für uns. Bisweilen führte ich sie auf eine Stunde in den Hain, und da saßen wir stumm und froh.

An einem Montag kam sie früh nach Haus. Schon am Nachmittag. Ich saß am Fenster und schrieb Adressen. Es war Mai, und selbst in unsern stinkenden Hof strömte die Süßigkeit des Tages ein klein wenig, die Holdheit des neuen Lichts.

Sie kam und fiel aufs Bett. Der Schmerz verkrampfte sie

so, dass sie nicht sprechen konnte. Aber sie wollte mir zulächeln, doch die Augen brachen ihr von dem Feuer, das sie innen verbrannte.

Am Abend holte ich den Arzt, es war der erste, der zu uns kam. Es hatte nie große Krankheit bei uns gegeben. Selbst unsere Masern hatte Mutter allein kuriert.

Er sah sie an. Sie lag schon wie ein Restchen Knochen und Haut im Bett, aufgefressen vom Krebs. Ich sah, wie er sie entblößte, ich sah zum ersten Mal meiner Mutter Leib, meines Lebens Schoß, und ich sah da die ganze Ungerechtigkeit des Daseins, des Schöpfers abgewandten Blick, sein erhabenes Vergessen seiner Kreatur, seine Erbarmungslosigkeit und Taubheit. Ich sah da den Menschen am Kreuz, die Mutter auf dem Rost ihrer Liebe, den ganzen Jammer der Menschheit.

»Ich verstehe das nicht«, sagte der Arzt. »Wie war es möglich, Frau, dass Sie sich bis heut geschleppt haben, dass Sie bis heut arbeiten konnten! Aber jetzt Schluss. Noch heut kommen Sie in die Charité. Ich werde um einen Wagen telefonieren …«

Er hörte auf, als er ihren Blick sah. Auch ich las ihren letzten Wunsch darin: Sie wollte bei mir sterben. Ich sollte bei ihr bleiben. Sie sah mich an …

»Na schön«, sagte der gute Mann, er verstand sie. Er hatte seine Kranken zwischen Badstraße und Stettiner Bahnhof und kannte uns. »Bleiben Sie zu Haus. Aber wer sieht nach Ihnen, wer besorgt Sie?«

Er folgte ihrem Blick: ich stand hinter ihm, ein kleiner, magerer Junge.

»Ich«, sagte ich.

»Junge«, rief der Arzt, »du mit deinen dreizehn Jahren. Und die Schule?«

»Sechzehn«, flüsterte Mutter. »Er verdient schon.«

»Sechzehn! Was! Na, ich muss dich auch mal abklopfen, he? Komm mal zu mir. – Adieu, Frau, tapfer sein, Sie verstehen sich ja drauf. Komm gleich mit, Junge, wir holen was in der Apotheke. Sie sollen keine Schmerzen mehr haben.«

Ehe er ging, machte er ihr eine Injektion. Mutter sah mich bei allem unverwandt an. Plötzlich entspannte sich ihr Gesicht, sie dehnte sich, wie aus eiserner Faust losgelassen, und ich sah schon: Sie stirbt …

Aber nur das Morphium wirkte. Die erste wonnige Stunde Mutters brach an, der erste leichte Seufzer entfloh ihr, zum ersten Mal in seliger Gedankenlosigkeit schloss sie die Augen und glitt in Schlummer.

Sie musste sterben, um aufatmen zu können … Aber so sterben eben unsere Mütter … Das Leben Arbeit und Schmerz und der Tod Ausruhen und Lust …

Sie starb schon am Donnerstag, ehe ich müde geworden war, ihr zu dienen, ehe ich nach Schlaf verlangte. Ich habe ihr in ihren letzten drei Tagen keine Minute entzogen, ich war immer im Bereich ihres Blickes, ihres Flüsterns.

Sie sprach kaum noch.

Einmal bewegten sie irdische Gedanken.

»Begräbnisgeld«, hauchte sie. »Ach Gott …«

Sie hatte Geld gut bei einigen Kunden. Sie flüsterte es mir zu.

»Und ihr?«, fragte sie in den Raum hinaus, dessen Grenzen sie schon sah, in den von uns bewohnten Raum. »Henny braucht mich nicht mehr und Mark nicht. Aber du, Teddy, Liebling, o – du …«

Sie sah keine Träne in meinen Augen, und ich hoffe, ich bete heute noch, sie möge nie das Zittern meiner dienenden Hände gesehen haben und mein Stummsein nicht verstanden. Hätte ich sprechen müssen, wäre ich verloren gewesen …

In diesen drei Tagen lernte ich den Himmel des Dienens kennen. Diesen Leib zu betreuen war die Gnade. Die Demut, mit der ich eines Menschen letzten leiblichen Verrichtungen half, war Glanz und Seligkeit, darin ich wandelte. Drei Tage waren das Glück. Wir gehörten einander, wie ich nie wusste, dass Menschen sich gehören können. Ihr Leben war das, was ich tat. Und mein Leben war in ihrem Sterben begriffen. Sie starb nicht allein, bis zum letzten Atemzug war ich in ihr. Nur als sie verstummte, nahm ich mich zurück. Ich lebte weiter.

Ich wusste: Sie starb. Ich sagte es keinem. Es war Mittag, und die Maisonne schien in unsern Hof. Da spielten die Kinder, Henny und Mark spielten mit ihnen. Ich rief sie nicht. Morgens war der Arzt dagewesen. Draußen hatte er mir gesagt:

»Weißt du, Junge, wie es steht? Weißt du, dass sie jeden Tag erlöschen kann?«

»Ich weiß«, sagte ich ruhig.

»Sie ist ein Held, deine Mutter. Sie hat auch einen Krieg hinter sich. Sie hat gesiegt, wenn du dich tapfer hältst. Du bist ihr Sieg, weißt du das? Lass sie nicht umsonst gekämpft haben.«

»Nein«, sagte ich.

»Nachher – Junge –, nachher willst du mal zu mir kommen? Mit mir reden? Deine Lungen muss ich auch abhören.«

»Ja, Herr Doktor.«

»Adieu. Geh zu ihr. Du wirst dich bald ausruhen können.«

Da lag sie, verhungert … Sie konnte keinen Tropfen Milch genießen, sie hatte seit Wochen nichts mehr gegessen. Es hatte sie verzehrt.

Mittags fielen ihr die Augen zu. Ich sah, wie sie die Lider heben wollte – mich zu sehen, noch einmal, immer wieder, bis ins Drüben hinein: mich … Sie verlangte nicht nach den andern Kindern.

Wir zwei waren ganz allein auf der Welt …

Sie konnte nicht mehr sehen. Da bückte ich mich über sie, ich schob meinen Arm unter sie und flüsterte:

»Mutter, ich bin da … Mutter – Mutter …«

Ich habe das sehr lange geflüstert.

Meine rechte Hand lag auf ihrem Herzen, und ich fühlte es so langsam werden, so leise.

Sie wurde immer schwerer in meinem Arm.

Ich flüsterte:

»Mutter – Mutter … Ich bin da, Mutter … Ich geh ja nicht weg, Mutter … Da bin ich … Mutter … Mutter …«

Ich flüsterte es noch lange, als ihr Herz schon verstummt war und die Kälte ihres Leibes mich durchschauerte. Ich rief sie – denn sie war es nicht mehr, die da lag.

Da lag ein Häuflein Mensch, ein winzig gewordener, entfleischter Leib, ein Haupt, das von stumm gelittenem Schmerz jetzt grässlich entstellt war. Nichts war geblieben als die Rune eines unendlichen Leids, ein zerfallenes Antlitz, ein klaffender Mund, graue Strähnen Haare, Knochen und Haut. Mutter? … Niemals!

Ich rief sie … Aber sie hat mich nie mehr gehört … In der ganzen Welt gab es nur noch mein Echo …

* * *

Ich habe nach vielem in meinem Leben gehungert, als Kind auch nach Brot. – Ich habe nach der Einfalt des ahnungslosen Mitmenschen gehungert, nach einem Vater, nach dem Vertrauen Geliebter, nach der Fähigkeit, kleiner Genüsse teilhaftig zu werden, am wenigsten nach Natur. Die kannte ich ja gar nicht, ich hatte sie nie gesehen, es gab Straßenbäume. Aber Wälder? Es gab verbotenen Rasen. Aber Wiesen? Ich aß Brot. Aber Weizenfelder? Die schmutzige Spree. Aber strömendes, duftendes Gewässer?

Wenn wir einen Schulausflug machten, so wurde gespielt, die Landschaft war ein Gegenstand der Geographie und Botanik. Aber Natur? …

Am meisten hungerte mich immer nach einem: Musik …

Als die Quartette und das Klavier in der Villa für mich verstummten, wurde das Schweigen Schmerz.

Ich lief um die Rummelplätze herum, ihren musikalischen Lärm zu hören, ich stand vor den Kneipen, wenn drinnen das Orchestrion dröhnte oder der Klavierspieler hämmerte, ich hockte vor den Fenstern großer Cafés, an denen sich die Tänze und Arien der kleinen Orchester brachen. Alles war nicht Musik, es war ihre Ausgeburt, ihre Karikatur, aber in allem dennoch etwas von ihr. Mein Ohr deutete den Lärm in Wohlklang um, ich übertrug das Getöse in Getön.

Ich blieb stundenlang unter Fenstern stehen, hinter denen jemand Geige übte. Wenn irgendwo ein Grammophon erklang, drückte ich mich an die Mauer, um durch ihre Poren die Musik einzusaugen.

Ich sparte Pfennig auf Pfennig und ging in große Konzerte. In schrecklicher Verschüchtertheit wegen meiner Kleidung. Kein Hemd unter der Jacke, keine Strümpfe. Aber wenigstens roch ich nicht nach Armut. In Mutters Waschbottichen war gut zu baden. Sauber waren wir immer. Wenn Henny Läuse aus der Schule mitbrachte, ich einen Floh, Mark Wanzen von seinem Nachbarn, o, welche wilden Reinigungen erfolgten zu Haus.

Ich hatte meinen billigsten Platz in der Tasche, aber ich schlich doch wie ein Eindringling in den Saal. Es ist gewiss lächerlich, dass ich von Musik rede, aber sie ist ein Teil meines Lebens, meines Lebens Licht …

Ich hörte d'Albert und nach dem Kriege Busoni, der schon zu sterben begann, den Dämon und den Genius. D'Albert spielte wie ein Besessener und Busoni wie ein Erfüllter. Wenn d'Albert Beethoven spielte, glaubte ich, der Geburt der Sonate beizuwohnen, sie entstand in diesem Augenblick, ein Gott entriss sie sich, der Allseele. Niemals reproduzierte d'Albert, immer schuf er. Man wollte sich verhüllen, die Ohren verstopfen, es war wie Sakrileg, Belauschung der zeugenden Gottheit.

Busoni spielte Mozart. Die Musik war da, gemacht, gegossen, gereinigt, und durch seinen Geist strömte sie uns zu. Das war die hohe Vollendung, schlackenlose Erfüllung. Um Busoni zu begreifen und zu lieben, durfte man nicht mehr jung sein. Weisheit wurde verlangt. Er war die letzte Verklärung, von der nur Reife ergriffen werden kann. Ich, ja, ich war auch alt genug für Busoni. Ihn konnte ich anbeten, aber ich konnte d'Albert lieben. D'Albert entfesselte mich, er machte mich gottestrunken, er gab mir die Freiheit, ins Unmögliche auszuschweifen. Und Busoni nahm mich in die große Verklärung auf, es blieb nichts mehr zu wünschen, die Welt war zu Ende, man war eingegangen ins Unaussprechliche.

Ich hörte unsere Orchester. Und das ist immer für mich das Letzte irdischer Freude geblieben. In diesem Erklingen kosmischer Gesetze und Vorgänge löste sich alles in mir auf, was irdisch festhält. Ich vergesse in keiner Stunde und Handlung meines Lebens die Mutter. Aber im Orchesterklang wird auch sie seliger Teil der Musik, und was ich in sechzehn Jahren mit ihr litt, wird süße Wollust. Ich kenne Gott nicht, ich weiß nichts von ihm, aber seinen Namen gebe ich dem, was Musik macht und ist.

Mit Stefan saß ich über den Partituren und las die Herrlichkeit aus schwarzen Notensystemen. Er lehrte es mich. Ich liebte ihn schon dafür. Dies allein mir gegeben zu haben, hätte mich zu seinem Diener machen müssen.

Seine Musik war nicht die meine. Ihm ging im »LIED VON DER ERDE« nicht das Unsagbare endgültig auf, und in den Fragmenten der »Zehnten« wurde ihm die nackte Zwiesprache des Menschen mit dem All nicht hörbar. Aber mir verhalf er dazu, Stefan, der Geliebte.

Er war wieder da, wieder in Berlin …

Er war mit seiner Mutter wiedergekommen. Zu spät für mich. Ich hatte, schien es mir und war es auch in Wirklichkeit, alles hinter mir, alles – im Tod der Mutter. Sie konnten mir nicht mehr helfen. Aber ich hatte mir schon geholfen, denn ich lebte weiter. Und ohne Mutter weiterleben hieß schon: es tragen, sogar es verwinden.

Sie konnten die Villa nicht beziehen, denn es war noch immer Lazarett darin, ungeheilte Soldaten mit Kopfverletzungen lagen da, man konnte sie nicht entlassen. So mietete Frau Nina eine Wohnung am Kaiserdamm, sie war nicht mehr groß, sechs Zimmer, aber man sah hinaus auf den umzäunten Lietzensee. Es war der schöne Herbst des Jahres neunzehn.

Die Fabrik stellte ihre Kriegsarbeit ein und sich allmählich wieder um. Der alte Prokurist kehrte zurück und führte sie weiter. Und ich kam in die Buchhaltung des Hauses als Lehrling …

Nach dem Tode der Mutter kam viel Unerwartetes. Wir waren allein, ein Vormund musste bestellt werden, und der Armenvorsteher des Reviers, den ich schon kannte, übernahm das Amt. Ich hatte nur einen Wunsch: Wir Geschwister sollten zusammenbleiben, man sollte uns nicht trennen. Aber es ging nicht an – sagte das Gericht –, dass die fünfzehnjährige Henny bei uns halbwüchsigen Jungen bliebe. Unser Vormund erreichte nur, dass ich mit Mark unsere Wohnung behalten durfte. Es war billiger, diese Miete als zwei Schlafstellen zu bezahlen. Wie hart wäre es gewesen, Mutters Küche zu verlassen. Der Armenvater kannte mich und traute mir Ordnung und Einsicht zu.

Aber Henny. Wohin Henny?

Und da sagte sie, sie wolle zur Frau Luise Gräbert gehen. Und die Witwe Gräbert erschien vor dem Vormundschaftsgericht und gab ihre herzlichen Erklärungen ab.

Man zog Erkundigungen ein, nichts belastete sie, und Henny zog in die Grüntalerstraße …

Sie stand mir kaum Rede. Es kam nur heraus, dass sie oft dort gewesen war und Vaters Briefe aus dem Feld gelesen hatte. Sie hatte in dem Gobelinsofa gesessen und im Korbstuhl, sie hatte die Standuhr abgestaubt und den ausgestopften Hund gebürstet, die Gräbert hatte sie verwöhnt mit Kohlrübentorten und Räucherfisch. Es war noch viel mehr zu erfahren, aber sie schwieg. Ich sah in ihren Augen mutwillig versteckte Geheimnisse.

»Henny«, bat ich, »Frau Falk würde dich zu sich kommen lassen.«

Sie war noch nicht in Berlin, als all das erledigt wurde.

»Ich brauche ihr nur zu schreiben, Henny.«

»Damit ich mein Leben lang Dienstmädchen bleibe? Danke vor Backobst, mein Lieber! Nee, mit deinen Herrschaften will ich nichts zu tun haben. Ich werde selbst Herrschaft werden. Wart nur.«

Ich hatte keine Macht über Henny. Dabei liebte sie mich. Ein bisschen spöttisch und überlegen und verächtlich. Denn sie hielt mich für tugendhaft und brav. So packte sie ihr Häuflein Wäsche und Garderobe. Ich sah ihr zu. Sie stand vor der Kommodenschublade, in die ich Mutters Sachen gelegt, und starrte in sie hinab. Sie stand lange so, und ich rief sie an. Sie bewegte sich nicht.

Ich lief zu ihr, da riss sie sich los, drehte sich weg. Aber ich hatte gesehen, wie es in ihrem Gesicht kämpfte. Sie bezwang Tränen, sie wollte nicht.

Damals, bei Mutters Tod, hatte sie gejammert und geschrien. Es war ein Armenbegräbnis, ich hatte Mutters Guthaben nirgends bekommen. Henny hatte an dem Grabe geschluchzt und gezittert, um dann plötzlich still zu werden. Und erst jetzt wieder sah ich: Sie litt.

Sie stieß die Schublade zu.

»Nimm dir«, sagte ich leise. »Was du willst, Henny.«

»Nichts«, sagte sie. »Nein, nichts von Mutter. Das soll hierbleiben.«

Und schon bei diesen Worten ahnte ich: Sie will nichts von Mutters Gegenwart dort, wohin sie kommt, wo sie so lebt, wie es Mutter unglücklich gemacht hätte. Nie ist ein Mädchen mit mehr Vorbedacht und Zielstrebigkeit ihren Weg gegangen.

Aber es geschah etwas, wo ich ihr alles verzieh, alles, was zurücklag, alles, was etwa noch kommen sollte. Etwas, wofür ich sie bis heute liebe, Erbarmen mit ihr habe.

Es war im Herbst, die Bäume schon leer, Oktobersturm reinigte die Stadt; da ging ich aus unserm engen Quartier hinaus, zwischen Bauplätzen und Kohlenlagern, an verlorenen uralten Häusern vorbei, wo die Stadt sich auflöste in Lauben, in unfruchtbare Äcker, in Müllhalden. Ich ging zu der neuen Brücke hinüber, der Hindenburgbrücke, die über die Stettiner Bahn hinweg die großen Boulevards jener Gegend verbindet.

Ich, so naturfremd, liebte diese Landschaft der Stadt. Bei dieser Brücke klafft Berlin großartig weit. Man steht unter dem Himmel, der von Schloten und Lokomotiven, Straßendunst und Menschenruch entstellt und entfärbt ist, seine Wolken sind da trächtig von Schmutz und Zorn. Regen, der da fällt – denkt man –, muss schwarz und stinkend sein. Man sieht, rings um die Brücke, Straßen ihre Häuser fletschen, geifern. Unendliche Plätze, von Tausenden Fenstern umstellt, sind gräßliche Mäuler, die die Stadt aufreißt, Trichter, die Baum und Gras in sich hinabsaugen, dass nur Sand und Schutt übrig bleibt. Fern, im Trüben, Kirchtürme, so gottfern wie möglich; Eisengerüste anderer Brücken; an Brandmauern Traumvisionen riesiger Reklameköpfe, unverständliche Riesenschriften. Laubengelände sind halb versunken, Blumen duften Verwesung hinauf. Die Überlandleitung spannt ihre Drähte von gigantischem Mast zu Mast, schwarzen Gerippen, die Tod enthalten, Hochspannung, der Sturm pfeift darin wie ein Heer von sterbenden Ratten. Es ist menschenleer, ausgestorben, was etwa geht, fährt, ist Schatten. Lokomotiven schrillen unwahrscheinlich. Am Ende der Straßen gleiten Bahnen und Autos wie Träume anderer. Die Häuser scheinen unbewohnt. Plötzlich glühen die Laternen auf, leuchten noch nicht, gespenstisches Zwielicht tötet sie. Abend steigt über die Dächer in verschmutztem Gelb, die Wolken sinken tiefer, es regnet über Pankow, eine schwarze Wand ist da aufgerichtet. Das war so Landschaft, die ich liebte. Dort befiel mich eine Erlösung vom Dasein, ich strömte in diese schreckliche Verlassenheit hinein und empfand die meine nicht mehr.

Dort, an dem windigen Herbstabend, sah ich auf einem Schutthaufen ein Mädchen stehen. Das Haar flog ihr aufgelöst wild um den Kopf, sie hatte die Arme ausgestreckt. Sie war in ihrer Sehnsucht wie auf einen Berg gestiegen und rief – wonach? …

Plötzlich erkannte ich diese schlanken Beine in dem kurzen Rock, die Schultern, den Kopf, der in den Nacken geworfen war. Es war Henny …

Ich lief auf den Schuttkegel zu, sie hörte mich nicht, der Wind schoss an ihr vorbei zu mir, und er trug mir zu, was sie rief.

»Mutter!«, rief sie gellend, verzweifelt, wild verlangend. »Mutter! Mutter!«

Henny – ja, Henny stand auf dem einsamen Müllhaufen und schrie ins Leere nach der Mutter, ein verlassenes Seelchen, ein bangendes Herz …

Auch sie …

Und doch war sie damals schon Laufmädchen bei Tietz in der Brunnenstraße, wo sie die Waren vom Verkaufstisch zur Ausgabe trug, in der Bücherabteilung. Sie lebte bei der Witwe Gräbert und hatte schon Stunden bei Fräulein Valeska Urban …

Ich schlich mich damals fort, sie sollte nicht wissen, dass ich sie da gesehen und belauscht hatte.

Ich hatte mich nie entschließen können, zu Luise Gräbert zu gehen.

Ich hatte mich manchmal abends hingeschlichen, in den Hof, um in die Stube zu schauen. Aber jetzt waren die Vorhänge immer zugezogen. Man hörte nur ein Grammophon, Stimmen, auch die von Männern. Und Mark, der oft hinkam, erzählte mir von abendlichen Festen. Junge Herren kamen, um sich mit der schönen Henny zu unterhalten. Mein Blut erkaltete, wenn Mark mir erzählte, wie diese Herren nicht aus unserm Quartier waren, dass sie aus dem Westen kamen, auch Ausländer gab es, die Delikatessen mitbrachten, Wein, Likör.

Ich hätte wohl zum Vormund gehen müssen. Ihm Bericht geben. Aber wozu? Kann man – o, darf man einen

Menschen vor seinem Schicksal bewahren? Hat man das Recht, einzugreifen in ein Leben? War denn Henny ein Kind? Wie oft habe ich schon gesagt: Wir Armen sind nie Kinder! Henny, mit fünfzehn, kannte das Leben, sie wusste von allem, was man »Gefahr« und »Abweg« nennt, sie wusste Bescheid mit Prostitution, mit nicht eingeschriebenen Dirnen, sie kannte die Sitten der arbeitenden Mädchen, der Witwen. Nie kann ein Mädchen aus unserm Stand verführt werden. Denn sie ist niemals mehr unschuldig. Keiner ist der Erste bei ihr. Sie wächst ja langsamer als ihr Wissen, und ihre Erfahrung kommt so früh, dass sie fast niemals mehr Erlebnis wird. Dafür haben sie aber die Unschuld des Lasters, die erhabene Natürlichkeit der Sitten. Niemals sind sie unmoralisch. Wir sind ein »primitives Volk«.

Und von Mark hatte ich auch erfahren, dass Henny zu Valeska Urban ging. Fräulein Urban hatte in der Oderbergerstraße einen Laden mit Stube gemietet, weil sie aus allen Etagenwohnungen hinausgeworfen war: Ihre Kurse ließen die Decken der unter ihr gelegenen Wohnungen abspringen. Valeska Urban gab dramatischen Unterricht, wie sie es nannte, was aber hieß, dass sie tanzen lehrte, Gymnastik (nach Laban oder Bode, wie man es nennen wollte), dass sie Couplets vortragen lehrte und sentimentale sowohl wie unanständige Gedichte rezitieren, dass sie Filmunterricht gab mit Niedersetzen, Wandeln, in Ohnmachtfallen, auf die Kniestürzen, dass sie junge Mädchen für die Revue dressierte.

Über ihrem Laden stand »Dramatisches Institut«. Das Ladenfenster und die Tür waren üppig mit blau getupftem Mull drapiert, den blauseidene Schleifen rafften. Weiße Vorhänge schlossen die Scheiben aber hermetisch ab. Abends, wenn alles blendend erhellt war und das Grammophon seine Tangos ächzte, versammelten sich die Oderberger- und angrenzenden Straßen vor dem mystischen Laden und lauerten, dass ein Schattenriss auf der Leinwand erschiene, ein Mädchenkörper in Badeanzug, der die Arme reckte und ein Bein nach hinten schmiss. Oder gar zwei in Turnkleidung gaukelten und drehten sich, oder eine Vorgeschrittene wirbelte, auf der großen Zehe stehend, um sie herum. Dann ging ein Ah durch die Menge, ehrfürchtig und entzückt. Selbst die grünen Jungen meckerten und zoteten nicht.

Dort übte, dreimal in der Woche, Henny von acht bis zehn. Denn sie wollte in die Revue ... Weder gedachte sie, bei Tietz Packerin oder Verkäuferin zu werden, noch einen der jungen Arbeiter, die sie bewunderten, zu heiraten. Sie ging zu Tietz wegen der Vormundschaftsbehörde. Um diesen Ausweis zu haben. Heimlich wurde sie Tänzerin, Chormädel. Damals sagte man noch nicht »Girl«.

Das erzählte Mark. Henny kam von Zeit zu Zeit zu uns. Sie kam nicht gern, sie sah sich um, als wäre noch Mutter da und fordere Rechenschaft. Sie küsste mich schnell und lief wieder. Und ich – war schüchtern vor ihr ...

Mark lebte gern bei mir. Er ging noch zur Schule, er war faul und zurückgeblieben. Er trieb sich schon längst mit Mädchen herum, aber dabei noch Kind, in frecher blonder Unschuld. Er spielte ebenso noch mit Murmeln und ließ auf dem Tempelhofer Feld Drachen steigen, wie er mit irgendeiner Emmi oder Trudchen nachts im Humboldthain auf Bänken sich zärtlich ergehen konnte. Man musste ihn lieben, er war der richtige Junge, und ich zitterte nicht um ihn wie um Henny. Und doch kam er unters Rad.

In diesem selben Herbst besann ich mich, nachdem ich sie fast vergessen hatte, wieder auf meine Kunstfertigkeit. Es war die Zeit, ein Jahr nach Friedensschluss, wo das Elend jäh zu wachsen begann, wo das Geld von einer Stunde zur andern entwertet wurde, wo der Mensch vollends an Charakter verdarb und üppigster Luxus und bitterste Not sich ohne Bindeglied trennten. Ausländer überschwemmten die Stadt, Lasterhöhlen entstanden in Häusern des Kurfürstendamms wie in der Brunnenstraße, man konnte mit seinem Fleisch Dollars und Pfunde verdienen. Die Jugend unserer Gegend zog aus in die Gefilde des Westens, in hundert neu eröffnete Lokale, in unterirdische Bordelle und Badstuben. Mädchen aus unserer Straße bezogen Quartier in den aufgegebenen Wohnungen verarmender Reicher, Schulkameraden von mir saßen in engen Mänteln, mit manikürten Händen, gepudert, in amerikanischen Autos. Mütter begannen ihre Kinder abzuschätzen. Wir hungerten …

Um einen Hering zu bekommen, drängten sich verwahrloste Frauen stundenlang vor den halb leeren Läden. Alle bettelten alle an. Sie zogen in den Westen und durchstöberten dort die Müllkästen nach essbarem Abfall. Man bekam Lebensmittelkarten und konnte sie nicht einlösen. Kunsthonig war Himmelsgabe, ein Endchen Ziegenwurst war ein Jahr dieses Lebens wert.

Ich war an einem Sonntagmittag bei Nina Falk. Wir hatten uns satt gegessen, ich hatte in Stefans Schulbücher, herzklopfend, gesehen, er hatte Geige gespielt, er spielte schon wie ein Künstler, und er hatte mir die Notenblätter gezeigt, von ihm beschrieben, unausführbare Symphoniesätze, ein Lied nach rilkeschem Text. Ich fuhr, um daheim noch vieles zu erledigen – ich besorgte ja die Wohnung allein, unser Essen; Mark erledigte die Besorgungen –, früh nachmittags heim.

Ich bekam ein kleines Gehalt in der Fabrik, trotz meiner Anfängerschaft, auf Frau Ninas Anregung. Von ihr bekam auch Mark ein sogenanntes Taschengeld – sie wusste, ich hätte es nicht genommen –, aber es wurde mir ausgezahlt. Mark brachte oft Geld nach Haus, ich merkte nie, dass er viel für sich behielt. Er sagte, er hätte hier und da Gepäck am Bahnhof getragen, hätte Streichhölzer verkauft, einen Autoschlag geöffnet, in der Zentralmarkthalle geholfen. Er war größer als ich und stark, er sah auch älter aus als ich. So schlugen wir uns durch. Ich wurde nicht immer satt – aber ich habe dann alles nachgeholt.

Als ich an diesem Sonntagnachmittag heimkam, war der Hof voll von Kindern. Aber sie spielten nicht. Sie saßen und standen herum, die größeren Mädchen hielten die kleinen Geschwister auf dem Schoß, die Jungen lümmelten sich an die Wand. Der Tischler in seinem Keller hatte seine fünf ins Fenster gesetzt, sie bissen, unter allgemeinem Neid, an einer Kohlrübe herum. Ich hatte nie Trostloseres gesehen. Ich sah zu unsern beiden Fenstern hinauf. Auch Mark war da. An diesem lauen, trüben Tag schien Verzweiflung auf die Stadt zu drücken. Leute lagen in ihren Fenstern, keiner sprach, sie stierten stumm.

Aber mich ergriff es nicht mit. Stattdessen packte mich ein Wille: zu helfen; eine Begier: sie lächeln zu machen, vergessen zu lassen. Und im selben Augenblick wusste ich, wie. Ich wollte ihnen meine Kunststücke zeigen ...

Ich rief sie an, die Kinder. Schon der helle Ruf genügte,

sie aus ihrer Lethargie zu wecken. Ich kam wie das Leben über sie.

»Soll ich mit euch spielen, Kinder? Euch was vormachen? Theater? Kino?«

Viele waren noch nie im Kino gewesen. Aber ich schon ein paarmal. Mit Stefan. Mit Henny und Mark. In der Münzstraße allein, wo ich für den Besitzer oft Filmrollen von einem ins andere Kino getragen hatte. Denn ich habe nicht alles aufgezählt, was ich in diesen Jahren getan habe. Es gibt kaum etwas, was ein Junge tun kann, was ich nicht probiert habe. Ich bin mit einem Mann, der auf einem Wagen Blumenerde herumfuhr, gezogen und habe die Eimer mit Erde in die Etagen hinaufgetragen, in die man uns rief. Das war schwere Arbeit. Ich habe in den Gärtnereien von Pankow Unkraut gejätet und Zettel verteilt: »Privatmittagstisch. Wiener Küche. Vier Gänge. Preiswerter und nahrhafter als in jedem Restaurant. Auch Pension.« Ich habe auf dem Rummelplatz in der Stromstraße ein Karussell gedreht statt des Pferdes, das war auch hart. Und ich habe in den Kriegslazaretten geholfen, den Pflegern, die mir etwas dafür gaben, die ekligen Töpfe und Gefäße zu säubern.

Ich hätte es nie nötig gehabt, ich hätte immer von Falks das bekommen, was ich brauchte. Aber ich wollte nicht.

Und auch jetzt, Lehrling in der Buchhaltung der Papierfabrik, suchte ich feierabends einen Verdienst und fand allerlei. Aber ich hatte nicht viel Zeit. Ich besuchte eine Fachschule, ich lernte Handelsgeographie, Stenographie, Schreibmaschine, Spanisch, da ich Französisch und Englisch ziemlich gut konnte. Ich hatte mir sieben Stunden fürs Bett bestimmt, und die schlief ich immer gut und fest, ohne Träume. Ich musste nur aufhören, an Mutter zu denken, in deren Sterbebett ich lag …

Als ich nun die Kinder anrief, verwandelte sich ihr Dösen in Begeisterung. Alle riefen mir zu. Und da begann ich.

Erst kam ein Offizier, wie er im Krieg gekommen war, schneidig, Weltbesitzer, gotterhaben. Da tauchte ein Rekrut auf, und er grüßte ungenügend. Schon spielte ich ein Duett, ich war Leutnant, ich war Müller III. Ich war ein Junge, der dasteht und zuschaut, den Finger im Mund. Dann war ich die Harfenjule, ich wankte in den Hof und spielte und himmelte zu den Fenstern hinauf. Dann kam ich betrunken, ein alter Säufer, ein Schwein von einem Mann. Ich war seine Frau, die ihn empfängt, keifend und ängstlich zugleich. Ich war das Kind, das sich hinter ihr versteckt.

Alle verstanden mich. Sie fürchteten sich, sie lachten auf, sie schrien »Huh!«.

Ich hatte gar kein Requisit, nur mein Gesicht und den mageren Körper …

Ich hatte vor nichts Respekt. Meinem Ehrgeiz war nichts heilig. Jetzt war ich ein Kriegsblinder, nicht einmal mit Hund. Jetzt war ich ein Beinloser, ein Schütteler. Ich war – o heiliges Gedächtnis! – eine Waschfrau am Trog, und ich starb, wie jedes Kind in diesem Hof schon hatte sterben sehen: der Vater im Delirium, die Mutter am Krebs, die Schwester an Tuberkulose. Ich spielte die Straßendirne, wie sie Männer lockt, und ich spielte den Zuhälter, der um die Ecke späht. Ich war der Schutzmann und der Schaukastendieb.

Es riss mich hin. Ich war ebenso tief im Spiel wie mein Publikum im Schauen. In den Fenstern belebten sich die leblosen Menschen, sie klatschten und riefen. In was für Feuer kam ich. Ideen schossen in mir auf, kaum zu halten. Ganze Szenen entrollten sich in meiner Vorstellung, Blitz auf Blitz, Dramen des Einzelnen, Monologe in stummem Vorgang.

Ich besprach mich, in einer unfreiwilligen Pause, mit dem Tischler im Kellerfenster, der mir verzückt zusah. Ich bekam von ihm einen Sack mit Sägespänen.

Und nun spielte ich eine kleine komische Tragödie. Es war ein im Fluge gekommener Gedanke, ein zufälliger Einfall. Ich spielte vor einem Parkett von verhungerten Proletarierkindern, unter einer Galerie verkommener Frauen, trinkender Männer, kranker Mütter die Geschichte von dem armen Jungen, dem alles missglückt. Es ist schon geradezu komisch, dass ihm und wie ihm alles missglückt. Er gewinnt die Welt und sie zerrinnt ihm unter den Händen.

Ich war also jetzt ein armer Bursche und bettelte in der Mühle. Und siehe da: Der gute Müller schenkt mir einen Sack Mehl. Aber da ist ein Boshafter, und er schneidet ein Loch in den Sack. Denn – so erläuterte ich es meinem hingegeben lauschenden Publikum –, denn der arme Junge liebt dasselbe Mädchen wie der Müllerbursche, und sie will ihn heiraten, wenn er Brot hat. Also hintertreibt es der Müllerbursch.

Ich schultere meinen Sack und ziehe los. Ein weiter Weg … Ich trage schwer, er ist kaum fortzubringen, ich breche fast zusammen, der Schweiß läuft mir hinab. Ich bete zum Gott der Liebenden, ich denke an mein Mädel. – Und siehe da: Die Last wird leichter. Leicht und leichter wird sie, ich recke mich schon unter ihr, ich trage mich stolz, wie Flügel ist der Sack an meiner Schulter … Ach, ich ahne nicht, dass aus dem Loch das Mehl hinaussickert, dass der Sack sich mählich leert, dass die Last mir leicht wird, weil sie gar keine mehr ist, der beschwingende Flügel an der glücklichen Schulter ist ein leerer Sack … Aber da bin ich bei ihr, der so heiß Geliebten, ich knie vor ihr hin, ich bete sie an und breite Sack, Mehl, Brot, meine Liebe, unsere Zukunft vor ihr aus: Da lacht sie! Sie lacht mich aus, ich begreife nicht, sie weist auf den Sack, ich stürze über ihn – kein Mehl, kein Brot, keine Zukunft, keine Hütte. Und während sie lacht und mit dem Müllerburschen fortgeht, sitze ich auf dem Sack und weine … Und alle, die mir zusehen, sehen meine Tränen, sie fließen wirklich. Und Frauen in den Fenstern, die eben noch über mich lachten, weinen mit mir, kleine Mädchen, die vor Vergnügen über meine dumme Ahnungslosigkeit und Einfalt eben noch kreischten, schluchzen mit mir. Auf einmal ist mein Kummer aller Kummer: Wir sind ums Glück, ums Brot, ums Leben betrogen …

Aber wie soll ein Mensch sich unterkriegen lassen? Muss Gutgläubigkeit nicht allen Enttäuschungen trotzen?

Ich richte mich auf, ich gebe es nicht auf, ich breche auf ins Goldgräberland … Zu Fuß. Es ist ein unendlicher Weg, ich laufe mir die Schuhe durch und muss barfuß weiterwandern, die Sonne brennt mir die Jacke in Fetzen, sie fällt mir wie Plunder ab, die Hosen fasern aus, zuletzt lauf ich wie in Badehöschen durch Wälder, Flüsse, Wüsten und komme endlich, endlich, während mir ein Bart gewachsen ist und die Haare auf die Schultern hängen, ins Goldgräberland. Aber da wollen sie keinen Zuwachs, raus mit dem Neuen. Und ein riesiger Kerl nimmt mich vor. Ich bin vor ihm wie die Maus vor dem Elefant, ein Tritt – und sie ist nie gewesen … Das tut er nun. Er hebt Faust und Fuß, und ich klappe zusammen, er haut mich nieder, stampft mich ein in die Erde, so tief es geht. Es geht nicht weiter, grade noch mein Schopf steht wie ein Büschel Gras über dem Feld. Und wie ich mich aus meinem Loch angstvoll recke und schaue, bin ich mutterseelenallein auf dem verlassenen ausgeschöpften Goldgräberfeld …

Ich krieche hervor, ein furchtsamer Wurm, zerschlagen und zertreten – da, was hat mich in der Erde aufgehalten, was ließ nicht zu, dass ich tiefer gestampft war? Ein Stein hat mich aufgehalten, ein Stein? Ein Klumpen Gold! … Er glänzt herauf, und ich wühle, ich grabe ihn aus, ich wälze ihn ans Licht, einen ungeheuren Klumpen Gold, dafür kann ich die Welt kaufen! … O gesegneter Tritt! O gesegnetes Leid! Es bringt verborgene Schätze ans Licht. Jetzt kann ich den Müllerburschen ausstechen, ich kann die Geliebte gewinnen. Brot? Wein und Fasan kann ich ihr bieten! Eine Hütte? Ein Schloss mit Park und Diener kann ich ihr schenken. Und schon sehe ich das alles, das Glück ohne Ende. Und ich setze mich auf meinen Goldklumpen und muss wieder weinen …

Aber wie ihn heimschaffen? Wenn man ihn bei mir entdeckt? Ich bin so klein und schwach …

Herrlicher Gedanke! Ich binde ihn mir auf den Buckel, ziehe eine Jacke darüber, die ich in den verlassenen Goldgräberhütten fand, und kehre als vorläufiger Buckliger zurück …

Ich schlage ein paar Splitter vom Gold, um nicht Not zu leiden bis nach Haus, und trete den seligen Heimweg an. Heim als Millionär! …

Wie schwer ist Gold, wie schwer trägt sich das Glück! Wie hart ist die Welt! Meine Schultern werden wund, aber ich trenne mich Tag und Nacht nicht von meinem Gold.

Endlich komme ich in ein Wirtshaus, ich trinke, ich esse, ich bezahle mit Goldsplittern, und da werden die Männer an den Tischen aufmerksam auf den Krüppel. Man lädt mich zu einer Runde, einer schlägt mir kameradschaftlich auf den riesigen Buckel – siehe da: Er merkt den Braten … Er wechselt Zeichen mit den andern. Man gibt mir stärkeren Schnaps zu trinken, ich werde ahnungslos lustig, ausgelassen, ich erzähle ihnen von meinem Mädchen, ich tanze, ich bin betrunken, ich falle unter den Tisch.

Und da, während ich im tiefen Rausch liege, sehen sie nach, finden das Gold, binden es mir ab, binden mir einen Feldstein auf, setzen mich in den Straßengraben, und da erwache ich morgens, ich begreife nichts, ich habe den ganzen Abend, die Zecherei vergessen, ich fühle nur nach meinem Gold … Ah, es ist da. Und ich raffe mich auf. O, ich bin wie zerschlagen, ich taumele, das Gold scheint mir noch schwerer geworden zu sein …

Diesmal ist es nicht wie mit dem Sack Mehl, diesmal komme ich nicht betrogen und leer bei ihr an …

Ich erreiche das Städtchen, ich lasse mich beim Coiffeur schön machen, ich suche die Geliebte. O, sie hat den Müllerburschen schon geheiratet und lebt in der Windmühle. Ich erspähe sie, o, wie sie über meinen Buckel erschrickt und lacht, da rufe ich ihr zum Fenster hinauf: »Gold …«

Das ist mächtiger als Liebe, Pflicht, Treue, Ehre. Sie verlässt den Mann, das Baby, sie kommt angelaufen, nimmt meine Hand. Nein, kein Kuss! Es ist noch keine Zeit! Weit, weit weg! Durch den sicheren Wald, zur Bahnstation, dann in die schöne Welt. Ach, sie kann es nicht erwarten, sie betastet meinen goldnen Buckel, umarmt ihn, ihn küsst sie! Ich trage die Welt für sie auf meinem blutenden Rücken. Wirklich, siehe da, er blutet, es tropft, mein Blut, es färbt meine Jacke. Sie nimmt sich nicht Zeit, es zu trocknen, aber sie will Zeit haben, das Gold zu sehen. Und da ziehe ich die Jacke aus, drehe mich um, zeige ihr das Gold …

Und sie schreit auf, sie tritt mich in den Rücken, sie speit mich an, sie flucht. Ich falle, der Klumpen Gold rollt mir über den Kopf, er rollt in den Graben, ich halte ihn auf – ein Stein, gemeiner Stein! …

Und sie läuft schon zurück – in die Mühle –, sie dreht sich um und droht, sie schimpft, sie wünscht mir die Hölle an den Hals …

O Stein! Ich sitze auf ihm, der mich betrogen hat. Ach, es ist nichts mit dem Glück. Ich bin verdammt. Nein, jetzt weine ich nicht mehr, ich sehe in den Abgrund meines Lebens …

Dies spiele ich meinem ersten Publikum vor. Ich habe kaum ein Requisit, keine Partner. Aber ich greife den und die heraus, sage, wie sie sich stellen sollen, und sie gehen schnell darauf ein, natürlich und unverbildet, wie sie sind. Alle erfassen es sofort. Noch die Kleinsten verstehen mein Gehaben, mein Wandern und Watscheln, mein Leid und Glück.

Ich könnte so unendlich weiterspielen! Ach, hätte ich doch nur Requisiten! Die Einfälle jagen sich, Bilder in meiner Vorstellung überstürzen sich. Aber es ist ganz dämmerig geworden und kühl. Der Wind hat unsern engen Hof ausgelüftet, alle haben ihren Hunger vergessen, haben vergessen, dass morgen wieder ein Tag ist. O verfluchtes Leben! Sie werden jetzt, um kein Licht zu zünden, auf ihre Strohsäcke gehen, noch immer über mich lachend, diesen tollen Clown, von mir redend werden sie einschlafen. Aber Hunger wird sie wecken, Kinder werden schreien, und man wird den Säuglingen ein Stück alte Brotrinde ins Mäulchen stecken oder den leeren Gummischnuller.

»Det war schnafte, Junge!«, rufen sie mir jetzt zu. »Klasse, Theodor! – Der hat Einfälle wie 'n ollet Haus! – Det is 'n Köppken! Morjen wieder, Teddy! – Viel Dank ooch, Könich! – Hätt wer jedacht, dat so wat in den steckt?«

Und Mark schreit vom Fenster herunter: »Mensch, Bruder, jeliebter Affe, einfach jroßartig! Musst zu 'n Theater!«

Der Hof hatte sich gefüllt. Die Schlafleute waren gekommen. Gebummelt hatten sie gestern Sonnabend, morgen früh ging es an die Arbeit, also heut früh in die Klappe. Und Schlafmutter und Schlafvater winkten ihnen zu und fingen schon an zu erzählen, was sie da versäumt hätten.

»Det sollt ick man jewusst habn«, riefen sie. »Det hätt ick mechten sehn!«

»Jawohl, Fritze, Backobst hättste jestaunt!«

Ein Alter rief:

»Ja, wat denn nu? Amesiert hat er uns, un kriejen kriejt er nischt?«

Alle wurden verlegen. Betretenes Schweigen. Aber ich lachte. Ich rief in ihrer Sprache:

»Nee, da liecht ma janischt dran! So war 't nich jemeint! Det Vajniejen kost nischt.«

Eine Frau sagte:

»Un wenn de ihn dreiste wat anbietst, der nimmt et nich.«

»Stimmt, Frau Knurrhahn«, rief ich und trat ins Haus.

Ein junger schwindsüchtiger Bursch im Dunkel flüsterte:

»Teddy, det war sehr wat Scheenes. Dank dir scheen. Da licht wat drin!«

»Ja, aber nu geh schlafen, Paule.«

»Kann heut nich. Ick hab keen Platz ze liejen. Mutta hat 'n Herrn bei sich.«

»Komm zu mir, Paule. Zu essen jibt's ooch wat.«

Mark war ein guter Junge. Er nahm Paul in sein Bett, ich sollte ungestört schlafen. Frau Nina hatte mir ein Päckchen mitgegeben, Schmalz, Speck, Schwarzbrot, Äpfel. Wir feierten zu dreien etwas wie ein kleines Fest.

Warum war ich bloß so glücklich? …

Die beiden Jungen schliefen schon, das ganze Haus schlief dem Montag zu, aber ich war erfüllt von Lust und Weh. Ich bog mich aus dem Fenster nach der silbernen Mondsichel, die am kalten Himmel hing. Ich vergaß alles, was gewesen, bis auf Mutter …

Ich fühlte sie so nah bei mir, ich verlangte danach, sie zu berühren, zu ihr zu sprechen, zu sagen:

»Dank, Mutter, Dank. Ich bin dein Kind. Und was ich einmal leisten mag: Du schaffst es in mir.«

Ich trat an ihr Bett, in dem ich jetzt schlief. Ich legte mich schlafen, immer wie zu ihr in den Sarg, in die Erde … Und ich ging ins siebzehnte Jahr.

4

Ich muss den letzten Abschnitt meines Lebens erzählen.

Kam ich um? Verkam ich? Verlotterte ich?

Ja, mein Bruder ist ein Dieb und meine Schwester eine Hure. Seit er das Gefängnis verlassen hat, weiß ich nichts mehr von ihm, ich kann ihn nicht finden. Und ich rede an dieser Stelle von Henny, weil ich an diesem Morgen heut einen zärtlichen Brief von ihr aus Cannes bekam. Sie hat, mit vierundzwanzig Jahren, eine Villa dort am Boulevard de la Croisette und zwei Autos in der Garage …

Das sind sie … Aber sie waren auch nicht Mutters Kinder – das war nur ich. Mein Leben ist dein Denkmal, Mutter …

Nach jenem Abend in unserm Hof ging die Zeit so langsam. Die Inflation fraß uns auf, die Stadt verseuchte, und oft schlug der Jammer unseres Hauses über mir zusammen. Ich sah das Fleisch von Kindern fallen, sie hörten zu spielen auf, sie wurden zu schwach zur Lust. Die Männer wurden arbeitslos, und während sie stundenlang anstanden, ihre Unterstützung ausgezahlt zu bekommen, brauchten die Frauen den Tag, um Brot und Schmalz zu erlangen. Alles verkam, die Häuser verloren den Putz, Balkone bröckelten ab, Treppen verfaulten, Dächer stürzten ein, Ratten besetzten die Keller und fraßen die Strohsäcke unter den Schläfern weg. Ungeziefer tauchte auf und trank das letzte Blut der Hungernden. Kleider fielen wie Zunder ab, man konnte sie nicht ersetzen. Schuhe konnten nicht mehr besohlt werden, es gab kein Holz für die Armen, keine Kohle, das Licht wurde unerschwinglich, man schlachtete die Hunde und Katzen und übergab sich nach der ungewohnten Fleischmahlzeit. Man stahl. Man stahl die Latten vom Dachboden und heizte mit ihnen, man stahl die Treppenteppiche aus guten Häusern, um sich zudecken zu können, man stahl Klinken und Griffe von den Türen und verkaufte das Messing beim Althändler. Es gab Unruhen überall. Rote Fahnen tauchten auf, man scharte sich um sie, es gab Schlachten am Lustgarten und Schlossplatz, die Polizei fuhr in riesigen Autos, Gewehr bei Fuß, hinter den harmlosen Aufzügen der Proletarier her.

Ich hatte niemals Zeit, in Politik zu machen. Kommunist zu sein wurde die letzte Freude der Jugend um mich. Sie marschierten den Kurfürstendamm hinab, absichtslos, sie wollten nur sehen, wie es der Luxus trieb. Und sie sahen es, die Internationale verstummte auf ihren Lippen, es blendete sie. Es gab ja wieder Bälle, Tanzsalons, Bars, Dielen. An allen Ecken standen Schlepper und flüsterten von Opiumhöhlen, von Nackttänzen, von verbotenen Genüssen. Autos sausten nachts durch die Stadt, Ausländer kauften Frauen, Kinder. Für ein englisches Pfund, für ein paar Dollars: o, dass man nur eine Tugend zu verkaufen hatte! Mütter schätzten ihre Töchter ab. Greise erhielten ihr Leben von der Schande ihrer jungen Söhne. Die alten Reichen verließen ihre Wohnungen, und Spielsäle taten sich auf, Bordelle, Massagesalons, Kliniken für unvorsichtige Damen.

O, uns stieg das Blut in die Augen. Mussten wir nicht rotsehen? Ich hörte, im Vorbeigehen, wilde Phantasien von Aufstand, von Weltrevolution. Rußlands neuer Stern, das Licht des Sowjets, stand über unsern Elendsquartieren, und sie beteten zu ihm, hofften auf ihn, glaubten an ihn. Abend für Abend traten Redner auf, Frauen wurden beredt, Kinder beherrschten den Jargon der KPD.

Aber am Sonntag immer geriet ich in den Himmel. Nichts gab es da mehr von dieser chaotischen Stadt, dieser zerrütteten Erde. Ich war bei Nina Falk, in reiner Luft, in hohem Gespräch. Stefan spielte Geige, wir trieben Griechisch und Geschichte, er stand vor dem Abiturium. Sein alter Geigenlehrer war wieder da, andere junge Männer kamen, Schulfreunde von ihm, Freunde von Frau Nina aus der alten Zeit.

Ich trug Stefans abgelegte Kleider, enger gemacht und gewendet, ich konnte mich benehmen, ich konnte mitsprechen, meine Hände waren sauber, man sagte mir du im Hause, und keiner der Fremden vermutete in mir den Proletarier. Sie waren mir freundlich gesinnt. Mehr nie. Geliebt hat mich nie einer. Außer Stefan.

Aber keine Frau hat mich bis heut geliebt … Und ich sehne mich …

An einem Sonntagnachmittag bei Falks ließ ich mich verführen, der Gesellschaft meine Kunststücke vorzumachen. Ich besprach mich mit Stefan und einem jungen Mädchen, ein paar Requisiten waren da, und ich führte ihnen meine Pantomimen vor …

Ich war, wenn ich das tat, immer so ganz dabei, dass ich alles um mich vergaß. Ich wusste nicht, ob ich da in unserm engen Hof spielte oder in Frau Ninas schönen, edlen Räumen.

Ich hatte mir noch so viel ausgedacht, die komischsten Szenen mit tragischem Ausgang. Immer vertraue und glaube ich, und immer hält man mich zum Besten. Selbst Hunde bestehlen mich um mein Brot, Kühe trüben die Quelle, aus der ich trinken will, Moskitos vergiften meinen Schlaf. Und wenn ich Glück habe, weiß ich es nicht. Ich erbe ein Los, und es gewinnt die sagenhafte Million, man sucht den Besitzer, ich habe keine Ahnung, ich habe nie nach der Nummer gesehen, ich kenne mein Pech; und ein schönes Mädchen will rauchen, es ist Tabak da, kein Papier. Da gebe ich ihr das unnütze Los – o, ich liebe sie, ich gäbe es ihr wahrscheinlich auch, wenn ich wüsste … Sie rollt sich die Zigarette, sie sieht die Nummer, stutzt – und schon ist sie – mit dem andern! – auf und davon, für meine Million kaufen sie sich ein Auto und schmeißen mich mit dem Kotflügel um.

Hundert solche Geschichten erfand ich, dumme und tiefsinnige, läppische und gefühlvolle. Zuletzt war ich immer allein. Mit meinem Schatten. Ah – mein Schatten! Ein Freund, ein Treuer! Aber auch er … Er wollte nichts von mir wissen, er verließ mich nie, aber er war nie zu haben. Wenn ich ihn umarmen wollte, war er weg. Er stand auf der Mauer vor mir, ich wollte ihn küssen, seine Stirn erreichen, den stummen Mund … Nur Mauer war da, er losch aus. Da schnitt ich mir ihn ab, ich Peter Schlemihl. Was nützte er mir? Wenn es so heiß war, konnte ich mich in ihn legen? Wenn es so fror, konnte ich mich in ihn hüllen? Und nun, selbst schattenlos, stand ich da, und dürstend trank ich meine eigenen Tränen … Aber auch das war noch nicht das Ende, denn ihr Salz stillte mich nicht, machte mich nur noch durstiger, ich musste mehr und mehr weinen für meinen Durst, und an diesem furchtbaren Zirkel ging ich zugrunde …

Dieses Schattenspiel rührte alle sehr. Es waren gebildete, reiche, gut aufgehobene Leute; und die, die nicht selbst tragisch sind, haben den besseren Blick für Tragik. Meine Leute daheim, die nichts zu lachen hatten, die verstanden zu lachen, und die Tragik, die sie alle an sich erlitten, ließ sie unbewegter. Aber im warmen, kostbaren Salon blüht das Verständnis für die Tragödie.

Es erhob sich ein großer Aufstand um mich, als ich fertig war. Fragen schwirrten. Schon wollten einige philosophische und metaphysische Quellen entdecken, sprachen von kosmischen Auswirkungen und Ideengehalt. Ach Gott, ich hatte ja an nichts gedacht, als zu unterhalten mit einem ein wenig sinnvollen und menschlichen Spiel. Ich hatte nur mein mimisches Talent und mein Herz dazu gebraucht, aber die hier ergriffen es mit dem Gehirn. Und andere wollten wissen, warum ich denn nichts damit anfinge. Warum ginge ich nicht zum Theater?

»O«, sagte ich, »ich mag nicht reden, Worte sind, je mehr sie sagen, desto nichtssagender. Man kann nichts mit Worten aussagen, sie fälschen immer. Die Wahrheit ist in der Geste. Nein, ich mag den Mund nicht auftun.«

Da rief ein Mädchen:

»Also Film! Sie sind ja der geborene Filmschauspieler!«

Aber am selben Tage war ich auch zum ersten Male wieder Lilian begegnet, Lilian Falk, die siebzehnjährig aus dem Pensionat in Vevey heimgekehrt war. Wir hatten noch kein

Wort allein miteinander gewechselt. Als ich jetzt so umringt dastand, traf mich ihr hellbrauner, leuchtender Blick. Und in diesem Blick ertrank meine Zukunft. Dieser Blick war das Leben. Und ich näherte mich ihm wie ein Verzauberter …

Lilian …

Es war seltsam mit ihr. Ihre Schönheit, der Zauber ihres Seins ging gar nicht von ihrem Äußern aus. Man wusste nie, was sie trug, und fast weiß ich nicht mehr, wie sie war; dunkel, ja, bräunlich von Haut, die braunen Augen etwas zu hell, schmal im Gesicht, der Mund nicht rot. War sie überhaupt schön? Vielleicht nur jung, jünger als sonst ein Mensch, die Jugend selbst, das Knospende, Duft kaum erst Aushauchende.

Ich ging, wie gezogen, zu ihr. Und sie sagte:

»Was wollen Sie denn werden, Theodor? Sie werden doch nicht etwa zum Theater gehen?«

Ich hätte nie gedacht, dass sie mir nicht mehr du sagen könnte, ich erschrak darüber so sehr, dass ich nicht antwortete.

»Ich bin erstaunt, Sie hier zu sehen«, sagte sie weiter.

Und das war alles. Hieß das: Ich gehörte nicht hierher? Sie wünschte, mich nicht mehr hier zu treffen? Oder war sie verwundert, dass aus dem Sohn der Waschfrau ein junger Mann geworden war, der nicht nur unbefangen sich in einem Salon bewegte, sondern der noch die Gesellschaft originell unterhielt, der Anlass tiefsinniger Gespräche und Spekulationen war?

Sie sagte das kühl und wandte sich ab. Sie trat auf und sprach mit der Sicherheit einer Dame von Welt, von oben herab, selbstbewusst. Aber das erhöhte nur ihre Jugendlichkeit, gab ihr etwas von einem den Erwachsenen spielenden Kind. Ich liebte sie sofort …

Niemals kann ein Mädchen dieser Art zu mir gehören. Zur großen Liebe gehört, dass man auch das Schwesterliche in der Geliebten findet. Liebende müssen seelisch Geschwister sein. Und doch: Lieben muss ich die nie Erreichbaren – und wenn auch erreichbar: die immer Fremden, die Unbekannten, ja, die Feindseligen.

Lilian war meine Feindin. Das verhinderte sie nicht, nein, das veranlasste sie sogar, mich zu ihren Füßen zu zwingen. Um mich fortstoßen zu können, verführte sie mich schließlich zum Bekenntnis … Und ich war ein Tor. Die falsche Liebe ist immer töricht. Aber diese Liebe bleibt die süßeste. Die andere, die echte, die ewige ist gut, ist groß, ist schön. Aber süß – süß und furchtbar dazu – ist die verirrte, hoffnungslose, die nie gestillte Leidenschaft.

Wenig später kehrte auch der älteste Sohn des Hauses, Thomas Falk, zurück. Bei Ausbruch des Krieges, in einer englischen Schule, in Harrow, war er interniert worden. Nun kam ein junger, sportlicher, herrlich anzuschauender Engländer nach Haus, ganz blond, ganz hell, duftend nach Wasser, Pferd, Wiese, noch duftend nach dem Schweiß des Boxringes. Ich verliebte mich sofort bis zur blödesten Schüchternheit in ihn. Und er merkte es, er lachte mich offen, aber gutmütig aus. Er tat, als kannte er mich von jeher. Er nannte mich du, indes ich nie gewagt hätte, ihn anders als Herr Falk zu nennen. Dabei ist es auch immer geblieben. Ich glaube, wenn ich ihm heut begegne, wäre es noch heut das Gleiche: Er, der junge Fabrikherr, und ich, der Buchhaltungslehrling, er würde mir du sagen und ich ihm Herr.

Wir können uns aus dem Proletariat noch so völlig hinausarbeiten: Es gibt Persönlichkeiten, vor denen man sofort wieder in seinen vergessenen Stand zurücksinkt. So einer war Thomas Falk. Ich hatte nie Angst vor Geist, vor Kunst, vor Gelehrsamkeit, Thomas hatte keinerlei geistige Vorzüge, er war ein tüchtiger, praktischer Junge, körperlich ausgebildet, von letzter Formvollendung in Haltung und Gliedmaßen, er war nichts weiter als ein schöner, gesunder Mann. Aber er war blond … Er war der blonde Mensch.

Vielleicht war es einfach das. Vielleicht hatte ich nur darum einmal Vater geliebt und entzückte mich an Mark: Sie waren die Blonden …

Ich war ein kleiner, dürftiger, schwarzer Junge, und meine mütterlichen Ahnen waren Gettojuden gewesen. Ich hatte von ihnen meine Kraft und mein Können, aber auch von ihnen den demütigen Aufblick: Herr …

Thomas Falk trug sich in der Fabrik, in die er sofort besitzergreifend eintrat, amerikanisch. Hose, Gürtel und Hemd. Er roch nach Tabak und Heu, ich schlürfte es entzückt ein. Bisweilen entblößte er den Oberkörper in unserm männlichen Büro und zeigte uns, ein prahlerischer kleiner Junge, seine Muskeln, den Brustkasten, den klassischen Rücken.

»Fass an, Theo«, rief er. »Hart wie Stahl. Warum turnst du nicht? Fass an.«

Meine Hände berührten seinen Bizeps wie ein Heiliges. Er tat das nur, um mein Zittern, meine Röte zu sehen, herauszufordern. Er lachte mich aus. Er legte den Arm um mich, wenn er sich über meine Buchführung beugte, weil er wusste, dass er mich damit angstvoll beglückte. Er hatte mich lieb – in seiner Art.

Er war es auch, der einmal in meiner Gegenwart das Wort sagte, den Wahlspruch der neuen fordschen amerikanischen Philantropie:

»Es gibt nur eine richtige, entscheidende Hilfe: die Selbsthilfe.«

Danach beschloss ich, auf alle Unterstützung Nina Falks zu verzichten und wieder mir selbst alles Nötige zu verdienen.

Mark war bereits in Schlosserlehre. Das hatte er sich gewünscht. Später gestand er mir, dass er damit sofort bestimmte Absichten verfolgt hätte. Dort konnte er am besten lernen für die Zukunft, die ihm vorschwebte.

Vielleicht trage ich die Hauptschuld. Wenn er auch mich nie ins Vertrauen zog, so hätte ich mich hineindrängen müssen, seine Wege verfolgen, seine Freundschaften ausspionieren.

Ich ahnte nie, dass er in Kaschemmen verkehrte, im August- und Linienkeller. Ich ahnte nicht, dass – als er kaum sechzehn war – schon ein Mädchen für ihn auf die Straße ging. Dass er schon damals in jenen Kreisen »Gold-Mark« hieß, nicht nur, weil sein Haar wie Gold lohte, sondern weil sein Sinnen und Trachten nach Gold stand. Wenn ihm sein Mädel mal von einem Ausländer ein Goldstück brachte – der Junge hatte noch nie in seinem Leben Gold in der Hand gehabt –, soll er wie ein von Gott Begeisterter getanzt und gesungen haben …

O, mein Mark, mein Jüngster, mein verlorener Sohn … Ich, ich ließ dich verloren gehen …

Während ich überlegte, wie ich die Abende geldbringend ausnutzen konnte, fiel mir ein: warum nicht mit meinen Kunststücken Geld verdienen? ... Ich hatte immer wieder auf unserm Hof den Leuten des Hauses vorgespielt, es hatte sich herumgesprochen, aus andern Häusern kamen Kinder geschlichen, bleiche Frauen drückten sich in den Torweg, Arbeitslose hockten in der Ecke. Und ich unterhielt sie. Ich redete auch dazu, wo die Requisiten fehlten, malte ich mit kurzen Worten die Situation, ich flocht ein gängiges Couplet ein. Es war nichts los mit meiner Stimme, es war überhaupt keine da, aber das passte zu den rüden, kessen Texten. Ich erfand selbst Strophen, im berlinischen Jargon, das verstanden sie am besten, da hörten sie sich selbst, erkannten sich. Und dazu spielte ich mimisch wie ein Besessener. Ich war wirklich besessen.

Jetzt beschloss ich einfach, damit regelrecht aufzutreten ... Ich studierte mir sechs Szenen, stumm drei und drei mit Text, fest ein und brach auf. Ich ging in alle Kabaretts der Gegend, ich ging in die Kinos mit Bühnenschau, verlangte die Direktoren, war nicht schüchtern und probierte ihnen auf der Stelle, ob sie wollten oder nicht, etwas vor. Ach, ich hatte es mir gar zu leicht gedacht ...

Tag für Tag um fünf, wenn die Fabrik schloss, zog ich los. In die Gegend der Friedrichstraße, wo es von Kabaretts und Tanzdielen mit Unterhaltungseinlagen wimmelte. Ein Freundlicher gab mir den Rat, einen Agenten zu nehmen, und Adressen von ihnen. Nun lief ich in der Dorotheenstraße Haus für Haus ab, wo sie wohnten. Meist kam ich zu spät, sie schlossen um sechs. Ich erbat Urlaub vom ersten Buchhalter und begab mich mittags auf den Weg. Stundenlanges Warten. Dann wollte man Photographien, Kritiken. Man lachte mich aus, man hörte mich gar nicht an. Schauspieler überliefen die Büros, so viele waren ohne Stellung. Die Nachfrage war gering, das Angebot unermeßlich.

Ein kleiner Agent machte mit mir schließlich einen nutzlosen Vertrag, nach dem er die Hälfte meiner Gagen bekam. Aber er vermittelte nie etwas. Ich hätte in die Provinz gehen können – mit lächerlicher Bezahlung. Wie war das möglich?

Ich saß spätabends verzweifelt zu Haus. Jetzt war ich zwanzig Jahre, ich hatte in der Buchhaltung ausgelernt und bekam ein regelrechtes Gehalt, aber in diesen furchtbaren Jahren der Inflation reichte es allein nicht zum Leben. In unserer Wohnung war alles am Ende, jedes Stück Wäsche zerfallen – ich wusch und bügelte selbst. Die Kochtöpfe hatten Löcher – ich kochte selbst. Mark schlief auf dem Strohsack auf der Erde. Der kleine Leichtsinn hatte, als er einmal Gesellschaft gab, sechs Jungen und Mädels zu Likör geladen, o, er hatte damals die Bettstelle verheizt, zerschlagen und in den Ofen gesteckt, sonntags, als ich bei Falks schwelgte und er es gut haben wollte. Ich ging nun kaum noch hin, ich fand, es sei ungerecht gegen den Mitmenschen, es allein gut zu haben. Stefan kam manchmal herausgefahren in die Fabrik, holte mich ab, und wir gingen, tief im Gespräch versunken, nach Pankow und Reinickendorf hinaus.

Ja, so saß ich nachts einmal über den letzten Millionen Papiermark und berechnete und erwog, da kam Mark heim. Er umarmte mich ungestüm, er roch nach Alkohol und Tabak und Mädchenparfüm, und wie einst bei Vater glänzte durch seine Verwahrlosung seine goldene Schönheit versöhnlich und besänftigend. Als er meine Papierfetzen und mein kummervolles Gesicht sah, lachte er.

Er strich vor mir auf dem Tisch eine Dollarnote glatt und rief:

»Da, Teddybruder, mach dir ’n vajniejten Dach von!«

Ein Dollar – davon konnte unsereins, im Jahre zweiundzwanzig, einen ganzen Monat leben. Ich starrte diesen Reichtum an und packte Mark.

»Lass man jut sin!«, sagte er und schüttelte mich, als sei ich ein Kind und er ein Alter. »Wat der Mensch braucht, muss er haben. Also haste’s. Bist doch meine brüderliche Liebe.«

»Das geht nicht, Mark. Es ist dein Geld und …«, ganz zaghaft, »und woher …«

»Bouillonkopp!«, sagte er und warf sich aufs Stroh und schlief schon, schlief lächelnd, kindlich, wie die Unschuld selbst.

Meine Schuld! Wieder wurde ich schuldig. Ich nahm das Geld …

Ich fragte nicht mehr nach seiner Herkunft und wusste erst viel später, dass das von dem Gelde war, das sein Mädel für ihn auf der Straße verdiente … Vielleicht stammte es auch aus einer andern schlimmeren Quelle. Was weiß ich! Ich ließ ihn tun und gehen, ich versäumte etwas. Das sind die unverzeihlichen Sünden … Schlimmer als das Verbrechen selbst ist: sich abwenden, um es geschehen zu lassen …

Und dieses Geld brachte mir Glück. Plötzlich, alles auf einmal, fand ich Engagements. In der Alhambra in der Badstraße und in einem kleinen, schmalen Kino in der Windscheidstraße in Charlottenburg. In jedem hatte ich fünf Tage lang zweimal am Abend zu »arbeiten«, um gleich die Sprache des Metiers zu gebrauchen. Ich spielte drei Szenen, die ich vom Klavier oder von Geige und Klavier leise begleiten ließ.

Ich ließ Schumann spielen, langsame Sätze von Brahms und Beethoven, denn die Musik brachte mich in eine Art Trance. Sie inspirierte mich immer neu. Ich arbeitete im kleinsten Kino vor Dienstmädchen, Reichswehrsoldaten, Arbeitslosen und Kaufmannsfrauen, vor dem kritischsten Parkett.

Später lachten mich Kollegen aus, dass ich das so ernsthaft nähme. Aber ich konnte immer nur alles, was ich tat, mit Feuer und Hingabe tun oder gar nicht. Ich kann nicht lässig arbeiten. Lässig sein heißt: verkommen …

Ich spielte also zuerst meine Szene mit dem Schatten. Meinem Schatten auf der Erde, an der Wand. Ich hatte Ärger mit dem dummen Beleuchter. Am Schluss musste er alle Lampen einschalten, so dass ich schattenlos im grellen Lichte stand. Das machte er oft falsch, und dann weinte ich vor Ärger und Kummer über die Zerstörung meines Lebensablaufes. Ja, jeder im Saal, die Jugendlichen und Alten, Soldaten und dicke Weiber, begriff, dass diese Szene ein Lebensablauf war, ein Menschenschicksal enthielt, das alle Phasen durchlief von Hoffnung und Freude, Spiel und Ahnung, Schmerz und Trostlosigkeit. Jeden Menschen, der es nur noch ein bisschen war, habe ich immer schnell gewonnen.

Die zweite Szene war mit einem berlinischen Text versehen. Ich kam als Zuhälter, der auf sein Mädel schimpft, das zu wenig verdient hat. Ich versuchte es also anders, verstellte mich in einen »Schüttler«, der am Straßenrand hockt, in einen Blinden an der Hausmauer, in ein Kind mit Streichhölzern, in einen Rowdy, der einen Herrn stellt, niederboxt, ausraubt. Alles nur mit kleinen Requisiten, einem Halstuch, einer Melone, einer Mütze. Da jauchzten die Leute. Sie sahen – phantasiebegabt wie sie sind – sofort die Straße, wenn ich sagte:

»Also det, meine Damens und Herrn Direktoren und Doktors, is det Rosentalertor. Da sitz ick nu und schüttle mir un 'ne junge Dame kommt jejangen und ick sage nu zu ihr …«

Alles sahen sie. Den unsichtbaren Gentleman, den ich niederboxte, und die Leute, die ich anbettelte, und schließlich die »Koksemmi«, die mir Geld bringt, die ich – ohne dass sie da ist – umfasse und herumschwinge.

Immer klatschten sie so, dass ich die dritte Szene zugab, die mit dem Mehlsack, der sich leert, während ich um die Bühne herumtrabe. Stumme vier Minuten. Da weinte manche Frau. Ich spürte das im Herzen. Jede Träne, über mich geweint, fällt immer wie Balsam auf mein hoffnungslos brennendes Herz.

Ich war so schlau, Kinobesitzer zu bitten, sich meinen Auftritt anzusehen. Sie kamen, und als mein erstes Doppelengagement abgelaufen war, konnte ich bereits wählen. Von sieben bis elf Uhr abends trat ich auf, sooft es sich zeitlich vereinbaren ließ. In Schöneberg und Weißensee, in Moabit und Hasenheide, Neukölln und Frankfurterallee. Von sieben bis elf war ich in größter Hetze unterwegs, ich musste pünktlich auf die Minute beginnen. Manchmal gab es Aufenthalt in einem Schacht der Untergrundbahn, der Autobus hatte einen Motordefekt. Wie viel Herzklopfen und Ängste!

Aber ich verdiente – Millionen und Millionen … Wenn ich vierundzwanzig Stunden später Zeit fand einzukaufen, waren sie nur noch die Hälfte wert. Aber es reichte. Es reichte zu allem.

Und als ich ins Kabarett Eldorado in der Brunnenstraße engagiert wurde, verdiente ich dort allein so viel wie an zwei Kinos zusammen. Ich hatte auch am Sonntagnachmittag zu tun. Meine Nummer hieß:

»Der arme Teddy. Dramatische Monologe und Pantomimen.«

Ich hatte es niemandem gesagt. Viele Wochen, ja Monate lang trat ich auf, ohne dass es einer wusste. Dann sah mich jemand aus unserm Quartier, Mädels, die sich ausführen ließen, und über Nacht wusste es mein Haus, die ganze Jasmunderstraße, das ganze Volk am Humboldthain: Theodor König spielt Theater …

Ich erfuhr wieder zuletzt, dass ich eine Lokalberühmtheit geworden war. Es fiel mir auch nicht auf, dass ich plötzlich so viel Respekt begegnete, dass Kinder scheu vor mir wurden und Gesichter mich vertraulich-mysteriös anlächelten.

Da entdeckte ich eines Abends, im Eldorado, Mark. Mark mit zwei ganz hübschen Mädchen saß an einem Tisch, auf dem bereits zwei Weinflaschen von seinen Dollars zeugten. Ich hatte ihn kaum in der letzten Zeit gesehen. Ich war nie mehr abends zu Haus. Kam ich, so schlief er schon, oder ich schlief bereits, wenn er spät heimkehrte. Und morgens ging er in seine Schlosserwerkstatt, in letzter Minute von mir aus seinem Kinderschlaf geweckt, so überhastet und schlaftrunken, dass es nie zu einem Gespräch langte.

Als ich durch den Hof auf die stille, dunkle Brunnenstraße trat, stand er da und passte mich ab.

Er umarmte mich, hob mich auf, schwenkte mich Leichten, Kleinen herum, wieder nach Alkohol und Parfüm riechend, ein heißer junger Bursche, in dem ich die Kraft strömen spürte. Ich musste ihn umhalsen und küssen. Wir liebten uns in diesen Minuten, im Novemberwind, auf der nackten Straße. Noch nie waren wir so innig Bruder gewesen. Auch hatte ich ihn noch nie so glücklich gesehen.

Er zog sich einen Ring vom Finger, einen goldenen Reif mit einem Brillanten.

»Da, Bruderherz, nimm 'n! Un nu frag ick blos eenen Menschen: Woher hat der Junge det Talent? Schwerebrett! Sach mal, Teddy, verdienste jetz ne schwere Menge Jeld? Freit mir, o, freit mir, mein Schatz!«

Und wie ich den Ring abzog, den er mir aufgesteckt hatte, und ihn ihm wiedergab, wurde er ernst und sprach ordentlich:

»Du, mein Teddy, hast recht, gib ihn mir man wieder. Du brauchst nichts damit zu tun haben. Ich will ihn auch nicht behalten, 's war mein erster Anteil. Ich werd ihn Henny anstecken, die is für so was, die hat mich schon drum gebeten. Seht, seht – Fragen gibt's nicht. Ja, Henny, weißt du, Teddy, warum lässt du sie nicht mit auftreten? Hast natürlich keine Ahnung, dass sie im Sommer mit der Admiralsrevue auf Tournee war, Wien und Schweiz, und hat mächtig Franken mitgebracht. Aber jetzt, wie die Saison losging, hat sie sich das Bein verknaxt und muss liegen, und wie's gut ist, ist's zu spät, alles ist komplett, und nu sitzt sie da. Die Franken sind in Hemdhöschen und Hüten und Seidenstrümpfen draufgegangen, Kleedaje is da, sach ich dir, dufte! Aber sie hat jrade ne schlechte Strähne … Nanu, Teddy, machst Oogen wie 'n jestochent Kalb. Da, pflanz dir eene Ziehjarn ins Jesichte! Is keen Kotzbalken nich und keene Havanna-Auslese. Mann Jottes! Steh nich so verdattert! Henny is 'n jutes Mädel und macht noch ihren Weg. Wie jesacht: im Momank ne schlechte Strähne. Nimm se mit, studier mit ihr 'n Tanz un so wat in. Dass man se wieder wo sieht. Aber du, Teddy, wie ick dir da jesehn hab, mitten uffs Podium – ick denke, ma platzt der Kragen.«

Das hörte ich alles wie im Traum. Aber Marks Gutherzigkeit strahlte mich so wirklich an. Henny … Ich hatte sie vergessen? Ich wollte sie ausschalten? War nicht Jahr und Jahr vergangen, und ich hatte sie nicht einmal gesehen? …

Mark war wohl bei ihr gewesen. Denn als ich am nächsten Tag um fünf aus der Fabrik kam, stand sie an der Ecke …

Ich erkannte sie nicht. Ich wunderte mich, wie da in die Hochstraße so ein elegantes Mädchen kam, von den Schuhen bis zum Hut, in dieser bösen Zeit, so tadellos, so einfach kostbar. Sie stand so leicht und frei da, ein Hof von Reinheit und Klarheit war um sie, in ihrem ungeschminkten Gesicht, kurzes braunes Haar pagenhaft geschnitten, leuchtete etwas, was ich kannte.

Da streckte sie schon die Hand aus, und sie sagte: »Sei nicht böse, Teddy, sei nicht streng, sonst muss ich gleich wieder gehen. Bitte, sprich mit mir. Du kannst mir helfen, Teddy …«

Ich war so verblüfft, dass ich vergessen hatte, ihre Hand zu nehmen. Erst als sie sie sinken ließ, halb Trauer, halb Zorn in ihrem schönen Gesicht, sah ich sie, ergriff sie, ermannte mich. Und plötzlich kam jener windige Nachmittag wieder, wo ich sie, ein halbes Kind, auf dem Schutthaufen hatte stehen sehn, am Ende der Stadt, und sie hatte sehnsuchtsvoll ins Leere, ins Hoffnungslose, ins Erbarmungslose gerufen: »Mutter – Mutter …«

Und ich sagte:

»Ja, Henny, sieh mich an, Hosen und Ärmel sind ausgefranst, Gehst du wirklich mit mir über die Straße?«

Da antwortete sie:

»Teddy, ich kann nichts anderes anziehen. Ich bin so arm, ich habe nur Seide und Samt und Pelz. Und wenn ich ein Armband und eine Kette versetze, muss ich Brot und Butter dafür kaufen. Hilf mir, Teddy, weg von Luise Gräbert. Sie war gut zu mir, und ich bin undankbar, aber jetzt, wo ich einmal fort war – ich war in Wien und bin auf der Donau gefahren bis Budapest, und ich war in Zürich und Genf und auf einem Berg, der heißt Rocher des nayes, und wir segelten auf einem See, der Montblanc spiegelte sich darin, in Clarens habe ich nachts die Sterne über Frankreich gesehen –, ja, jetzt kann ich nicht länger bei ihr bleiben. Ich ersticke. Heringe und Sauerkohl – riechst du es nicht? – Ich bin bald neunzehn Jahre, es ist ja bald zu spät. Es gab eine Unmenge Männer, aber es war immer nur um das kurze Vergnügen. Nie handelte es sich ums Leben. Ich will nicht verkommen, Teddy, hilf mir, Teddy.«

Ich nahm sie nach Haus mit. Ich war ganz hilflos. Ich vermochte nicht, sie nach irgend etwas zu fragen, und sie erzählte nichts mehr von sich. Immer nur noch von einem: von der Welt …

Von den Donauufern, von den Schweizer Seen und Bergen, von Wiesen, auf denen sie gelegen, von Schneefeldern, die sie im Sommer betreten. Ich merkte: Es lag ihr nichts an den Menschen, nichts am Manne, sie wollte von ihm nur die äußeren Möglichkeiten, das Leben ihrer Wünsche zu führen. Sie war leichtfertig und gewissenlos, um frei träumen zu können. Sie hieß das Verbrechen gut, nicht weil es als solches sie befriedigte, sondern weil es ihr die Mittel verschaffte, ihr Dasein aufzubauen. Sie wollte nichts als das Meer sehen, in Gärten liegen, über Berge fahren. Aber dazu bedurfte es erst des Mannes, des Verdieners und Geldgebers. Und also war sie nach ihm aus. Selbst Schmuck und Kleider kamen ihr erst später.

Seit Diana Fiori in unserer Küche gesessen hatte – o, glaubt ihr, ich habe Diana Fiori vergessen? Glaubt ihr, ich sah sie nicht noch ungezählte Male auf dem nackten Küchenstuhle sitzen, Henny auf dem Schoß und Mutter zusehen, wie sie bügelte? O, jungfräuliche Göttin Diana, die sich dem Tode vermählte, als der Menschengatte sie holte – glaubt ihr, ich habe nicht langsam verstanden, was in der Villa geschehen war? Geschehen – nein, geschehen war niemals etwas; aber was da gefühlt worden war und welches Herzensdrama sich da ohne Worte und Handlung abgespielt hat? Ich hatte längst erraten, dass Thomas Falk den Tod in der Schlacht gesucht hatte, um nicht zurückkehren zu müssen, dass Diana starb, weil sie keinen andern als ihn lieben konnte; dass Nina Falk schwieg, trauerte, bereute, weil sie sich die Schuld gab, weil sie ihn hätte freilassen müssen, damit er mit Diana glücklich sei … Alles wusste ich jetzt. Ich erriet alle die stummen Kämpfe in der Villa – in den Herzen der drei unselig verstrickten Menschen und untereinander. Alle waren schweigsam wie alle tief Leidenden. Und nur in der Musik hatten sie sich hingegeben, geöffnet, gesprochen. Darum hat diese Musik mich auch so tief getroffen, so tief gezeichnet, ich habe das süß-bittere Leben in ihr gespürt, die große Leidenschaft, die einzige Passion …

Ja, seit Diana Fiori in dieser nackten Küche gesessen hatte, hatte kein feiner Schuh sie mehr betreten. Und jetzt Henny, Mutters Kind …

Sie sah sich um, sie setzte sich nicht, sie berührte nichts, alles machte ihr Scheu und Angst … Sie streifte die Kommodenschublade, in der Mutters Sachen lagen, noch immer unangetastet, ihr altes blaues Mädchenkleid aus der Mühle, die rauen Hemden, das Umschlagetuch, ihre Haarnadeln, die Schürzen, die Bilder ihrer Eltern, sie selbst zwischen ihnen, ein Schulmädel, Höschenrüschen kommen unter dem schottischen Kleidchen hervor …

Henny stand da, sie war verstummt …

»Wenn ich hierbleiben könnte«, sagte sie leise.

»Du kannst!«, rief ich.

Es war die erste Freude, die ich heut empfand. Wenn sie bliebe …

Aber da lachte sie schon.

»Sentimentale Kruke, was, Teddy? Nein, höre, kannst du nicht etwas mit mir gemeinsam machen? So eine Doppelnummer in deinen Kabaretts, in den Kinos. Mit meinem Gesang ist nicht viel, aber tanzen …«

Sie machte einen Tanzschritt und hielt inne. Sie erinnerte sich – dort in der Küche hatte Mutter gelegen.

Ich hatte sie nicht gerufen. Sie war mit Mark vom Spielen auf dem Hof zurückgekommen, heiß von der jungen Maisonne, sie hatten beide vergessen, dass Mutter krank war. Und da sahen sie ein weißes Laken und darunter das, was einmal Mutter gewesen war …

Ich sah in ihrem Auge das Bett, das Laken, die rohe Maske des Antlitzes ins Leinen geprägt … Sie schwankte …

»Mein Fuß«, sagte sie. »Er tut noch ein bisschen weh. Aber das ist morgen gut, Teddy«, rief sie eilig. »Du kannst sofort mit mir studieren, ich fasse schnell auf. Bitte! Soll ich wieder zu Tietz und Obst und Gemüse einpacken und jetzt vor Weihnachten zehn Stunden am Tag stehen und in der Kantine die ewige Erbssuppe, und der Rayonchef denkt, er kann für Kalbsbraten und Pilsner … Nee, zieh Leine! Janich dran zu denken! Wird nich verzappt! Ich mit Ihn? Ach nee! Mach man noch 'n Witz.«

Indem sie so sprach, verlor ich sie wieder. Das war im Mantel und Pelz, Seide darunter, in Schlangenhautschuhen, nichts als so ein Mädel von der Ecke Prinzenallee-Pankstraße, Oranienburgentor. So hatte sie wohl angefangen, Henny, Mutters Kind …

Mein Blut wurde kalt. – Henny, Mutters Tochter – sie lachte.

»Ja, siehst du, Teddy, kann ich auch. Ich mach alles, was du willst. Mark sagt, du machst so ne Berliner Szene. Lass mich doch mitmachen, Junge. Mit Partnerin wirst du ja besser bezahlt. ›Teddy und Ellinor, mondänes Tanzpaar.‹ Was meinst du? Ein Apachentanz, ein Tango. Kleedage hab ich. Du brauchst nur nen Frack. Du kaufst ihn alt. Wir machen eine kleine Anzeige im LOKAL oder MORGENPOST. Hilf mir, Teddy, ich geh sonst vor die Hunde. Ich bin ganz blank, und die Gräbert – die muckscht schon auf. Un was hat se ma ausjenomm, wenn ick Moos hatte!«

Wieder falle ich in Schuld … Ich ging nicht zu Nina Falk und bat: Nehmen Sie sich Hennys an, tun Sie sie in eine bürgerliche Stellung, sprechen Sie nur ein einziges Mal mit ihr …

Nein, ich tat, wie Henny wollte …

Wir studierten eine Apachenszene ein, ein ganzes kleines Mimodrama, das endete, indem ich sie erdrosselte. Dann tanzte Henny allein, während ich im Hintergrund Zuschauer markierte. Sie trug ihre Revuekostüme, sie war halbnackt, sie war so schön, dass Mark einmal sagte:

»Weißte, ne Schwesta dürfte janich so scheen sind! Donnakiel! Wenn man da könnte, wie ma möchte! Na Jott stärke!«

Und Mark ging mit uns zu einem Photographen in der Elsässerstraße, der sein Freund war, der machte ein Dutzend Aufnahmen von uns umsonst und gab uns einen Haufen Abzüge. Dafür sollte er Postkarten herstellen und verkaufen dürfen. Schön.

Dann wollte er Aktaufnahmen von Henny machen. Sie sagte schlicht und gelassen:

»Se han wol Bohnen jefrühstückt? Kriejen Se det öfta? Seht 'n mal an: Er hat nen kleenen Webefehler. Ick wer mir ekeln! Den Zahn lass dir man ausziehn!«

Mark jauchzte vor Vergnügen.

»So wa't richtig! Det is 'n jesunder Junge! Mensch, ärger dir nich. Bleib uns jewojen und Adjees. Morgen hol ick de Bilda. Is ja Akt jenuch druff.«

Und wie Marks Geld mir Glück gebracht hatte, so brachte es jetzt Henny mit.

Ein großer Agent, der mich allein gesehn hatte, ließ sich jetzt unsere gemeinsamen Szenen vormachen. Er hatte sofort Engagement für uns – fürs Ruhrgebiet. Für die Städte der Besatzungsarmee.

Henny lachte ihn aus.

»Lieber Mann, ick bin doch nich uff 'n Kopp jefallen. Für die Zulukaffern bin ich zu weiß. Nee, nich in die Provinz. Nischt zu machen.«

Auch ich wollte nicht fort, denn ich wollte nicht meine Stellung aufgeben. Artist werden, durch die Varietés und Zirkusse der Welt ziehen ... Die Welt, ja, die Welt hätte mir wohl gefallen. Aber nicht als Zugabe zum Grünen Wagen! Und Henny wusste: Ein Glück, das sie in Berlin nicht machen konnte, suchte sie anderswo vergeblich.

Nun, es dauerte nicht lange, so brachte uns der Agent in die größeren Kabaretts. Wir fingen im Norden an, um den Alexanderplatz herum, dann kam schon die Friedrichstraße, dann das äußere Charlottenburg, Wilmersdorf, Steglitz. Und langsam gerieten wir in den Westen. Als wir das erste Engagement im Schatten der Gedächtniskirche fanden, fiel mir Henny um den Hals und weinte ...

Sie war bei der Gräbert wohnen geblieben, sie vertrug sich wieder mit ihr. Ich sah sie nur in der Garderobe. Waren wir fertig, so verschwand Henny, ihr Köfferchen in der Hand. Ich fragte nie ... Ich fürchtete mich ...

Wir verdienten. Ich gab Henny zwei Drittel der Gagen, sie nahm es so nachlässig, als brauchte sie es nicht einmal. Sie trug immer neue Kostüme, und wenn ich es zu bemerken schien, sagte sie leichthin: »Alte Bestände. Noch aus Gent. Aus Wien. Alles Bühnenplunder.«

Vielleicht. Ich verstand es nicht. Mir erschien es kostbar ...

Und Mark – Mark hatte sein Werk getan, er hatte mich mit Henny vereint, und seitdem war er verschwunden. Als ich einmal nachts heimkam, war sein Strohsack fort, sein

Sonntagsanzug, seine Wäsche aus der Kommode. Ein Zettel lag auf meinem Bett:

»Ich zieh aus, Teddybruder, kleiner. Mach's gut. Dein großer Bruder Mark.«

Man trug mir dann vieles zu. Er sollte bei einem Mädel leben, das in der Leibnizstraße in Charlottenburg eine feine Wohnung hatte. Man kannte Einzelheiten, Mark hatte sich gebrüstet, sich dickegemacht. Man sprach von einem Himmelbett mit Spiegel oben in der Decke, von einem Salon mit goldenen Möbeln, von Pianola und Grammophon und Tag und Nacht Warmwasser und Zentralheizung. Und auf den Treppen rote Teppiche, Marmorwände, Fahrstuhl.

Damit entschwand mir Mark. Ich habe ihn nur noch einmal wiedergesehen, er kam mir Adieu sagen, als er sich fangen ließ.

Und Henny sollte ich auch nicht mehr lange unter Augen haben – nun, Augen, die doch nicht auf sie achteten.

Sie erzählte mir manchmal in der Garderobe von Anträgen, die sie hatte, sie sollte in gewissen Klubs auftreten als Nackttänzerin, sie sollte in Filmen agieren, die nie eine öffentliche Leinwand zeigte, gewisse obszöne Filme mit den Schamlosigkeiten, die der Mensch für sich erfunden und reserviert hat. Sie bekam Einladungen zu Gelagen und Orgien.

»Aber was du dir denkst, Teddy, ist noch lange nicht«, sagte sie, lachte, verlängerte ihren kleinen Mund, färbte die Augenlider. »Nein, mein Liebling, wer mir so kommt, dem prezel ich eine! Bleiben Se mir jewogen.«

An einem Abend sah ich sie eine Perlenkette tragen, sie trug immer welche, mehrere, aber heut nur diese eine, eine halblange, und die grauen schimmernden Perlen lagen schöner denn jemals andere auf ihrer weißflaumigen Haut. Ich verstand nichts von diesen Dingen, aber ich sagte:

»Henny, wie schön ist diese Schnur. Das müssen echte Perlen sein. Woher hast du die?«

»Die?«, rief Henny. »Echt? Tineff ist das! Tecla!«

Und nach einem Atemzug: »Mark hat sie mir heute früh gebracht.«

Was sollte ich ahnen und vermuten! Ich dachte nicht mehr an diese Schnur.

Dann hatten wir – es ging dem Frühling zu – ein Debüt am Kurfürstendamm, mit neuen Nummern. Wir bekamen dreißig Goldmark für das Auftreten.

Da ließ mich vormittags jemand aus der Fabrik hinausrufen, der Portier schickte einen Jungen in die Buchhaltung: Es müsse mich jemand dringend sprechen …

Und draußen stand Luise Gräbert. Die Witwe Gräbert, eine alte Frau, geschminkt und gefärbt auf dreißig, eine richtige Theatermutter, in einem Umhang mit Jett, den kurzgeschnittenen, rotbraun gefärbten Kopf aber unbedeckt. Und sie rang die Hände und zog mich von dem Portierhäuschen fort und jammerte:

»De Kriminaler wa'n da und han se fortjebracht, huch nein! Un wie steh ick nu da! De Polizei bei mir int Haus! Un Haussuchung han se jehalten un de Perl'n jefunden. Natierlich! Hab ick se nich jleich jesacht, wie's der Mark ihr hinbringt, ach, ick hab't ihr schon ofte jesacht, aber se heren ja alle beede nich, wemsten sein sin denn die Perl'n, hab ick jesacht, un Meechen, hab ick jesacht, dass de dir da nich in 'n Ding verquast, wo de Polente … Ja, bei Jott, det hab ick ihr jleich jesacht, mir schwant da wat von Polente. Lass de la mänk wech, hab ick ihr jesacht. Ick mecht se nich trag'n, de Perl'n, hab ick jesacht. Un da sacht se noch, det Meechen, Tante Lowise, sacht se, det sin de sauren Trauben, machst ja bloß lange Oogen! Sacht se, det sacht der Mensch mir! Nu, ick bin still, ick sage überhaupt nischt nich, aber nu is fertig. Jeklemmt hat er se, der Mark, jekooft, wie keener nich in Laden drin war; vajessen, se liejen zu lassen. Un nu ...«

Jetzt aber presste ich ihr die Hand auf den Mund. Ich ertrug es nicht länger. Sie quasselte noch unter meiner Faust, die ich ihr in die geschminkten Lippen trieb, ich hätte sie niederschlagen können. Ich zerrte sie hinüber, über die Badstraße, nach der Grünthaler hinüber, in ihr Haus.

»Still«, zischte ich und zerquetschte ihr den Arm, dass sie jaulte. »Still, bis wir zu Haus sind ...«

Aber da sah ich: Ihr Haus war umlagert, die ganze Grüntalerstraße war zusammengeströmt, wo die Polizei soeben Henny König, genannt »Ellinor, mondäner Tanzstar«, abgeführt hatte, verdächtig der Mitwisserschaft an einem Diebstahl. Alles war versammelt vor dem Laden »Prima Stettiner Fett- und Vollheringe«, Kinder, Weiber, Arbeitslose, die Frauen von den Obstwagen an der Ecke, die Leute aus den Gemüsekellern und Flickschustereien. Es war ja nichts mehr zu sehen, aber schon waren Haus, Tür, Trottoir historisch.

Da konnte ich nicht weitergehen, ich traute mich nicht, da Spießruten zu laufen, und ich zog die ängstlich gewordene Gräbert in den nächsten Hausgang. Es war der Durchgang zu dem Kino, wo ich auch einmal aufgetreten war, die Wände hingen voller Photographiekästen und Plakate, komische und tragische Szenen tapezierten die Wände, und

Kinder reckten sich und guckten ins bunte, ins gefälschte, geschminkte Leben hinein.

Es war so, wie ich dachte. Man hatte Henny verhaftet als verdächtig der Mitwisserschaft an einem Juwelendiebstahl. Und nun hatte man die Perlenschnur bei ihr gefunden.

»Und Mark!«, rief ich. »Frau Gräbert, was ist mit Mark? Haben sie ihn?«

»Wat weeß icke? – Überhaupt lassen Se mir los, oller Dussel, un kneifen Se nich! Wat fällt Ihn ein! Behandelt mir …«

»Wo wohnt Mark? Wissen Sie nicht, wo?«

»Da wer'n Se ihn jrade finden, det Aas. So helle is er doch, det 'r vaduftet. Un nu zieh Leine. Wennste dein Vater weerst …«

»Still!«, schrie ich und lief schon.

Ich lief, aber so tief war mir die Pflicht im Blut, dass ich zuerst in die Fabrik lief, in die Buchhaltung und den Tag frei erbat.

Grade war der junge Thomas Falk im Kontor und sah meine Verstörtheit.

»Na, was ist denn nun, Theodor? – Ist schon gut, geh nur. – Halt.« Er kam mir nach. »Vielleicht brauchst du Geld?«, fragte er im Gang, leise, fast zärtlich.

Dieser Gedanke traf mich wie Balsam auf meine Wundheit. Ich konnte ihn anlächeln. Er legte die Hand auf meinen Arm.

»Tapfer, Theodor. Alles geht vorüber. Es ist nichts. Du weißt doch.«

Er ließ seine große warme Hand liegen, er wusste, dass er mir so von seiner Lebenskraft mitteilte. Ich spürte auch, wie es lebendig von ihm in mich strömte, und ich hielt eine kostbare Minute still und sog die blonde feurige Kraft ein.

Aber wer hat mehr Lebenskraft als ich bewiesen, mehr unverwüstliche Vitalität und Gläubigkeit und Mut und Zuversicht? Ich bin in nichts Vorbild und Beispiel als darin, dass man sich nicht unterkriegen lassen darf. Einmal müde werden, sich ein Herz wünschen, an dem man ausruht. – Müde bin ich oft geworden, aber wann habe ich mich hinlegen können? Herzen habe ich mir viele gewünscht, aber wo, seit Mutter fort war, gab es eines, das mich aufnahm? ...

Ich lief zu unserm Polizeirevier. Man kannte mich da, da saß noch der alte Wachtmeister, der einmal gekommen war, uns sagen, dass Vater aufgegriffen worden war, als er Schmiere gestanden. Man wusste dort von der Sache, aber Henny war nach dem Präsidium gebracht worden, die wurde jetzt am Alexanderplatz verhört.

Ich raste dahin, sprang auf die Elektrische und wieder ab und kam nach qualvoller Ewigkeit dort an und erfragte den Kommissar, der sie vernahm, erreichte – am Ende meiner Kraft – seine Tür und bat einen Diener, ihm zu sagen, ich sei da.

Er ließ mich sofort kommen, und da hörte ich, dass man mich auch in meiner Wohnung gesucht hatte, um mich vorzuführen, und es musste die Menschlichkeit eines Beamten von meinem Revier gewesen sein, die verhinderte, dass man mich aus der Fabrik geholt hatte. Henny saß auf einem Stuhl, sie hatte nicht geweint, sie war ganz ruhig, sie nickte mir zu und sah mich erstaunt an, als wäre meine Verstörtheit lächerlich und überflüssig.

Sie unterschrieb noch ein Protokoll und wurde hinausgeführt, und nun kam ich dran.

Es war ein alter Herr, der mit mir sprach, und ich fühlte, dass es nur eines galt, wahr zu sein. Aber was hatte ich denn zu sagen?

Dass mir die Perlen aufgefallen waren und Henny auf meine Frage gesagt hatte, ja, sie hätte sie wohl von Mark bekommen, aber es sei »Tineff«, das sei ihr Ausdruck gewesen: Tecla-Perlen.

»Ja, dasselbe hat sie mir erzählt«, sagte der Kommissar. »Ich glaube Ihnen, dass Sie es glaubten. Und Ihrer Schwester will ich es glauben. Sehen Sie, diese Schnur, sie kostet zwölftausend Mark. Man hat für mehr als achtzigtausend Juwelen geholt.«

»Mark doch nicht«, stammelte ich, »mein Bruder doch nicht.«

»Er mit zwei andern. Haben Sie denn nicht gelesen?«

Nein, ich hatte es nicht gelesen, ich erfuhr es erst jetzt. In der Nacht zum Dienstag war in ein Juweliergeschäft der Tauentzienstraße eingebrochen worden. Der Bursche, der Schmiere gestanden hatte, war gefasst worden, er verriet niemanden, aber man wusste: Er war der ständige Komplize vom Polen-Justav. Und Polen-Justav hatte in letzter Zeit viel mit »Gold-Mark« im Augustkeller gesessen. Noch waren beide unauffindbar. In die Leibnizstraße war Mark nicht zurückgekehrt, er hatte seinem Mädchen auch nichts von der Beute gegeben. Da war man auf seine Geschwister verfallen. Und die Perlen bei Henny deckten alles auf.

»War er in den letzten Tagen nicht bei Ihnen, Herr König?«

»Nein, Herr Kommissar.«

»Sie machen sich straffällig; wenn Sie ihn verbergen.«

»Hier sind meine Wohnungsschlüssel«, sagte ich und zitterte.

Mark hatte die Schlüssel behalten. Wenn er …

Und da hörte ich:

»Nein, er ist noch nicht bei Ihnen. Man hat Ihre Wohnung geöffnet.«

Geöffnet – die Polizei … Jetzt stand das Volk – wie in der Grüntalerstraße – um mein Haus herum und beredete die Schande.

»Ich will es Ihnen sagen«, sprach die sanfte, gelassene, eindringliche Stimme. »Wir wissen schon längst von Ihrem Bruder, aber es schien noch nie gegeben, die Hand auf ihn zu legen. Man muss warten, vielleicht bekommt's einer doch über, gibt's auf, schreckt vor der großen Sache zurück. Wir wollen nie den Fall eines Menschen beschleunigen. Denn, leider, ohne Ausweg, es ist doch so, dass die erste Strafe die Anlage besiegelt. Wer erst mal im Kittchen saß, kehrt immer wieder zurück. Also schiebt man's nach Möglichkeit auf. Aber nun, wo er so ein tolles Ding gedreht hat … Erst sorgfältig ausbaldowert, dann vom Keller aus eingestiegen, mit allem Vorbedacht … Konnten Sie Ihren Bruder nie vor dieser Gesellschaft, diesem Umgang schützen?«

Und das war meine Verurteilung …

Mit dieser Verdammnis ging ich, freigelassen, meinem eigenen Gericht übergeben …

Der alte Herr sah aus dem Fenster. Dann wandte er sich schnell zurück und sagte:

»Nehmen Sie Ihre Schwester mit. Sie sagte, sie träten

abends gemeinsam auf. Sie sollen nicht gehindert werden. Ich glaube, man wird Sie nicht einmal als Zeugen bemühen. Was tun Sie da so abends, hm?«

»Tanzszenen, kleine mimische Dramen … Teddy und Ellinor.«

»O, das sind Sie? Ich hörte davon. Meine Jungen – Sie sind Teddy, der Partner von …«

Er sah mich von oben bis unten an. Es lächerte ihn. Ich, dieser dürftige, häßliche, harmlose Junge, der immer noch wie ein Konfirmand aussah!

Er streckte plötzlich die Hand über den Tisch. Und die meine haltend:

»Sie haben noch eine Tagesstellung?«

»In der Papierfabrik Falk, Hochstraße. Zweiter Buchhalter.«

»So so. Also leben Sie wohl.«

Und er ließ nach festem Druck meine Hand los.

Am Abend tanzte ich mit Ellinor-Henny, schnitt mir den Schatten ab, weinte ins Licht hinauf, das allen gemeinsam Schatten schenkt und mir nicht einmal das. Ich erwürgte mein Mädchen, riss ihr die Bluse auf und starrte auf die schöne unbewegte Brust, die für mich sich verkauft hatte. Henny zeigte ihren herrlichen Rücken in einer Maxixe, die sie allein tanzte, entfesseltes Element Weib …

Während ich, rot sehender Apache, sie würgte, flüsterte sie:

»Ich hab es ja gewusst. Er hat es mir ja gesagt. Ich hab ihn immer gebeten: Mark, wenn du mal 'n Ding drehst, dann Juwelen. 'Ne Perlenkette für mich. Na, und da hat er sie mir gebracht …«

Ich warf sie hin. Echter Mordrausch erfüllte mich. Auf ihr kniend, das Messer gezückt – o, ein Pappmesser! – hörte ich:

»Weiste, wo er is? De Wirtin von der BLAUEN ZWIEBEL in der Marienstraße hat 'n in ihr'm Bett …« Ich stieß zu. Das Pappmesser …

»Hast wol 'n Knall?«, schrie sie laut und bäumte sich vor Schreck und Schmerz. »Dir pickt er wol!« Ich presste ihr die Hand auf den Mund. Da, ja, bei Tanzmusik, vor fünfhundert Menschen, im roten Scheinwerfer, tötete ich sie … Das war mein Mord …

Es war eine dunstige Nacht. Und ich lief zwei Stunden nach Haus, vom Westen durch den Tiergarten, der wie von Giftgasen, von Sumpffieber erfüllt war; auf den Bänken sielten sich Trunkene, Vergiftete in schamloser Raserei. Es brannten kaum Laternen, man sparte. Ein Bursche sprang mich an.

»Taschen leer!« Und als ich zögerte. »Hast wol lange keen blutjen Einsatz jehabt?«

Da sah er mir ins Gesicht. Er lachte auf und ließ los. Ich sah nicht anders aus als er.

»Da hab ick mir vakiekt. Jeh zu Hause und wasch dir 'n Bauch. Schlaf rund, dette nich eckig wirst!«

Dann flüsterten Frauen, hängten sich an mich. Jungens mit Mützen strichen vorbei und streiften mich und hauchten mir gemeine Worte ins Gesicht mit Alkohol- und Tabakatem. Herren begegneten mir, die die Abenteuer dieses Parks suchten.

Unter den Linden war es still. Die königliche Straße war verwaist. Ich ging und ging. Ich ging ums alte Schloss herum und sah in den Kanal und verstand die Lockung des schweigenden Gewässers so gut. Wenn ein Auto vorbeischoss, verstand ich, dass der Asphalt sich mit Wonne unter die Räder begibt. Die Stadt war stumm, alle Fenster dunkel. Und die engen Straßen der inneren Stadt wurden schwül, stickig, dumpf. Aber immer heimatlicher umfing es mich. Ich kam vom Heimweg ab und fand mich am Königstor. Längst war Mitternacht vorbei. Es war so tröstlich, durch den Schlaf der Stadt zu wandern …

Wie ich mich, in der ganz dunklen Jasmunderstraße, gegen zwei Uhr meinem Haus nähere, löst sich eine Gestalt aus dem Torweg, und ehe ich ihn erkenne, fassen Marks Hände nach mir.

»Mark«, will ich schreien und besinne mich und flüstere: »Mark, wenn das Haus bewacht wird.«

»Nu schön«, sagt er, »solln se.«

Ganz unbekümmert laut.

»Ich wollt dir ja doch nur Adjees sagen, Teddy. – Du, Teddy, nimmst mich noch mal nach oben, was? Brauchst dich nicht fürchten, kleines Brüderchen. Mörder bin ich nicht, hab nie eine Waffe bei mir. Das verschärft, weiste …«

Was rührte mich so tief in seiner Stimme? Tränen waren darin, Mutter weinte darin …

Ich stieß den Schlüssel ins Loch und zitterte so, dass Mark zugriff. Er lachte, aber es war ein zitterndes Lachen. Auch er zitterte.

Wir gingen Hand in Hand. Er war ganz heiß, ich kalt. Ich ließ ihn die Tür öffnen.

»Ick hab die Schlüsseln verlorn. Die liejen, gloob ick, in Keller vom Tauentzien. Weißt doch, wo …« Aber ich hörte:

Er zwang sich das ab, diesen kessen Ton, diese kalten Worte. Mark zitterte … Sein Gericht war diese Stunde, diese Heimkehr war seine Verdammnis, diese Küche sprach ihm gütig unerbittlich das Urteil. Jetzt sah er ins Antlitz Gottes, hier, in Mutters nackter Küche … O Mark! …

Ich schloss die Fenster und verhängte sie. Der Gestank des Hofes war in Stube und Küche. Ich hatte kein Petroleum. Ich steckte ein Licht an, und der gelbe Schimmer war der einzige Schmuck der entfärbten Wände.

»Nun«, sagte Mark, »der kleine Bruder macht wenigstens kein Geseres. Ja, ich komme ins Leck. Die Weiber haben wieder Masse Schabbes gemacht. Nun, einmal muss man ja anfangen. Wenigstens haben wir nicht Hackelneune gemacht. Lemattoschieber sind wir gewesen …«

Er unterbrach sich. Ich hatte mich auf den Herd gesetzt, ich verstand kein Wort. Er sah es und lachte.

»Wahrhaftig, da red ich in der Kaschemmensprache, und du verstehst kein Wort. Also: Die Weiber haben wieder klatschen müssen, da konnten sie den Mond-Emil hochnehmen, der Schmiere gestanden. Gustav und ich sind vom Keller eingestiegen, es war nicht Raub, nur schwerer Einbruch. Das gibt …« Er sah sich um. Er sah mich nicht mehr an. Er war noch nicht neunzehn Jahre. Es fiel mir ein:

»Mark, es ist ja dein Geburtstag heut …«

»Ich weiß«, sagte Mark.

Und jetzt setzte er sich. Er steckte eine Zigarette an der Kerze an, ich hatte ihn noch nie so blass gesehen, er hatte lange nicht geschlafen.

»Da ist Milch, Mark. Trink. Brot ist auch da und Schmalz. Iss.«

Er antwortete nicht, er rauchte. Dann sagte er:

»Ich hab gedacht, du schmeißt mich raus, Teddy. Teddy, ich hab nicht gedacht, dass du … Und die Henny haben sie laufen lassen. Dass sie nur dichtehält, sie weiß ja alles. Aber dir will ich nichts sagen, Teddy. Teddy, wahrhaftiger Gott, ich wollt dir gern Adjees sagen, aber ich hab gedacht, du schmeißt mich raus …«

»Mark, hör zu. Ich schließe dich hier ein. Man war schon hier und hat dich gesucht, jetzt kommen sie gewiss nicht noch einmal. Du rührst dich nicht tagsüber, ich bring dir Essen, Bier, was du willst. Nachts gehst du dann eine Stunde an die Luft. Sie finden dich bestimmt nicht.«

Ich verstummte, er sah mich so seltsam an. Es fiel mir ein, dass ich ihn nie hatte weinen sehen als Kind.

»Nicht wahr, Mark? Wir machen es so.«

»Nee Junge, nee Bruderherz. Einmal muss es doch sind! Also nu los! Ich bleib heut hier, und morgen früh, wenn ick mir ausjeschlafen, stell ick mir: Da, ihr Bochers, da habt ihr mir.«

Ich war nicht ganz wach in dieser Nacht. Ich hörte ihn so entfernt sprechen. Was sagte er?

»Fein ist das, Teddy«, sagte er. »Du schimpfst nicht und du fragst nicht. Und ich glaube, du gibst dem kleinen Bruder auch ’n Kuss, was?«

Das rief er ganz forsch und rau, er hatte solche Angst, sentimental zu werden.

Wie traumwandelnd ging ich zu ihm. Und in diesem Augenblick fuhr Mutter in mich, besetzte mich. Und als Mutter umfing ich seinen Kopf, presste ihn an mein Mutterherz und küsste ihn und litt Mutterweh …

Er roch nicht nach Tabak, nicht nach Alkohol. Mark hatte gebadet, Mark hatte sich mit Damenseife gewaschen und roch so gut. Er war rasiert, die Haare waren ihm gestutzt, sein starker weißer Jungennacken war ausrasiert. Ich sah, er trug seinen Sonntagsanzug, er hatte einen dünnen goldenen Freundschaftsring am kleinen Finger der Rechten und im Knopfloch ein kleines Turnvereinsabzeichen.

Ich spürte es – o, er drückte sich an mich, er spürte die Mutter in mir, er lehnte sich, einen Augenblick Kind, an die noch im Tode Unsterbliche, er liebte in diesem Augenblick, es war ihm verziehen …

Die Mutter erbarmte sich seiner, sie nahm ihn auf, er hatte nichts getan. – Jetzt konnte die Welt ihn richten. Er war ihr entrückt …

Ich küsste ihn.

Und da war es schon wieder vorbei. Er setzte sich auf und nahm eine neue Zigarette und sagte mit trockener Stimme:

»Komisch, was? Dass wir zwei Brüder sind. Du – ich! Ein Einbrecher und ein – pfui Deibel, is das 'n Tabak! – Aber sind wir Brüder? – Nee, weißte, Teddy, du – du hast 'ne Mutter; aber ich hab 'n Vater! Das is de Chose!«

Und da wagte ich zu sagen:

»Du hast keine Schuld, Mark. Vergib uns.«

Er tat, als hörte er nicht. Er schmiss die Zigarette weg, stand auf und reckte sich.

»Du, Teddy, ich bitt dich, lass mir bei dir ins Bett liejen, einmal, die Nacht noch. Ja, willste? Ick bin verdammt müde. Möcht jern ne jute Tur machen.«

Er lächelte mich kindlich an, er schämte sich und sprach darum so lausig. Seit Mutter fort war, hatte ich nie mehr so sehr einen Menschen in mir leben gefühlt wie jetzt Mark. Ich verstand ihn schmerzhaft tief …

Ich legte mich zu ihm ins Bett, ich hockte mich hin, sah auf ihn hinab. Er sah ganz glücklich aus. Er nahm meine Hand und schob sie unter seinen Nacken. Wie jung, wie warm, wie lebendig war der kleine Bruder! Seine Augen waren so klar, nichts mehr von Welt, Wissen und Schuld war darin, das reine Kind lächelte mich an.

»Nicht wahr«, sagte er, »Teddy, nicht wahr? – Halt mich mal noch ein bisschen …« Und er faltete die Hände auf seiner Brust. »Nich wahr, so is Mutter hier ins Bett jestorben?« …

Er schloss die Augen und schlief schon …

Ich ließ das teure Licht brennen, bis es zu Ende war. Ich blieb so sitzen, die Hand unter Marks goldenem Kopf, und sah ihn an. Als wüsste ich, dass ich ihn zum letzten Mal sähe. Denn er ist ja nicht wieder zu mir gekommen.

Als das Licht ausflackerte, kam schon die Frühdämmerung durch das verhängte Fenster.

Da fiel ich hin und schlief ein, und es war wie ein Traum, dass ein Junge sich bückte und mich heiß auf den Mund küsste. Aber als mein Wecker rasselte, war ich allein – Mark hatte sich fortgeschlichen. Die Kissen waren noch warm von ihm. Aber auch diese Spur seines Lebens erlosch schnell …

* * *

Jetzt sieht es aus, als gäbe es nur Tränen in dieser Welt … Aber wir lachen auch, ja, nur wir verstehen zu lachen, weil wir es so selten tun, weil wir Kummer und Hunger wegzulachen haben, weil wir, immer aufs Traurige eingestellt, den raschen Blick fürs Komische haben. Ich habe nur nichts davon erzählen können, weil mein junges Leben in die bitterste Zeit Europas fiel. Damals, im Krieg und die Jahre nachher, haben wir wirklich nichts zu lachen gehabt. Aber wenn wir nur irgendwie Gelegenheit dazu hatten, taten wir's. Und ich hielt mit, ich konnte mich – trotz allem – freuen. Auch mein Leben war nicht so trübselig, wie es scheinen mag. Ich erzähle nur, weil sie allein wichtig und entscheidend waren, die schweren und bitteren Dinge.

Und jetzt muss ich wirklich etwas von mir ganz allein erzählen, etwas, das nicht den andern, das mir selbst widerfuhr. Ach, ich Tor, ich liebte nicht nur – das kann mir keiner verwehren! –, ich wollte geliebt sein!

Ich kam selten zu Falks, aber nun wollte ich von Stefan, der mit Zustimmung seiner Mutter nach Absolvierung des Gymnasiums Musik studierte, eine Musik zu einer meiner Szenen. Ich spielte sie ihm vor. Es war ein stummer Dialog mit einer menschengroßen, lächelnden Puppe, die als Mannequin in einem Sofa saß. Ich verliebte mich in sie, kokettierte, flirtete mit ihr, geriet aus Schüchternheit in Verlegenheit, in Frechheit, in Zudringlichkeit, wieder in Furcht und Flucht, traute mich zurück, da sie unentwegt lächelte. – Und dann Liebeserklärung, leidenschaftliches Geständnis, Kniefall, Kuss auf Knie, Schuh, Kleid, Hand, Arm. – Ich umfasste sie, o, ich wage es, Gott anrufend – und sie fällt über mich, Puppe, Ding, Werg und Wachs. – Ich bin genarrt, betrogen, ich höre noch die Wände über mich lachen …

Das spielte ich ganz komisch am Anfang, zuletzt tragisch, verzweifelt.

Stefan schrieb mir eine schöne, sanfte Musik dazu, leider war das Saxophon, das ich nicht mag, dazu nötig, um die komischen Effekte zu unterstreichen. Aber am Schluss tat er mir den Gefallen, da wurde es ganz große Musik, etwas brahmsisch, aber das liebe ich, voll und tief im Klang, mit großer Melodie. Und erst wie ich über der Puppe sitze und keine Hoffnung mehr, quäkt wieder das Saxophon hoch und schrill auf und stürzt chromatisch rasend schnell ab, aufgefangen von der großen Pauke. Bums! Schluss!

Stefan kannte alle meine Szenen, er war zu ihnen in die Kinos und Kabaretts gekommen, und eines Abends begleitete ihn Thomas. Ich erzählte Henny, dass die Brüder heute da wären, sie kannte den älteren noch gar nicht. Aber sie sah sie, sie saßen hart am Podium, Henny erspähte sie schon durch den Vorhang.

Sie fand so viel Beifall, dass sie einen selbst zusammengestellten Niggertanz zugab, bei dem sie eine schwarze Maske trug, einen Mohrenkopf, der das Weiße ihres sehr entblößten Körpers ins Perverse steigerte.

Die letzte Szene spielte ich allein, es war die mit der Puppe. Als ich abtrat, war Henny schon fort.

Stefan erwartete mich draußen. Thomas hatte sich entfernt. Er ahnte es so wenig wie ich: Henny und Thomas waren in dieser Nacht zum ersten Mal zusammen …

Thomas wohnte nicht bei der Mutter. Er hatte ein kleines Appartement in dem Gartenhäuschen einer Tiergartenvilla. Die Fabrik ging wieder gut, man hatte Aufträge ins Ausland, und Thomas konnte sich ein Auto halten und einen Diener in der Wohnung.

Ich erfuhr nicht eher etwas von alldem, bis Henny mir eines Tages sagte, ich müsste nun ohne sie arbeiten …

Da hatte sie bereits ihre Vierzimmerwohnung in der Hohenzollernstraße, abgetrennt von der Etage einer verarmten Generalin, englisch möbliert. Da wählte sie bereits unter den Automarken nach dem elegantesten und lautlosesten Wagen, sie hatte eine gewandte Jungfer und lag bis Mittag im Chippendalebett, ihr Meerkätzchen neben sich …

Ich ging nämlich hin, ahnungslos, sie hatte mich darum gebeten, sie wollte weder auf der Straße noch in der Garderobe sich näher erklären.

»Aber geh nicht etwa zur Gräbert«, sagte sie. »O, Teddy, sprich diesen Namen nie mehr vor mir aus! Ich wohne jetzt für mich.«

Und dann kam ich, um sechs Uhr, und sah die neue Pracht, Bilder, Bücher im Schrank, nichts fehlte, es sah sogar schon benutzt und bewohnt aus.

Ich konnte mich nicht setzen, der Teetisch war gedeckt, Henny schien es nie anders gekannt zu haben, sie sprach sogar zur Jungfer weder hochmütig noch kameradschaftlich, sondern so einfach-freundlich, wie ich in der Villa die Damen mit dem Personal hatte sprechen hören. Ja, nicht einmal Lilian, geboren im Reichtum, hatte diesen selbstverständlichen Ton den Angestellten gegenüber.

Es sah aus, als hätte Henny jetzt ihren wahren Mutterboden gefunden, als gehörte sie hierher, als stände sie nun am einzig angemessenen Ort.

Und ich war ein kleiner Bürger, ein Prolet, ein Moralist: Ich konnte mich nicht an ihren Tisch setzen.

»Von wem?«, fragte ich sie.

»Ja, weißt du denn wirklich nicht? O, Teddy, süßer Junge, gehst du denn wirklich so blind durch die Welt?«

Sie sprach sogar anders, ihre Worte waren neu, ihre Stimme rein, hatte nichts mehr von dem Anflug Heiserkeit, mit der sie noch gestern ihre Rede dialektisch gefärbt hatte.

»Von wem, Schäfchen? Aber von Thomas!«

Ich sah nichts ein paar Augenblicke lang.

»Herr Falk«, stammelte ich.

Noch jetzt war er »Herr«, ich konnte nicht anders, und es war ja auch so selbstverständlich: Der »Herr« nahm sich, welche Leibeigene er wollte …

Da glaubte ich, Henny nichts mehr sagen zu können. Was sollte ich auch! War es Achtung, war es Feigheit, dass ich mich jeder Situation beugte, jede Absicht des Schicksals anerkannte, nie einem Willen widersprach, jede Existenz, wie sie war, gelten ließ?

»Teddy«, sagte Henny leise hinter mir. »Du wirst doch nicht so fortgehen?« Und sie fuhr fort: »Freust du dich denn gar nicht?«

Diese Naivität, diese Unschuld begreife ich erst heute. Damals traf es mich wie ein böser Schlag. Ich wandte mich um, ich begann zu schreien, sie zu beschimpfen …

Und sie begriff mich gar nicht, ganz verständnislos wich sie zurück, als wären die Worte, die ich ausspie, Faustschläge, die sie träfen. Und sie empfand sie als so ungerecht, dass sie sich nicht einmal wehrte.

Sie flüsterte:

»Ja, siehst du denn nicht, wie schön ich es habe? Er ist doch so gut zu mir. Sieh dich doch um. O, Teddy …«

Ich weiß nicht, was ich schrie. Ich lief fort. An der verdutzten Jungfer vorbei. Das Hündchen kläffte wild.

Ich habe Henny erst viel später wiedergesehen. Sie nannte sich damals bereits Renée van Roy und war die Geliebte des jungen Edsel Green, der alljährlich vier Monate in Europa zubrachte, Edsel Green, der stählerne Kronprinz, wie er hieß als Sohn des Stahlkönigs Green, des Präsidenten des Welt-Stahltrusts. Henny war so seltsam schön geworden, eine seidenweiche, süß-strenge Schönheit, ganz ohne kosmetische Nachhilfe, weder Lippen noch Brauen, noch Wangen gefärbt, und das hob sie aus allen andern Frauen heraus. Sie trug kaum Schmuck, war ganz mädchenhaft, für jeden Blick Dame. Ein junges Mädchen, das offen, heiter, fast entgegenkommend ist – vor Unschuld und Reinheit. So war Henny …

Ich sah sie nicht einmal an Marks Gerichtstag, wo sie als Zeugin auftrat. Ich war bei Marks Verteidiger gewesen.

»O, ich bin bezahlt«, sagte er, als ich mich für die Kosten erbot.

Ich wollte als Entlastungszeuge kommen, von Marks Kindheit, seinem Charakter aussagen, aber er ließ mir sagen, er wollte nicht. Er ließ mir Drohungen ausrichten für den Fall, dass ich käme. Er würde sich belasten, wenn ich für ihn einträte. Ich dürfte überhaupt nicht im Verhandlungssaal sein.

Ich glaube, er liebte mich, wie er Mutter geliebt hätte – hätte es sie noch gegeben … Er schämte sich, mich in seine Welt blicken zu lassen, mich seine Freunde und Mädchen kennenlernen, sein Geheimleben der letzten Jahre durchschauen zu lassen.

Auf Henny konnte er nicht verzichten, und gerade sie muss wohl schweren Herzens gegangen sein – aus der schönen Wohnung der Hohenzollernstraße nach Moabit, Schwester des Einbrechers.

Sie wussten es bei Falks, aber nicht einmal Stefan sprach mit mir davon.

Nur Lilian enthielt sich nicht …

Sie sagte:

»Nächste Woche ist die Verhandlung, nicht wahr? Es ist recht peinlich für Sie. Hoffentlich wissen nur wenige von Ihren Beziehungen zum Angeklagten.«

»Lily!«, rief ihre Mutter. »Geh hinaus, Kind! Bist du noch zu klein, um bei Erwachsenen bleiben zu können?«

Sie beschämte sie vor mir. In guter Absicht. Ahnungslos, dass ich es war, dem sie weh und Schaden tat.

Lilian ging lächelnd hinaus, im Shimmyschritt und trällernd. Sie schloss die Tür nachdrücklich leise. Und ehe sie sie schloss, warf sie mir, der ich ihr nachstarrte, immer gebannt von ihrem unfasslichen Reiz, einen ihrer undeutbaren Blicke zu. War Lächeln darin, Liebe oder Zorn, Verachtung oder Erbarmen, Hingabe oder Hochmut?

Nina Falk beugte sich zu mir und sprach von meiner abendlichen Kunstübung. Die Gute! Als ich ging, sagte sie bittend:

»Nehmen Sie an jenem Tag Urlaub im Büro und kommen Sie zu uns, zu Stefan, zu mir. Bleiben Sie bei uns, Theodor, wir sind Ihre Familie. Ja?«

Ich ging nicht. Ich nahm keinen Urlaub. Als ich in das Großkino am Zoo fuhr, wo ich aufzutreten hatte, um sieben Uhr achtzehn bis zweiunddreißig, um neun Uhr einundzwanzig zum zweiten Mal – gegen sieben war das Urteil der Verhandlung gegen Mark noch nicht bekannt.

Als ich um acht Uhr die Straße wieder betrat, gab es die neuen Abendblätter, in Fettdruck starrte mich das Urteil gegen »Polen-Gustav und Genossen« an … Mark, Gold-Mark, wie er hieß, Mark König hatte zwei Jahre acht Monate Gefängnis bekommen. Ohne Bewährungsfrist natürlich.

Nur das las ich. Zweiunddreißig Monate … Mein Brüderchen …

Und in der letzten freien Nacht war er Mutters Tod in ihrem Bett nachgestorben, ein Kind; er hatte sich fortgeschlichen und mich geküsst, goldstrahlender Junge – Brüderchen … Brüderchen …

Was war das für ein Leben hier am Zoo! Der Brennpunkt der Stadt: Theater; Kino, Bar, Café, Kirche, Reitsaal, Bahnhof, Hotel; Menschen, Menschen, Menschen; Autos, Omnibusse, Trams. Und Brüderchen zweiunddreißig Monate hinter Gittern …

* * *

Noch vor diesem bösen Tage hatte ich die Begegnung mit Thomas Falk. Seit meinem Besuch bei Henny hatte ich ihn nicht mehr allein gesehen. Er kam nicht mehr in unsere Buchhaltung und ließ mich nie rufen, um eine Auskunft zu erhalten. Offensichtlich wich er mir aus. Das passte gar nicht zu seinem Charakter, aber vielleicht hatte Henny ihn darum gebeten. Sie schrieb mir, so liebe Briefe. Von einer zweiten Schweizer Reise. Einmal aus Paris. Ich war für sie die Heimat, das Mütterliche. Jetzt – da es ihr gut ging – brach ihr Wesen durch, ihr gütiges zärtliches Wesen, ihr kindhaftes Zutraulichsein. Sie fühlte sich geborgen, der Kampf ums Dasein war ausgekämpft, und siegreich konnte sie nun wahrhaft sie selbst sein.

Nun schickte mich eines Tages der erste Buchhalter zu Herrn Falk, schon gegen Büroschluss. Ich sollte ihm eine Aufstellung zeigen, demonstrieren. Ich machte den Versuch, es auf ihn selbst abzuschieben, aber es durfte nicht allzu auffällig sein. Ich ging.

Thomas schrieb, allein in dem kleinen quadratischen Raum, der ganz voll gehängt war von spanischen Ansichten. Granada, Toledo, Sevilla, Tarragona, Cadix, herrliche große Aufnahmen, die sein Vater gesammelt und um sich versammelt hatte. Wenn man vom Schreibtisch aufsah, fiel der Blick auf die Moschee von Cordoba. In Cordoba war der junge Thomas, sechs Wochen zu früh, geboren worden – nach einem unvorsichtigen Eselsritt mit einem Sturz der jungen Frau.

Und da saß er nun, stark und lebensvoll, und unterschrieb die Korrespondenz des Tages. Er schickte das kleine Fräulein hinaus, das ihm die Mappe gebracht hatte und auf die Erledigung wartete.

Er sagte, indem er Unterschrift nach Unterschrift mit großen, klaren Buchstaben setzte, ohne mich anzusehen:

»Wir haben ja eigentlich miteinander zu sprechen, Theodor. Ich verstehe es nicht, dass du mir böse bist.«

»Ich bin nicht böse. Ich kann mich doch nicht gegen die Gesetze im Leben anderer auflehnen. Aber ich bin traurig, weil Sie es sind …«

»Ich? Was? Der deiner Schwester zu Hilfe kam?«

»Weil es ein Mensch aus diesem Hause ist.«

»Das ist sentimental, Theodor. Du bist ein Kind.«

»Und ich bin der Bruder des Mädchens, das Ihre Geliebte ist.«

»Aber Theodor, willst du Philister, Banause, Moralpauker werden, bloß weil es sich um deine Schwester handelt? Hättest du mich gehasst, wenn Milly Müller meine kleine Freundin wäre? Aber weil es Henny König ist, willst du mich totschlagen?«

»Wer ist denn so frei, dass er …«

»Dann sei du doch so frei, Theodor. Sieh einer an, was du aus dir gemacht hast! Woran andere zugrunde gehen, daraus ist dein Heldenepos geworden! Verzeih, ich will dir nicht schmeicheln. Keine Rede von Captatio benevolentiae. Nun bring doch die geistige und menschliche Freiheit auf, Hennys Fall – ich meine das sachlich, nicht bildlich! – unpersönlich zu beurteilen.«

»Ich kann das. Aber es ist nur, ich sagte es ja schon, weil es einer aus dem Hause Falk ist.«

»Junge!«, rief Thomas und lachte und schlug auf den Tisch. »Ich glaube gar, du denkst, ich bin der Erste gewesen.«

Unsere Blicke trafen sich, er sah gut mein Entsetzen. Begriff er nicht, wie unerträglich es war, mit mir derart über meine Schwester zu sprechen? … Nein, ich war nie Proletarier gewesen, ich wusste, wie dort Jungen von ihren Schwestern wissen und reden. Aber ich brachte das nicht auf …

»Hast du wirklich nichts gewusst, Theodor? Hat sie dich freundlichst belogen? Hast du nie gewusst, dass Mutter Gräbert schon aus ihrer Minderjährigkeit Nutzen zog? … Setz dich hin, alter Junge. Du wirst mir doch nicht umfallen! So was lebt ja nicht. Wächst am Gesundbrunnen auf und ist so ein ahnungsloser Engel. Henny, weißt du, hat überhaupt keinen ›Ersten‹ gehabt. Jeder kam schon zu spät. Dein Vater liegt im Massengrab – nun, Theodor, ich bin wahrhaftig kein Sittenrichter, aber ich glaube doch, sein Tod ist ihm zu leichtgefallen. Denn dein Vater …«

»Warum schweigen Sie nicht! Es ist doch vorbei. Ich weiß schon genug, ich will nichts mehr wissen.«

»Ich teile diesen Standpunkt nicht. Man weiß nie genug, der Stärkste wäre, der alles wüsste. Der so viel weiß, dass er überhaupt keine Weltanschauung mehr hat. Denn eine haben, heißt ja schon wieder, in ihr gefangen, zumindest: befangen sein. Sieh mal jetzt: Revolution – Kommunismus … Was geschieht denn schon? Ein System wird von einem andern abgelöst. Aber man ist so gut der Sklave des einen wie des andern, heiße es Sowjet oder Republik oder Königreich. Kann ein Mensch in irgendeinem System überhaupt frei sein? Es müsste die Welt, die Erde geben, aber nicht Länder, Staaten, Nationen. Mein Gott: Nationen! Und wenn es auch bloß ein Name ist: Wir sind Gefangene eines Namens! Es sollte nicht Eltern, Geschwister geben: einfach Menschen! Dann würden wir gerecht sein! … Versuch's mal, Theodor, alter Junge, versuch's: Sei gerecht! Und so sind wir über den Kommunismus zu Henny gekommen. Betrachte sie mal ohne Vorurteil. Vielleicht auch mich noch. Sie steckte viel tiefer im Sumpf, als du ahnungsloser Engel vermutetest, und ich reichte ihr die Hand.«

Ich starrte in die spanischen Landschaften und Städte, die ich nicht kannte. So ging es mir mit Thomas Falks Worten: Ich hörte sie, aber es handelte sich um Fremdes, nicht ganz Fassbares.

»Sieh mal, Theodor«, fuhr die warme, trockene Stimme fort, wirklich eine Mannesstimme, »ich nehme da an dir einen Eingriff vor. Ich entferne von dir die letzten Eierschalen deiner Geburt aus dem – dennoch! – Bürgerlichen. Komm mal, wir stellen uns ein bisschen darüber. Sei mal verständig und sei ein Mann. Das ist besser, als Bruder sein. Henny wird ihren Weg machen, und ich helfe ihr. Ich sage dir, wir flogen einfach aufeinander, sie hatte noch nie mit dem Herzen geliebt. Und ich? Na ja, Schwamm drüber. Also wir lieben uns außerordentlich. Aber wir wissen beide: Morgen kann es sich ausgeliebt haben … Und Henny soll hinauf, Henny soll es nicht nur gut, sondern auch sicher haben, sie soll nicht mit fünfzig eine zweifelhafte Pension aufmachen und Nichten ins Kasino begleiten oder sich einen Konfitürenladen schenken lassen oder bestenfalls ein Modeatelier oder einen Maniküresalon. Um Gottes willen, meine seidene Henny! Und so viel Geld hab ich nicht! Ich werde also zurücktreten, wenn der Kapitalist kommt, der große Finanzier. Ich bringe ihr Gesellschaft ins Haus, nächstens kommt Edsel Green aus Chicago nach Berlin, du weißt ja, ich kenne ihn von Harrow her, und ich werde ihm Henny präsentieren. Vielleicht … Was will ich? Hennys Glück. Ich hab hundert Mädels gehabt. Junge, aber Henny ist meine erste Frau. Und wenn Mister Green will … Ich werde Hennys lebenslänglicher Rente nicht im Wege sein. – So, das wollte ich dir sagen, Theodor. Ich glaube, ich habe dich für verständiger gehalten, als du bist.«

Ich war wie in einem luftleeren Raum – oder in einem giftgasgefüllten. Ich erstickte. Ich fand kaum die Tür.

Und da rief er mich noch einmal zurück.

»Hallo! – Theodor, da hab ich was vergessen. Setz dich mal mit Hermann Mucker in Verbindung, dem Filmregisseur, er will ein paar Probeaufnahmen von dir machen. Ich schleppte ihn neulich mit ins TABARIN, er sollte sich deine Szenen ansehen. Ich finde nämlich, du solltest filmen, Junge! Ich will dir jetzt nicht auseinandersetzen, was ich von dir halte und hoffe. Aber wenn ich Geldleute fände, machte ich eine Filmgesellschaft extra für dich auf!«

Ich will nichts davon sagen, wie ich ihn verließ ... Aber ich konnte ihn nicht hassen, nicht verachten, nicht ausschalten. Nur ich war zerschmettert, mein Lebensbild war getrübt.

Noch in diesem Zustand ging ich zu Herrn Mucker. Wir fuhren in sein kleines Atelier in der Friedrichstraße, und es wurden Aufnahmen gemacht, groß und klein, ich schminkte mich, ging, weinte, feixte, setzte mich, starrte in die Jupiterlampen, bis mir die Tränen entstürzten – ach, es bedurfte nur Erinnerung und Vorstellung, um mich schluchzen zu machen.

Es war nichts, ich wurde kurz fortgeschickt ... Ich gab kein Bild – nun, ich hatte nichts gehofft.

Ich war zweiter Buchhalter, würde allmählich aufrücken, das Geld konsolidierte sich ja wieder, ich wohnte in Stube und Küche weiter, und das Wohnungsamt kümmerte sich nicht um mich, ließ mich dableiben. Ich hatte die Küche geweißt und die Stube tapeziert, ich hatte die Stühle selbst neu gepolstert, es hingen Photographien alter Bilder und farbige Reproduktionen an der Wand, es ging mir ja gut. Ich verdiente Abend für Abend ein paar Mark, aber ich war immer müde, immer, wie ein Alter. Und ich war noch nicht zweiundzwanzig.

Ich hatte Zeit, mal schnell auf eine Stunde in ein Konzert zu springen, ich konnte mir selbst Bücher anschaffen, ich las sie in drei Sprachen, Stefan liebte mich und spielte mir seine Kompositionen vor. Und sonntags, am Vormittag, saß er oft viele Stunden am Flügel. Und ich hörte, was ich nur wollte. Den ganzen Schumann und Brahms und das Werk Bachs. Ich drang immer tiefer in die unendlichen Himmel der Musik. Durch ihr Reich wandelnd, sah ich die zahllosen Dramen, die ich zu leben fähig war; mein Leben setzte sich um in Bilder und Gleichnisse. Was einmal Kummer, Sehnsucht, Liebe, Hunger gewesen war, verklärte sich zu Märchen, Allegorie, Komödie. Unglück wurde Ungeschick und Schluchzen Gelächter. Ich war ja da, ich lebte, ich war entronnen und atmete; das Leben war ja gerettet, also war alle Gefahr nur Humbug, Schabernack, Schicksalsspaß. Ich trat mit meinen zu kleinen Füßen die Erde – dass ich so unsicher war: Nun ja, meine Füße waren zu klein … Dass ich alles ergriff und nichts halten konnte, weder Mensch noch Geld … nun ja: Meine Hände waren zu klein. Es waren Kinderhände an einem verkümmerten Mann. Aber im verkümmerten Leib dehnt sich am heftigsten das Herz. Was war ich? Ein Herz auf schwankenden Füßen mit zu schwachen Händen … Was sollten die Menschen, die Frauen da lieben? Sie lieben das Große und Starke und Besitzergreifende. Mir – entrann alles … Die Erde noch rollte schneller, als ich laufen konnte. Ich blieb immer zurück …

Lieber Stefan, du hast mich mit Musik genährt. Aber es gab eine Melodie in meinem Leben, die konntest du nicht machen. Diese Melodie war Lilian …

Sie kam manchmal herein, wenn Stefan mir spielte. So betont leise, so auffällig unsichtbar, dass sie sozusagen die Musik verstummen und alles andere außer ihr verschwinden ließ. Die Melodie dieses Mädchens ging mir auf und ein, aber nicht ihre Harmonisierung.

Sie sprach nie anders als hochmütig zu mir, über mich hinweg, sie suchte nach jeder Möglichkeit, mir wehzutun, mich zu beleidigen, und sie scheute keine Öffentlichkeit, suchte sie vielmehr, um mich bloßzustellen oder zu beschämen.

Ich musste sonntags, um zurecht zu meiner Arbeit, zu meiner Nummer zu kommen, aufbrechen, wenn alle noch da waren, ihre Freundinnen und Freunde, Stefans Musikkameraden, Thomas Falks Umgang.

Und da konnte sie etwa, wenn ich mich vor ihr verbeugte – sie gab mir nie die Hand –, sagen, indem sie mich – ich war kleiner als sie – von oben bis unten ansah, und ihr Blick ruhte auf allem, was mangelhaft an mir war, am Krawattenmuster, an der Schuhform, so herausfordernd, dass jedem diese Schäden aufgingen – sie konnte mit der Kälte einer Königin sagen, als spräche sie zu ihrem Friseur:

»Sie müssen ja Milch und Honig, Schafe und Kamele in Fülle haben!«

Und als ich sie verständnislos ansah und einige junge Leute schon kicherten, fuhr sie fort:

»Ja«, und sie betonte es nachlässig, »Sie, Sie sollten doch im Alten Testament Bescheid wissen, dass Gott, der Herr, die Gerechten mit Milch und Honig belohnt und die Gottesfürchtigen mit Kamelen und Schafen. Und Sie pflegen ja immerdar Gerechtigkeit und Gottesfurcht …«

Dann konnte Frau Nina den Arm um mich legen und mich so hinausbegleiten und mit mir noch in der Diele stehen bleiben und plaudern. Stefan kam mit. Aber ich fing

Thomas Falks erbarmungslos forschenden Blick auf, der mich durchdringen wollte, als sähe er einem Experiment, einer Vivisektion zu, kalt, aber zu besserem Zweck.

Oder Lilian fragte mich über den Teetisch hinweg:

»Haben Sie nicht eine Schwester, Herr König? Wo befindet sich die junge Dame? Könnte sie uns nicht einmal die Freude ihres Erscheinens machen?«

Thomas Falk lächelte. Ich glaube, er hätte am liebsten gelacht. Er umarmte seine Schwester und küsste sie.

»Fräulein König wird sich vielleicht freuen, wenn du sie einmal besuchst. Lade sie persönlich ein.«

Oder Lilian rief durch das Zimmer, wenn ich zwischen jungen Mädchen saß und plauderte:

»Wie ist das doch, Theodor, treten Sie noch immer auf? Machen Sie uns doch mal wieder was vor! Ich geh dann mit dem Teller sammeln. Wie die gute Frau für ihren Seiltänzer von Mann.«

Niemand konnte sie an solchem verhindern. Ich dachte mir wohl, wie oft Nina und Stefan auf sie einreden mochten. Aber ebenso dachte ich mir, dass sie wohl in der Nacht dalag und sann: wie mich beschämen, verwunden, reizen.

Ich wurde blass, ich merkte es. Aber ich tat nie etwas. Ich lächelte vielleicht, ich antwortete sogar und antwortete sachlich, was ihre boshafte Absicht entkräftete und vergeblich machte.

Nein, ich ging und liebte sie …

Ich liebte sie …

Und ich liebte diese Wunden, die sie mir schlug, und hinderte sie, durch ständiges Reißen, am Heilen. Noch Schmerzen, die von ihr kündeten, waren süß.

Ich hütete mich in mancher Nacht einzuschlafen, um länger an ihr zu leiden.

Was ich sah, war ihre Verwandlung. Ich lebte von ihr.

Einmal sonntags traf ich sie allein. Stefan hatte die Mutter zu einem Besuch begleitet.

Sie saß, hinter zugezogenen Gardinen, in dem blauen Zimmer und hatte die Hände im Schoß.

»Setzen Sie sich, mein Herr«, sagte sie, wie halb im Schlaf. »Wissen Sie, wer Sie grüßen lässt?«

Ich war mitten im Zimmer stehen geblieben und lehnte mich an den Tisch. Ich war schwach, hilflos und blind.

»Ihre Schwester lässt Sie grüßen.«

Sie saß in einem Schaukelstuhl und begann sich zu wiegen, und das ganze Zimmer wiegte sich mit mir.

»Ich war gestern wieder bei ihr. Ich bin oft bei ihr. Wir sagen uns du, ich sage Schwester zu ihr, ich habe mir immer eine gewünscht, Brüder – bah, das sind Männer, die nicht in Betracht kommen. Und ein Mann, der nicht als Mann in Betracht kommt …«

Sie hatte die Augen geschlossen. In meiner Weltblindheit sah ich doch sie, die im unendlich Blauen wiegte.

»Wenn ich nicht Lilian zu sein verdammt wäre, möchte ich – möchte ich …«

Sie summte es leise vor sich hin, sie sprach gar nicht zu mir.

»Schön ist sie. Wie Seide. ›Seide‹ ruft sie Thomas. Er liebt sie ganz richtig, doch er könnte sie heute verschenken … Ja – Rosen brach ich nachts …«

Und sie flüsterte im Halbgesang die ganze sapphische Ode …

Plötzlich sah sie mich voll an …

»Doch verstreuten reich die bewegten Äste
Tau, der mich nässte …«

Sie liebte mich …

Sie sah mich voll an …

Weißt du denn nicht? Siehst du denn nicht? Lechze ich denn nicht nach dir? Komm doch! Da bin ich ja. Ich – für dich – mein Geliebter …

Da lag ich ihr zu Füßen. Der Stuhl hielt an. Ich beugte den Kopf, meine Stirn berührte ihr Knie. Ich berührte zum ersten Mal: Frau …

Sie sagte leise:

»Auch der Küsse Duft mich wie nie berückte,
die ich nachts vom Strauch deiner Lippen pflückte;
doch auch dir, bewegt im Gemüt gleich jenem,
tauten die Tränen …«

Plötzlich stieß ihr Knie meine Stirn fort, sie warf sich zurück, der Stuhl begann zu wiegen, und sie sagte leise, ruhig, kalt:

»Aber Sie sind ja verrückt …«

Und sie wiederholte – nach dem Schweigen einer Minute, in der sie sanft schaukelte, und der Duft ihres Körpers kam zu mir und ging von mir –, sie wiederholte in demselben leidenschaftslosen, ruhigen Ton: »Sie sind verrückt …«

* * *

Dieses war mein Liebeserlebnis …

Ich hätte es erfunden haben können. Es war wie ein Gleichnis.

Ich lief die Treppe hinunter, und sie war gütig menschenleer und wohltuend schweigsam.

Ein Mal, ein einziges Mal hatte ich geträumt. Aber selbst der Traum kannte keine Gnade und verließ mich …

Ich stand da, ich lief, stille Straßen sogen mich ein. Als hätte ich viel, viel Zeit, so lief ich, lief ich. Und stand wieder. Und wanderte weiter. Schnurgerade ging es, Kaiserdamm, Bismarckstraße, Chaussee im Tiergarten, Linden. Los! Los! …

Und Lilian …

Ich liebte sie. Ja? Liebte ich sie? …

O, ich liebte wie nur ein Mann. Ich ging aus dem furchtbaren Debakel fort und spazierte herum. Ein kleiner Junge, zu kleine Füße und Hände, nicht ganz geeignet festzustehen, festzuhalten. Die Erde rollte schneller, als ich trippeln konnte. Und in meiner Hand hatte das Glück nicht Platz. Alles lief mir fort. Und was blieb? …

Friedrichstraße. Sonntagsstill. Zum ersten Mal sah ich Berlin, und es war eine stille, feierliche Stadt. Ob ich nicht gehen sollte Mittag essen …

Ein Schaufenster hielt mich auf, Koffer waren darin in allen Größen. Leder, Rohrplatten. Silberne Necessaires, Reisedecken, Plaids, Hutschachteln, Handtaschen. O, die Welt … Aber ich sah mich … Im Glase stand ich wie ein Geist, ein kleines Männlein, unansehnlich, komisch. Und ich, ich hatte vor Lilian gekniet?! Ich liebe dich – hatte ich gesagt?! Ich, ich – … Auf einmal war ich ein Ich! Und was für ein groteskes!

Armer Teddy!

Sie hatte mich ganz gelassen fortgestoßen und ganz ruhig gesagt:

»Sie sind ja verrückt.«

Gute, gütige Lilian, vergib mir, Lilian. Wie konnte ich! Alle, alle, vergebt mir! …

Wäre ich nur schon zu Haus! Aber noch die ganze endlose Friedrichstraße, Stettiner Bahnhof … Ah, Vaters Geist … Wie er mich an die Ecke stellt … Bettler! … Die Gartenstraße. Unsere Fenster oben im verkommenen Haus … Vergangenheit – Gespenst? Oder guter Geist: Mutter! …

Und ich war zu Haus. Ich sah mich um, es war sauber, still. Ich nahm Papier und schrieb zwei Briefe.

»Henny, du schreibst mir oft und immer so lieb. Aber ein Wort entbehre ich dabei, bitte, schreibe es mir, sage es mir endlich, ich bitte dich. Schreib mir, dass du mir vergibst. Du hast recht.«

Und ins Gefängnis:

»Mark, Brüderchen geliebtes, ich muss dir etwas schreiben. Vielleicht wirst du es nicht verstehen, aber ich muss es dir endlich sagen: Ich soll dich von Mutter grüßen.«

Damit schien mir alles getan.

Und ich war noch immer da, ich träumte nicht mehr, ich hatte Lilian verloren, ihre Mutter, Stefan, die letzte Liebe auf der Welt. Denn nie mehr konnte ich jetzt zu ihnen gehen. Ich sah mich um. Alles war wahr und unwahrscheinlich. Unterm Bett stand Mutters Waschtrog, und ich hatte gestern meine Wäsche darin gewaschen. Ha! Ha! und ich hatte gesagt – ihr –: Ich liebe dich …

Ich war da. Ich blieb da. Mein Gott, was sollte ich tun? …

5

Ich bin zu Ende. Jetzt höre ich zu schreiben auf.

Es ist nicht wahr, dass jedes Ende auch ein Anfang ist. Denn da stehe ich und werde immer stehen bleiben und nichts wird anders werden.

Ich bin jetzt Buchhalter in einer Fabrik am Wedding. Und mein Tagewerk läuft geruhsam ab. Abends, wochenlang – dann eine Pause – spiele ich meine kleinen Tragödien. Ich habe eine Menge neue gefunden. Ich habe noch einmal vor dem Kurbelkasten gestanden, aber ich wirke nicht im Bild, es ist nichts mit Filmen, ich verkaufe hier und da eine Idee. Das ist alles. Dann habe ich Geld. Ich spare nicht. O! Bin ich ein Verräter? Ich gebe … Ich wohne noch immer in dem alten Haus, und der Tischler im Keller mit seinen fünf skrofulösen Kindern zwischen den schwitzenden Wänden hat es dann leichter und der und jene. Aber es reicht nicht. Und scheffelte ich Millionen: Es reichte nie …

Ich stille – bisweilen – den Hunger eines Hauses. Aber den Hunger der Welt? Immer vergeblich. Kein Geld reicht. Ist Armut ein Naturgesetz?

Ein halbes Jahr ist vergangen, seit ich begonnen habe, meine Geschichte zu schreiben. Ich habe gearbeitet und gedient, nicht jeden Tag hatte ich eine Stunde Zeit zu schreiben. Ich bin gegen Geld so gleichgültig, wie nur ein Armgeborener es sein kann. Kein Reicher wird begreifen, dass ich es verachte. Muss man nicht verachten, was so notwendig, so unvermeidlich zum Sattwerden ist? Gemeines Geld, mit dem man sich die Welt kaufen kann, für das ein Mensch zu haben ist: o Niedertracht!

Wo ist Nina? Wo ist heute Lilian? Eine reiche Frau, deren Auto mich mit Dreck bespritzt? Stefan macht Musik in Los Angeles. Erinnert er sich noch? …

Ich bin da. Was soll ich tun?

Ach, dass ich weiß!

Aber – o Trost! – noch etwas weiß ich: dass es notwendig ist. Und ich weiß von Platon, dass alles, was notwendig ist, auch schön ist.

Ich habe bittere Schläge bekommen, und ich kann den Schmerz, den sie mir taten, nicht segnen. Aber die Hand, die sie führte, an deren Weisheit glaube ich. Es war eine Absicht da, es hatte einen Sinn: Darf man also aufbegehren?

Ich ahnte es wohl. Ich war nie am Leben verzweifelt, ich habe es nie fortwerfen, nie verkürzen wollen. Ich ließ Mutter sterben und stand auf und regte mich. Henny verkam, Mark fiel: Ich straffte mich. Ich glaube an irgendeinen Sinn: So lebe ich …

Manchmal, abends, wenn ich Zeit habe, gehe ich meinen alten Weg zur Schule in die Stralsunderstraße. Der Rektor ist pensioniert. Rudolf Rauscher, den ich liebte! … Ich gehe dahin, wo die Villa noch immer steht. Fremde wohnen darin. Hier sprang Diana Fiori in den Tod. Jetzt ist ein hohes Gitter über der Böschung an den Geleisen. Ich gehe zum Nachtasyl und sehe die Geschwister, die Tausende, durch die Sperre schleichen. Nein, es gibt kein soziales Problem.

Sonst wäre es ja zu lösen. Es gibt nur die Not, die Armut. Sie ist doch ein Naturgesetz, sie gehört physiologisch zur Menschheit wie eine unheilbare Krankheit, eine dem Menschen vorbehaltene, wie der Krebs. Das Tier verhungert nur als Haustier des Menschen. Unabänderlich ist Armut da!

Heut hat der Tischler zwei von den Kindern in die Charité gebracht, sterbend. Tuberkulose. Und seine andern drei? …

Ich sehe sie im Hof spielen. An die Fenster meiner Stube stößt noch immer das Aborthäuschen. Wie es stinkt! Es gibt keine Wohnungen. Hunderttausend müssen im Dunkeln und Feuchten sterben. Ich weiß – und was kann ich tun? …

Im Humboldthain saust der Wind. Zwischen Wedding und Gesundbrunnen blüht es, und die Armen lächeln. Ich laufe über die große Brücke, die Millionenbrücke, und noch immer liegen auf den unbebauten Plätzen Müllhaufen, Schutthügel. Dort hat Henny nach Mutter gerufen. Und wieder dort öffnet sich mir Berlin mit den trüben Schlünden seiner Straßen, dem aufgerissenen Maul weiter Plätze, das die Häuser wie Zähne fletscht, kariöse, faule, stinkende Zähne. Die Brücke schwingt sich ungeheuer über die rinnenden Geleise, sie verbindet nur Armut mit Elend. Und noch der Flieger oben, der von Moskau kommt, was hat er anderes gesehen als dieses selbe: Armut und Elend …

Nebel über Berlin. Fabriksirenenpfiffe. Wo ist Himmel? Nur Stadt, Jammer der Stadt. Aber es gibt sie, es wird sie immer geben. London, Paris, Lissabon und Liverpool und Dublin und Marseille und Rom und Leningrad, Shanghai und New York und Boston und Hamburg … Kloaken überall, Hunger, Verbrechen, Notzucht, Mord.

Es ist gut, dass nichts aus mir geworden ist, dass ich Buchhalter geblieben bin mit Nebenverdienst, denn nur hier bin ich »zu Haus«. Zwischen Wedding und Gesundbrunnen, wo Mutter gewaschen hat, Mark zu stehlen begann und Henny auf den Kleinmädchenstrich ging. Die alten schwarzen Straßen, der staubige Hain, die Bahnböschungen, wo wir Koks stahlen, das Nachtasyl, vor dem ich den auf den Straßen aufgeklaubten Tabak verkaufte – ein Pfennig die Pfeife –, hier lebt mein Herz, hier wurzelt es.

Ich werde noch so lange leben. Der Tod …

Ich lächle über ihn.

Ich bin stärker als er, ich habe ihn ja überlebt, damals, als ich von Mutters Tod auferstand. Als ich Lilian überwand. Lilian …

Liebe ich sie noch? Liebe ich …

Ich vergehe …

Ich liebe sie …

Ich vergehe …

Alles ist in meinem Leben, nur Liebe nicht. Nur eine Frau hat mich geliebt. Weil sie meine Mutter war. Ich bin allein. Und so wird es bleiben. Ich sitze in deiner Stube, Mutter, und koche mir Kartoffeln und wasche meine Wäsche, und ich wünsche mir so sehr, dass Mark sich wieder zu mir gesellt. Und wir würden dann bürgerlich in umfriedeter Armut zusammenhausen.

Wie schön ist es, am Sonnabendabend durch die Straßen meiner Kindheit zu gehen, im Gedränge von Mädels ohne Hut und Burschen im Sweater, von verhärmten Müttern, die für Sonntag so gern ein Stück Fleisch kaufen möchten, und Männern, die den Lohn in Kneipen tragen. O, es riecht nicht gut da, es stinkt. Die Armen riechen und die Geschäfte mit Räucherwaren, und aus der Rossschlächterei riecht es. Und der Rummelplatz dröhnt schon, Kinoeingänge lodern, Grammophone in Budiken grölen. Ich sehe in die blassen Gesichter, gemeine und erloschene, lüsterne und hoffnungslose. Viele lachen – o, sie lachen über den leisesten Witz, sie sind so dankbar. Ich sehe die blutarmen Gesichter der Kinder, die ihre Mutter trägt. So nah ist mir alles, mein Herz geht mir auf, ich liebe euch, Geschwister! Taschendiebe und Huren – ja! Einbrecher und Strichjungen und Säufer – ja! Aber ich liebe euch. Ich gehöre zu euch, denn ihr braucht jemanden. Und dennoch – was kann ich für euch tun!

O ihr Netze mit einem Brot darin, zwei Pfund Kartoffeln, Schellfischköpfen für die Suppe, sechs Pfennig das Pfund! O ihr sehnsüchtigen Weiberblicke in Metzgerläden und Buttergeschäften! Und ihr Kinder, o! Vor den Fenstern der Konfitürenläden! … Ich empfinde brennende Liebe, wenn ich euch zusehe, euch rieche, bisweilen eines an die Hand nehme: »Was willst du?« …

Ich weiß, ich sehe: Es gibt ein Proletariat, das auflebt. Sie haben ihre Theater, ihre Konzerte, sie haben Sprechchöre und Gymnastikkurse, Singscharen und ihre Volkshochschulen und Arbeitsgemeinschaften, sie haben Boxklubs und machen Wandertouren und Sportreisen. Sie haben Arbeitskurse für Kunst und Wissenschaft, und es gibt Arbeiterkonzerte großer Künstler und Orchester. Es gibt eine proletarische Jugend, die das Leben besitzt und genießt, und ihre Eltern haben Lithographien an den Wänden und sind in einer Buchgemeinschaft und Mitglieder der Volksbühne. Aber die meine ich nicht, an euch denke ich nicht. Ich denke nicht an das Proletariat, das sich durchsetzt, das mit Würde da ist, besonnt vom politischen Ideal, sondern an die Armen. An den fünften Stand. Wenn in einem Saal tausend Arme sitzen: Vor der Tür stehen immer die noch Ärmeren. Ich denke an meine Jugend und die Ungezählten, die diese selbe Jugend immer, immer weiterführen. Niemals höre ich auf zu betteln. Niemals hört Vater auf, sein Geld zu vertrinken und die Familie verkommen zu lassen; niemals Mutter, zu waschen, bis sie umfällt; immer geht die Schwester vor die Hunde und kommt der Bruder unters Rad. Man braucht nicht von denen zu reden, die sich selber helfen. Nur von denen, denen nie geholfen werden kann. Nicht einmal von Gott. Kein Gott wagt sich in die Finsternisse seiner Schöpfung, wo die Ratte sich an die Brust des Menschen flüchtet, um sich da zu wärmen; wo die Mutter den Müllkasten in fremdem Hof durchwühlt, um für ihr Kind verschimmelt Brot zu finden. Von ihnen reden … Aber zu welchem Ende, da man ihnen nicht helfen kann? … Doch wenn nur Liebe für sie da wäre in der Welt: Sie atmeten vielleicht freier …

Mein Grab – … Aber du liegst ja nicht da drinnen, Mutter. Das da unten hat nichts mit Mutter zu tun. Mutter ist unsterblich in der Garten-, in der Jasmunderstraße, sie kommt die Treppe des Gemüsekellers herauf und die Stufen vom Milchgeschäft herunter. Ich sehe sie an der Tür des Rossschlächters stehen und ihre Pfennige zählen, ehe sie sich hineintraut, und ich sehe sie an den Türen der Kneipen warten, wo Vater ihr Geld vertrinkt.

Ich lebe und ich bin unsterblich …

Ich bettle immer noch in der Invalidenstraße, ich, ich – wenn ich auch jetzt anders heiße, wenn es auch ein anderer Junge ist, der die Hand hinhält. Während ich hier sitze und schreibe, bettelt es immer noch in Berlin und London und Paris und Amsterdam, und ich bin es, der bettelt, immer ich, das unsterbliche Kind der Armen. Es wird nie aufhören, ich werde längst tot sein, und noch immer wird ein kleiner, hungernder, frierender Junge an der Ecke stehen – und ihr geht vorüber –, man sieht ihn nicht, man hört ihn nicht – und er flüstert hinter euch, ungehört, unerhört, blass, zitternd –:

O! Hört!!

»Mich hungert … Mich hungert …«